10|18
12, avenue d'Italie — Paris XIIIe

Sur l'auteur

Paul Harding est l'un des pseudonymes, avec C. L. Grace, de Paul C. Doherty né à Middlesbrough, dans le Yorkshire. Il a étudié l'histoire à Liverpool; il est aujourd'hui professeur d'histoire médiévale. Il est l'auteur de plusieurs séries historico-policières, publiées chez 10/18 : les aventures de Master Hugh Corbett, espion du roi Édouard Ier (sous son nom), et celles de Kathryn Swinbrooke, apothicaire à Cantorbéry au XVe siècle (sous le nom de C. L. Grace).

LE FANAL DE LA MORT

PAR

PAUL HARDING

Traduit de l'anglais
par Christiane Poussier
et Nelly Markovic

10|18

INÉDIT

« Grands Détectives »
dirigé par Jean-Claude Zylberstein

Du même auteur
aux Éditions 10/18

Série « Frère Athelstan » de Paul Harding

LA GALERIE DU ROSSIGNOL, n° 3167
LE DONJON DU BOURREAU, n° 3218
SACRILÈGE À BLACKFRIARS, n° 3226
LA COLÈRE DE DIEU, n° 3336
▶ LE FANAL DE LA MORT, n° 3340

Série « Hugh Corbett » de Paul C. Doherty

SATAN À ST MARY-LE-BOW, n° 2776
LA COURONNE DANS LES TÉNÈBRES, n° 2777
UN ESPION À LA CHANCELLERIE, n° 2820
L'ANGE DE LA MORT, n° 2863
LE PRINCE DES TÉNÈBRES, n° 2901
FAUX FRÈRE, n° 2966
L'ASSASSIN DE SHERWOOD, n° 3036
LA COMPLAINTE DE L'ANGE NOIR, n° 3127
LE FEU DE SATAN, n° 3290
LA CHASSE INFERNALE, n° 3296

Série « Kathryn Swinbrooke » de C. L. Grace

MEURTRES DANS LE SANCTUAIRE, n° 3029
L'ŒIL DE DIEU, n° 3030
LE MARCHAND DE MORT, n° 3094
LE LIVRE DES OMBRES, n° 3190
LA ROSE DE RABY, n° 3406

Titre original :
By Murder's Bright Light

ISBN 2-264-03207-3

Tous mes remerciements à John Brunton
de Nottingham

PROLOGUE

La terrible tempête qui avait dévasté la côte sud de l'Angleterre s'était à présent éloignée vers les mers du nord, vers les terres glacées où les hommes, vêtus de peaux de bêtes, allumaient des feux en l'honneur de dieux inconnus. De Londres jusqu'en Cornouailles, les moines chroniqueurs avaient expliqué en détail que cette tempête était la punition infligée par Dieu à un royaume de pécheurs. Et il était indéniable que la colère de Dieu avait été plus que manifeste durant les derniers mois. Une puissante flotte française, sous les ordres d'Eustace le moine, son capitaine, avait mis à sac et ravagé les villes le long de la côte sud. À Rye, dans le Sussex, les villageois avaient cherché refuge dans leur église. Les pirates français les y avaient enfermés avant de brûler le bâtiment jusqu'aux fondations ; ignorant les cris des prisonniers, ils avaient chargé des chariots volés d'argenterie, de tapisseries et de nourriture dérobées dans les maisons saccagées.

La flotte française s'était retirée. En ce lugubre automne qui tournait à l'hiver glacial, Londres et ses défenses étaient calmes. Sur la Tamise, les bateaux à l'ancre tiraient sur leurs haussières, pendant que leurs équipages se reposaient et festoyaient en ville, ne laissant à bord que quelques vigies pour crier les heures.

Un des navires pourtant, le gros cogghe[1] la *Brillante-Lumière-de-Dieu* était silencieux. En haut de son mât, un fanal palpitait et tremblait dans la froide et grise apparition de l'aube. Le vaisseau se balançait et craquait dans un lent va-et-vient de part et d'autre de sa chaîne d'ancre, sur le paresseux fleuve noir. Sur le quai de St Paul, en face du cogghe, les treuils ne grinçaient plus et les portes des entrepôts étaient verrouillées. Seuls quelques chats errants, en quête de souris dodues et de rats au poil soyeux, avançaient à pas feutrés parmi les rouleaux de cordes imprégnés d'huile, les tas de bois et les énormes barriques de sel cerclées de fer.

Pour la gent trotte-menu, qui courait dans les monticules de déchets et se faufilait sous les portes des dépôts afin de grignoter sacs de grain et gros jambons succulents enveloppés de toile, la nuit avait été une nuit de ripaille. La vermine avait dû, bien sûr, passer par les baguettes d'une légion de chats qui, eux aussi, chassaient dans les parages. Un rat, plus audacieux que les autres, traversa le quai à toute vitesse, se glissa en bas des marches humides et moisies et se mit à nager, son corps huileux tressautant sur l'eau, vers le câble d'ancre de la *Brillante-Lumière-de-Dieu*. C'était un chasseur expérimenté, si adroit et rusé qu'il avait survécu trois étés et que son museau grisonnait. Usant de ses griffes et de sa queue, il grimpa avec prudence le long du câble et se faufila sur le pont par l'écubier. Il s'arrêta et leva sa tête pointue pour flairer. Il y avait quelque chose d'anormal : son museau fin percevait une odeur de sueur et de parfum. Le petit corps sombre de l'animal se crispa, muscles bosselant son dos. Ses

1. Bateau mis au point dans la seconde moitié du XIIe siècle. Huit à dix fois plus puissant que les navires antérieurs en capacité de charge. Environ trente mètres de long sur sept de large. *(N.d.T.)*

minuscules yeux noir de jais scrutèrent la brume qui traînait autour du pont comme un fantôme ; ses oreilles se dressèrent, à l'affût du silence, du léger bruissement de la queue d'un matou ou du craquement sec du bois, trahissant la présence à bord de quelque autre prédateur. Mais ne voyant ni n'entendant rien de fâcheux, il entreprit d'avancer. Puis il s'immobilisa tout d'un coup en percevant des bruits : le choc d'une embarcation qui accostait le navire, suivi de voix humaines. Flairant le danger, il fit demi-tour, regagna l'écubier et dégringola le long de la chaîne d'ancre. Il glissa silencieusement dans l'eau puis nagea vers la rive et les mâchoires toutes prêtes d'un chat de gouttière galeux.

Le rat avait été dérangé par une petite barque : les voix étaient celles d'un marin et de sa compagne, une jeune ribaude venue du marché aux poissons devant Vintry. L'homme tentait de persuader la gueuse, aux cheveux blonds déjà trempés par la brume fluviale et au maquillage voyant et coulant, d'emprunter l'échelle de corde. Ivre, il titubait plutôt dangereusement dans l'embarcation.

— Allez, viens, bafouilla-t-il. Monte ! Et quand j'aurai eu mon plaisir, tu pourras avoir les autres ! Chacun te donnera une pièce.

La fille leva les yeux vers la précaire échelle de corde et déglutit avec peine. Le marin avait déjà été généreux en lui offrant une groat[1]. Puis il l'avait emmenée ici pour qu'elle se livre à d'autres cabrioles avec lui et les pauvres bougres qui étaient de garde à bord. Elle regarda la pièce d'argent qu'il faisait tourner entre ses doigts.

— Par la Vierge Marie, que je sois damnée ! s'exclama-t-elle en employant son juron préféré.

Elle empoigna l'échelle et, le marin les mains dans

1. Pièce de monnaie. *(N.d.T.)*

ses jupons pour la pousser et la faire se hâter, enjamba le bastingage et atterrit sur le pont. L'homme la suivit. Il s'affala, respirant bruyamment et mêlant injures et rires étouffés. La ribaude se releva.

— Eh bien, viens ! chuchota-t-elle. Les affaires, c'est du temps et le temps, c'est de l'argent. Où allons-nous faire ça ?

Ses bras maigres passés autour de la taille de son compagnon, elle se serra contre lui et commença à se trémousser. Le marin eut un large sourire et saisit les cheveux teints de la fille pour poser sa tête contre sa poitrine. Il était partagé entre l'ardeur qui montait de ses reins et, malgré la bière qui lui avait brouillé l'esprit, par l'impression tenace qu'il y avait quelque chose de bizarre.

— C'est trop calme, murmura-t-il. Brackleburу ! appela-t-il. Brackleburу, où es-tu ?

La gueuse se tortilla.

— Es-tu de ceux qui aiment qu'on les regarde ? souffla-t-elle.

Le matelot lui administra une claque sur les fesses et tenta de percer la brume épaisse.

— Y a vraiment quelque chose qui va pas !

— Oh, allez !

— Fous-moi la paix, petite putain !

Il la repoussa et, se tenant au bastingage pour garder l'équilibre, il avança en titubant sur le pont.

— Que Dieu nous garde ! haleta-t-il. Où sont-ils tous passés ?

Ignorant la ribaude qui, blottie au pied du mât, grommelait à voix basse, il jeta un coup d'œil par-dessus la rambarde et observa le fleuve brumeux. L'aube s'annonçait ; il distinguait d'autres navires et les silhouettes qui se déplaçaient sur leurs ponts. L'air frais du matin chassa les vapeurs de bière qui lui embrouillaient l'esprit.

— Ils sont tous partis ! marmonna-t-il.

Il scruta les eaux sombres et agitées de la Tamise, puis de nouveau le pont. La chaloupe était à sa place. Sans tenir compte des plaintes de la gueuse, toujours accroupie au pied du mât, il se précipita vers le gaillard d'arrière et ouvrit la porte de la cabine. La lampe à huile suspendue à son solide crochet brillait encore joyeusement. Tout était en place, propre et en ordre. Le marin se figea, jambes écartées, et s'abandonna au léger roulis du bateau. Il écouta craquer les espars et la charpente et se remémora les contes épouvantables que lui et ses compagnons se racontaient pendant les veilles. Y avait-il là quelque magie ? Brackleburry et les deux autres membres d'équipage avaient-ils disparu par enchantement ? Ils n'avaient certainement pas quitté le bâtiment par un moyen naturel — la barque était toujours là et l'eau glacée aurait certainement dissuadé même le plus désireux des matelots de rejoindre à la nage les plaisirs de la ville.

— Bracklebury ! hurla-t-il en ressortant de la cabine.

Seuls les craquements et les grincements du navire lui répondirent. Il leva les yeux vers le haut du mât et aperçut les volutes de brume qui s'y enroulaient.

— Que se passe-t-il ? geignit la ribaude.

— Ferme-la, traînée !

L'homme revint vers le bastingage. Il aurait voulu n'être jamais retourné à bord.

— La *Brillante-Lumière-de-Dieu* ! railla-t-il entre ses dents. Ce bateau est maudit !

Le capitaine Roffel avait été le Diable incarné ; même le marin, bien qu'endurci par des années de combats sanglants en mer, avait ressenti un élan de pitié devant le sort impitoyable infligé aux prisonniers français. Mais à présent Roffel était mort, emporté par une maladie soudaine. Son corps, emmailloté dans des toiles goudronnées, avait été expédié à terre; et son âme, sans doute, en enfer. L'homme frissonna et se tourna vers la fille.

— Nous ferions mieux de donner l'alarme! dit-il. Ce n'est pas que ça serve à grand-chose... Satan a rendu visite à ce bateau!

CHAPITRE PREMIER

— J'accuse Eleanor Raggleweed de sorcellerie !

Sir John Cranston, coroner de la ville de Londres, agita sa corpulente carcasse derrière sa haute table de chêne. Contenant sa fureur, il grinçait des dents en regardant la mégère de Rat-Tail Alley qui tendait le bras en un geste théâtral dans le petit bureau du Guildhall de Londres.

— C'est une sorcière ! répéta Alice Frogmore. Et voici son compagnon !

Elle désigna tout aussi théâtralement le gros crapaud tapi dans une cage métallique posée sur le sol.

Cranston croisa les bras sur son énorme bedaine. Jetant un regard courroucé à son scribe qui arborait un large sourire, il s'adressa à Alice Frogmore avec une feinte douceur.

— Vous avez formulé votre déposition. Veuillez à présent énoncer vos preuves, dit-il en regardant une Eleanor effrayée.

— Je l'ai vue ! trompeta Alice. Je l'ai vue dans son jardin, la nuit, qui nourrissait son immonde ami du pain le plus tendre et du lait le plus frais. Je l'ai vue lui parler et mon époux a lui aussi des preuves !

— Avancez, maître Frogmore ! beugla le coroner.

L'homme rejoignit sa femme en traînant les pieds.

Cranston se dit par-devers soi que cette dernière ressemblait davantage à un crapaud que la créature tapie dans la cage : Alice Frogmore avait de petits yeux porcins à demi dissimulés par des rouleaux de graisse, et, de chaque côté de son corps empâté, ses bras étaient courtauds et énergiques. Le coroner observa maître Frogmore. Il sourit *in petto* en se demandant comment ces deux-là s'entendaient au lit, car l'homme était sec comme une trique et doté des dents protubérantes et des yeux apeurés d'un lièvre pourchassé.

— Eh bien, mon ami, aboya Cranston. Avez-vous été témoin de quelque chose ?

— Oui, Votre Excellence.

— Messire le coroner suffira.

— Oui, Votre Excellence, messire le coroner.

Ce dernier décocha un regard à Osbert, le scribe, dont les épaules commençaient à tressauter de rire.

— Attention, Osbert ! souffla-t-il. Fais très, très attention.

Il revint à Frogmore.

— Alors, qu'avez-vous vu ?

— C'était la nuit de Walpurgis.

La voix flûtée de Frogmore se fit plus dramatique :

— L'époque du Grand Sabbat des sorcières. J'ai vu maîtresse Raggleweed aller dans son jardin, allumer une chandelle et nourrir son hideux visiteur sorti de l'Enfer.

— Comment se fait-il que vous soyez au courant de la nuit de Walpurgis ? l'interrompit le coroner, mimant l'innocence. Vous semblez bien renseigné sur les sorcières, maître Frogmore ?

L'homme se contenta de hausser les épaules.

— Et, plus important, que faisiez-vous, tout d'abord, à espionner maîtresse Raggleweed ?

— J'étais chez moi, dans le grenier, où je réparais le volet d'une fenêtre.

— Au beau milieu de la nuit ? rugit Sir John.

— Ma femme m'avait dit de le faire.

Frogmore se réfugia derrière son épouse, qui, lèvres serrées et joues gonflées, tendait le cou. Cranston se demanda si elle n'allait pas lui cracher dessus.

— Il me faut davantage de preuves, maugréa le magistrat.

Il gratta son crâne chauve et la gaieté disparut de son visage jovial et de ses yeux bleu acier. Il foudroya du regard Alice Frogmore qu'il commençait en secret à surnommer « Maîtresse Crapaud ».

— Parfois, répliqua la femme, le crapaud entre dans mon jardin et chaque fois il m'arrive des malheurs !

— Par exemple ?

Le ton de Sir John se fit menaçant. De la main, il chercha sa gourde sous la table. Mais maîtresse Frogmore avait pris le mors aux dents. Elle interpréta mal l'air dur du gros coroner et le prit pour celui d'un juge sévère. Ce n'était pas le cas : c'était l'air d'un coroner qui avait désespérément envie d'un gobelet de vin ou d'un pichet de clairet à *l'Agneau de Dieu* avant de rentrer précipitamment chez lui pour jouer avec ses jumeaux et taquiner son épouse, la bienheureuse Lady Maude.

— Eh bien ? grogna Cranston.

— Un jour le lait a tourné.

— Et... ? chuchota le magistrat, les dents serrées.

— Un autre jour je suis tombée d'un escabeau.

— C'est grande merveille que vous en ayez découvert un qui ait supporté votre poids ! commenta Sir John en aparté.

Osbert leva les yeux, l'air inquiet.

— Messire, j'ai manqué ça.

— Et moi je ne te manquerai pas si tu ne te tais pas ! grogna le magistrat en réponse. En voilà assez !

Il frappa violemment du poing sur la table et se tourna vers Eleanor Raggleweed.

— Qu'avez-vous à dire pour votre défense ?

— Sir John, je suis innocente !

Ce dernier regarda le crapaud sans aménité.

— Cet animal vous appartient-il ?

— Oui, messire le coroner, dit-elle d'une voix aiguë.

— A-t-il pénétré dans la propriété des Frogmore ?

— Oui, messire le coroner.

Cranston jeta un coup d'œil sévère au crapaud.

— Il est donc coupable d'intrusion ?

— Oui, messire le coroner.

— Pourquoi le gardez-vous ?

— Mon mari était un homme bon. Il avait trouvé le crapaud quand il était tout petit et nous l'avons toujours protégé.

Un sourire forcé se dessina sur les traits fatigués de maîtresse Raggleweed.

— Je vis seule, messire. C'est tout ce que j'ai. C'est un animal affectueux.

De sous leurs sourcils blancs et broussailleux, les yeux courroucés du coroner se posèrent sur elle.

— Faites-la déshabiller ! intervint maîtresse Frogmore. Cherchons les marques des sorcières ! Le téton supplémentaire avec lequel elle nourrit son compagnon !

Cranston abattit un de ses redoutables poings sur la table.

— Du calme ! meugla-t-il.

— C'est une sorcière ! insista Alice Frogmore.

— Une amende de deux pennies pour offense à la cour, tonna le magistrat.

— Mais, messire le coroner...

— Une amende de deux pennies pour offense à la cour ! hurla ce dernier.

Il apercevait, sur le seuil, les baillis secoués de rire. Il prit sa gourde, s'octroya une généreuse rasade de vin, reboucha le récipient et le suspendit à un crochet sur le côté de la table. Puis il regarda Eleanor Raggleweed.

— Êtes-vous une sorcière ?

— Messire le coroner, je ne suis qu'une honorable veuve. Demandez au père Lawrence.

Elle se détourna et désigna le prêtre aux cheveux blancs qui se tenait près des baillis.

— Je vais à l'église tous les dimanches et trois fois par semaine.

L'ecclésiastique au visage avenant acquiesça aux paroles d'Eleanor.

— Alors pourquoi les Frogmore vous accusent-ils ? demanda Cranston.

— Parce qu'ils ont toujours contesté mes droits sur une petite parcelle de terre derrière ma maison. Ils ont, par leurs disputes et leurs patricotages, conduit trop tôt mon époux à sa tombe.

La voix de la femme se fit murmure.

— J'ai peur qu'ils tuent Thomas !

— Qui, diable, est Thomas ? rugit Sir John.

— Mon crapaud, messire le coroner.

Le petit monstre vert-jaune, dans sa cage, agita tout à coup son gros corps bouffi et émit le plus puissant des coassements. Osbert plongea, tête première, sur la table : pris de fou rire, il ne pouvait plus écrire. Immédiatement maîtresse Frogmore fit un bond en avant.

— Vous voyez ! hurla-t-elle. Le crapaud lui parle !

— Une groat d'amende ! mugit Cranston.

Il essuya la sueur de son front et remercia silencieusement Dieu que frère Athelstan, son clerc personnel, ne soit point témoin de cette scène mais se trouve bien tranquille dans sa paroisse de St Erconwald, à Southwark, de l'autre côté du fleuve. À ce stade,

Athelstan se serait écroulé sur le sol, secoué de rire. Cranston regarda l'animal, qui paraissait avoir un petit penchant pour lui, car il sauta en avant, coassant bruyamment en guise de reconnaissance.

— Cela suffit comme ça ! chuchota le magistrat. Osbert, si tu ne te redresses pas, je te mettrai à l'amende d'un noble[1] et t'enverrai une semaine à la prison de la Fleet !

Le scribe se mordit les lèvres pour reprendre contenance et saisit sa plume. Cranston claqua des doigts, fit avancer le prêtre et désigna, sur un côté de la table, une énorme bible enchaînée à un lutrin massif.

— Levez la main, mon père, et prêtez serment !

Le frère Lawrence s'exécuta.

— Laissez votre main ici, ordonna le magistrat, et à présent, parlez-moi d'Eleanor Raggleweed.

— C'est une femme au grand cœur, expliqua le prêtre. Bonne et loyale, Sir John. Son mari combattait dans votre compagnie d'archers, quand vous serviez Sir John Chandos et le prince Édouard.

Cranston se rencogna dans sa chaire, bouche bée, en se remémorant soudain Raggleweed, un maître archer, joyeux garçon, honnête, courageux et fidèle. Il jeta un coup d'œil au vieux prêtre.

— Et ces accusations ?

— Par le Christ et sa mère, Sir John, ce ne sont que fieffés mensonges !

Le magistrat approuva et, d'un geste, renvoya le prêtre.

— Voici mon verdict. Premièrement, vous, maîtresse Alice Frogmore, êtes coupable d'offense à la cour. Vous aurez une amende de quatre pennies.

1. Pièce dénommée ainsi à cause de la bonne qualité de l'or qu'elle contenait. *(N.d.T.)*

Deuxièmement, vous, maîtresse Alice Frogmore, vous avez fait perdre son temps à la cour, et vous serez donc taxée de quatre autres pennies. Et enfin...

Il fixa le visage fielleux de la grosse commère.

— ... je vous relaxe à condition que vous ne troubliez pas la paix entre vous et maîtresse Eleanor Raggleweed, votre voisine. Qu'avez-vous à dire ?

— Mais le crapaud a pénétré dans notre propriété ! geignit-elle.

— Ah, c'est vrai !

Cranston se tourna vers Eleanor Raggleweed.

— Eleanor Raggleweed, votre crapaud, prénommé Thomas...

Il tenta de rester imperturbable.

— ... est coupable d'intrusion. Votre amende équivaut à la plus petite somme du royaume : un farthing.

Eleanor sourit. Le magistrat regarda avec sévérité la bête qui coassait joyeusement en remerciement.

— Vous, Thomas le crapaud, vous êtes dorénavant mis sous tutelle de la cour.

Il enveloppa les Frogmore d'un regard menaçant.

— Et donc, si quoi que ce soit lui arrive, vous aurez à en répondre !

— C'est injuste ! pleurnicha Frogmore. Je ferai appel !

— Du vent ! mugit Sir John. Sergents, faites évacuer cette pièce !

Eleanor Raggleweed prit l'animal et rejoignit le prêtre qui lui murmura doucement des félicitations. Les Frogmore, l'oreille basse, fouillèrent dans leur escarcelle et tendirent à contrecœur leur amende à Osbert. Cranston appuya la tête contre le haut dossier de la chaire et, en guise de récompense, avala une autre large rasade de sa gourde.

— Par le cul du diable et les tétons de Satan ! souffla-t-il.

Il consulta la chandelle des heures[1] sur son support de fer.

— Il n'est pas encore dix heures et je suis déjà las de toutes ces sottises. As-tu jamais entendu de telles absurdités ? demanda-t-il en jetant un vif coup d'œil à Osbert.

Ce dernier humecta ses lèvres minces et secoua la tête sans piper mot. Exercer sa profession à la cour de Sir John lui était toujours un plaisir : le corpulent coroner amateur de vin était aussi connu pour son franc-parler et son exaspération devant les imbéciles que pour sa scrupuleuse honnêteté.

— Je n'ai jamais encore, avait expliqué Osbert à sa femme potelée et à ses enfants, je n'ai jamais encore vu Sir John céder à la peur ou à la partialité. Il est droit comme la flèche qu'on vient de tirer.

Le scribe tendit la main et s'empara d'un rouleau de parchemin graisseux. Il se plaisait à étudier les états d'âme du magistrat.

— Eh bien, Sir John, vous allez apprécier la prochaine affaire.

— De quoi s'agit-il ? grommela le coroner.

— Rahere le rôtisseur possède une échoppe dans une ruelle près de Seething Lane. Son rival, Bernard le boulanger, est installé juste à côté de lui. Et ils ne s'aiment pas beaucoup tous les deux.

— Oui ? dit Cranston d'un ton sec.

— Rahere a fait creuser de nouvelles latrines.

— Et alors ?

— Bernard prétend que, par dépit et méchanceté, Rahere les a disposées de telle sorte que toutes les immondices se déversent dans le cellier de sa boulangerie.

1. Chandelle cerclée d'anneaux qui marquaient les heures écoulées. *(N.d.T.)*

— Oh, par les fesses des fées ! souffla Cranston. N'oublie pas de me rappeler, Osbert, de ne jamais aller manger dans un de ces deux endroits.

Il claqua des lèvres en pensant à la croûte dorée de la tourte à la caille que lui mijotait l'épouse du tavernier à *l'Agneau de Dieu.*

— Dois-je m'occuper de cette affaire maintenant ?

Le scribe acquiesça tristement.

— Je le crains, sauf s'il se présente un autre cas urgent.

Le magistrat posa ses coudes sur la table et prit son visage mafflu entre ses mains boudinées.

— Bon !

Il s'apprêtait à hurler à ses baillis d'introduire les plaideurs suivants quand on frappa violemment à la porte. Edward Shawditch, l'adjoint du shérif de la ville, entra dans la pièce, son maigre visage grêlé rouge de colère. Cranston remarqua que l'arrivant ne s'était pas rasé ; son menton était piqueté de poils hirsutes. Le manque de sommeil avait cerné de rouge ses petits yeux verts et il serrait les lèvres si fort que le coroner se demanda s'il venait d'avaler du vinaigre. Shawditch ôta un de ses gants pour repousser ses cheveux roux trempés de sueur.

— Juste un mot, Sir John.

« Un millier, plutôt », songea Cranston avec amertume.

— Qu'y a-t-il, Shawditch ?

Il respectait l'adjoint du shérif pour sa probité, mais l'individu était si zélé et avait des manières si frustes qu'il mettait les nerfs du magistrat à rude épreuve.

— Deux affaires, Sir John.

— Chacune à son tour, aboya Cranston.

— Eh bien, il y a eu un cambriolage, un de plus !

Le cœur du coroner se serra.

— Le sixième, énonça sans ambages Shawditch.

— Chez qui, cette fois ?

— Chez Selpot, répondit l'adjoint.

— Oh, mon Dieu, non ! s'exclama le magistrat.

Selpot était un échevin, un membre haut placé de la guilde des tanneurs.

— Pas la maison de Bread Street ?

— Si !

— Et l'on a procédé de la même façon que pour les autres ?

— Oui, exactement. Selpot est parti avec sa femme et ses enfants rendre visite à des amis dans le Surrey, c'est du moins ce que prétend son intendant. Il est sans doute allé extorquer un tas de peaux à un paysan. Quoi qu'il en soit, il a laissé sa demeure à la charge de son intendant.

Shawditch haussa les épaules.

— Vous feriez mieux de venir vous rendre compte par vous-même.

Le coroner repoussa sa chaire, coiffa son épais chapeau de castor et boucla son ceinturon autour de son avantageuse bedaine. Il saisit sa lourde cape militaire et emboîta le pas à Shawditch pour quitter la pièce. Sur le seuil il se retourna et adressa à Osbert un sourire radieux.

— L'ordre du jour est ajourné, dit-il. Il en est ainsi : passe-le, si tu veux, à une autre cour.

Le coroner et l'adjoint du shérif sortirent dans Cheapside. L'air du matin était glacial ; sur les pavés, la boue et les détritus se couvraient de givre. De chaque côté de la rue des volutes de brume qui étouffaient vacarme et clameurs dissimulaient à moitié les maisons. Tous, pour se protéger du froid, étaient emmitouflés des pieds à la tête : les riches en robes et chapes de laine, les pauvres dans un assortiment bigarré de haillons.

Une vieille mendiante, accroupie au coin d'une

ruelle, était morte gelée dans cette posture. On chargeait avec peine son corps dans une charrette, tirée par des bœufs dont l'haleine lourde s'élevait comme de la vapeur. Derrière le chariot une bande de gamins, inconscients de la tragédie, usaient d'os de mouton pour patiner sur les caniveaux et les cloaques verglacés. Un groupe de jeunes hommes, vêtus d'étranges costumes formés d'oripeaux cousus ensemble, entonnaient un chant de Noël sur la naissance du Christ à Bethléem. Plus loin, dans Cheapside, un cornemuseux lançait ses notes aiguës devant le pilori où de petits malfaiteurs, exposés toute la journée, mains et tête attachées, seraient non seulement couverts d'injures et d'ordures, mais souffriraient aussi du froid mordant d'un jour d'hiver rigoureux. Un franciscain, tenant d'une main un seau de cuir plein d'eau chaude, de l'autre une toaille[1] moelleuse, essuyait doucement le visage des prisonniers du jour et leur offrait des gorgées de posset[2] bouillant puisées dans un grand bol. L'un des captifs pleurait de froid. Sir John s'arrêta. Il examina les visages gercés et remarqua les pommettes bleuâtres d'un larron aux traits tirés et les larmes qui ruisselaient sur les joues de son compagnon au faciès de rat. Il s'apprêta à repartir.

— Cranston, pour l'amour du Christ, pitié ! cria le voleur.

Le coroner s'arrêta à nouveau et jeta un coup d'œil au sergent de service. Shawditch, impatient, revint sur ses pas.

— Que se passe-t-il, Sir John ?

Cranston, d'un geste, appela le garde.

— Depuis combien de temps sont-ils là ?

— Quatre heures, Sir John.

1. Serviette. *(N.d.T.)*
2. Mélange de lait et de bière. *(N.d.T.)*

— Relâchez-les !

Un chœur de remerciements éclata le long du pilori : on bénit Sir John et sa descendance jusqu'à la quarante-cinquième génération.

— Mais c'est impossible ! bredouilla le sergent.

— Vraiment ?

Le coroner cligna de l'œil à l'adresse du shérif adjoint qui, malgré son air insensible, était un homme compatissant.

— Avez-vous bien ouï, maître Shawditch ? On s'est adressé au coroner de la ville et à l'adjoint du shérif en disant : « C'est impossible. »

Shawditch enfonça l'index dans la poitrine du sergent, fouilla dans son escarcelle et fourra une pièce dans la main du garde.

— Non seulement vous allez les relâcher, mon bel ami, dit-il d'une voix rude, mais, pour l'amour du Christ, vous irez leur quérir quelque chose de chaud à manger.

Il désigna les chanteurs de la tête.

— Ce sera bientôt l'Avent, Noël, la naissance du Christ. Pour l'amour de Lui, faites preuve d'un peu de clémence !

Le sergent prit son lourd trousseau de clés et se mit en devoir de libérer les prisonniers, qui se frottèrent doigts et visage. Le franciscain, le visage illuminé d'un sourire, s'avança en se dandinant.

— Que le Christ vous bénisse, maître Shawditch.

— Ouais, maugréa le shérif adjoint. Que le Christ me bénisse. Et à présent, mon père, assurez-vous que le garde utilise cet argent à bon escient. Venez, Sir John.

Shawditch, suivi de Cranston qui se hâtait à sa suite, poursuivit sa route.

— Ils vous traitent de bâtard, murmura Cranston. Mais de bâtard juste.

— Ouais, Sir John, et j'ai entendu la même chose à votre sujet.

Shawditch jeta un coup d'œil par-dessus son épaule, vers le pilori.

— C'est bien ce que je craignais.

— Quoi ?

— Ce maudit voleur vient de chiper ma pièce au sergent !

Cranston sourit et porta sa main gantée à son oreille cuisante à cause du froid.

— Il fait fichtrement trop froid pour tenter quoi que ce soit, murmura-t-il quand ils tournèrent dans Bread Street.

— Ce n'est pas ce qui arrête les malfaiteurs ! rétorqua Shawditch.

Il s'arrêta devant une haute demeure à colombages, bien entretenue et fraîchement peinte. Cranston jeta un regard appréciateur sur les blasons aux couleurs vives surmontant la porte.

— Selpot a dû vendre beaucoup de peaux, commenta-t-il.

— Ouais, répondit l'adjoint. Y compris celles d'un certain nombre de ses clients.

Ils frappèrent à l'huis. Un intendant à l'air inquiet les fit entrer dans une petite salle confortable et avança des tabourets devant un feu ronflant.

— Désirez-vous un peu de vin ? proposa-t-il en regardant Shawditch.

— Voici le coroner de la ville, Sir John Cranston, déclara le shérif adjoint. Et vous, comment vous appelez-vous ? J'ai oublié votre nom.

— Latchkey et je suis l'intendant.

— Ah oui, maître Latchkey.

— Prenons un peu de vin, trompeta Cranston. Du clairet rouge et épais.

Il embrassa la pièce du regard, admirant les boiseries brillantes, les riches tapisseries et un petit triptyque peint au-dessus de la cheminée. Au coin de l'âtre se nichaient pelles et pincettes en bronze et d'épais tapis de laine recouvraient le sol dallé.

— Je suis sûr que maître Selpot a du bon bourgogne, poursuivit-il d'un ton comminatoire.

Latchkey se précipita vers un bahut, dans l'embrasure de la fenêtre, et rapporta deux coupes pleines à ras bord.

— Bon, racontez-nous ce qui est arrivé.

Le magistrat vida sa coupe d'un trait et tendit la main pour qu'on la lui emplisse à nouveau.

— Allons, mon ami, apportez donc le pichet ! N'auriez-vous pas, par hasard, une cuisse de poulet en trop ?

L'homme eut un geste de dénégation morose, puis remplit la coupe du coroner avant de narrer sa triste histoire : son maître s'était absenté et, la nuit dernière, un félon, entré dans la maison, avait dérobé étoffes, gobelets et objets précieux dans les étages supérieurs.

— Où étiez-vous, vous et les serviteurs ? interrogea le magistrat.

— Oh, en bas, Sir John.

L'intendant se mordilla les lèvres.

— Vous comprenez, les serviteurs logent ici, personne ne dort dans le grenier. Maître Selpot est exigeant là-dessus. Moi, j'ai une petite pièce derrière la maison, les valets, les cuisiniers et les rôtisseurs dorment dans la cuisine ou dans le couloir.

— Et vous n'avez rien entendu ?

— Non, Sir John. Venez, je vais vous montrer.

Latchkey les emmena promptement faire le tour de la somptueuse demeure et leur prouva que les fenêtres étaient protégées par des volets intérieurs cadenassés.

— Êtes-vous certain qu'une fenêtre n'était pas restée ouverte ?

— Certain, Sir John.
— Les portes du bas étaient bien verrouillées ?
— Oui, Sir John. Nous avons aussi des chiens : ils n'ont pas bronché.
— Il n'y a pas d'entrée secrète ?
— Non.
— Et le toit ?
Latchkey haussa les épaules et les conduisit dans le froid grenier qui servait de resserre. Cranston examina l'endroit, mais ne découvrit nul passage possible dans le toit.
— Qu'a-t-on emporté ? demanda-t-il quand ils redescendirent.
— Cinq coupes en argent, dont deux serties de pierres fines. Six couteaux : deux en or, trois en argent et un en cuivre. Une statuette de la Vierge Marie sculptée dans du marbre. Deux cuillères à soupe, en or elles aussi. Cinq assiettes en argent, dont une bordée de pierreries.
Shawditch geignit en entendant énumérer la longue liste.
En bas, Cranston enfila son chapeau de castor et sa chape.
— Les serviteurs pourraient-ils être coupables ?
Le lugubre visage de l'intendant se rembrunit encore.
— Sir John, c'est moi qui ai découvert les vols. J'ai immédiatement fouillé tout le monde, sans rien trouver.
Le coroner leva les yeux au ciel, remercia Latchkey et, suivi par un shérif adjoint tout aussi perplexe, regagna la rue gelée.
— Combien avez-vous dit ? s'enquit Cranston. Six depuis la Saint-Michel ?
Shawditch acquiesça d'un air maussade.
— Et où est Trumpington ?
L'adjoint désigna un bâtiment de la rue.

— Là où il est toujours à cette heure, au *Cochon Joyeux*.

Contournant avec précaution les tas d'ordures, ils descendirent la rue et prirent une venelle où une enseigne d'un jaune criard, sur laquelle un porc rouge jouait de la cornemuse, craquait et grinçait au bout de ses chaînes de fer. Dans la grand-salle, ils découvrirent Trumpington, le dizainier[1] du quartier, s'empiffrant d'un pâté de poisson sans prendre le temps d'avaler avant d'engloutir une chope de bière mousseuse. Il se dérangea à peine quand Cranston et Shawditch arrivèrent ; il rota simplement à grand bruit et entreprit de se curer diligemment les dents de l'ongle du pouce. Le coroner essaya de cacher à quel point l'homme lui déplaisait. Il pensait à part soi que c'était un véritable porc, avec son corps trapu, son visage rubicond et bouffi, ses bajoues tremblotantes, ses narines poilues et ses yeux perçants sous un front bas, toujours frangé de cheveux jaunes et sales.

— Il y a eu un vol ! annonça Trumpington.

— Oui, et c'est le sixième dans ce secteur ! aboya le magistrat.

Trumpington se nettoya la bouche à grands coups de langue et Sir John, pour la première fois depuis des semaines, refusa de boire un gobelet de vin ou de manger un morceau.

— Je n'y suis pour rien ! brailla le dizainier. Je fais une ronde dans les rues toutes les nuits. Enfin, quand je suis de garde. Je n'ai rien vu de suspect et ces vols sont tout aussi mystérieux pour moi que pour vous, mes compères.

Cranston eut un sourire angélique et, posant les mains sur celles de Trumpington, appuya fortement jusqu'à ce que l'homme grimace.

1. Membre du guet veillant à l'exécution des décisions du pouvoir municipal. *(N.d.T.)*

— Vous ne voyez jamais rien de bizarre ?

— Non, souffla Trumpington dont le visage s'empourprait légèrement à cause de la pression sur ses mains.

— Bon.

Cranston repoussa le tabouret et leva la main.

— Gardez les yeux ouverts.

Il tira Shawditch par la manche et tous deux quittèrent la taverne.

— C'est un véritable mystère, commenta Shawditch qui jeta un regard circonspect au coroner. C'est une affaire qui peut aller loin...

Cranston attendit jusqu'à ce qu'une bande d'apprentis, qui donnaient de grands coups de pied dans une vessie de porc gonflée, soient passés en poussant des cris de joie et des hurlements. Puis il résuma à haute voix :

— Six maisons. Toutes dans ce quartier. Toutes appartenant à de riches marchands mais, en l'absence de leurs propriétaires, occupées seulement par des serviteurs. Aucun signe d'effraction, pas plus par la porte que par la fenêtre. Des vols commis de l'intérieur ?

Il eut un signe de dénégation.

— Il est impossible qu'il y ait eu collusion entre des larrons et les valets de six maisonnées différentes, remarqua-t-il en gonflant les joues et tapant du pied pour lutter contre le froid. D'abord le conseil municipal élèvera de faibles protestations. Puis viendront des clameurs de réprobation et la tête de quelqu'un tombera. N'est-ce pas, Shawditch ?

— Ouais, Sir John, et ce pourrait bien être la mienne. Ou la vôtre, ajouta-t-il sans ambages. Quand la loi ou l'ordre sont violés, on pense toujours, Dieu sait pourquoi, que châtier un officier de la ville remettra les choses en place.

Cranston lui donna une tape sur l'épaule.

— Avez-vous déjà rencontré frère Athelstan ?

— Votre clerc ? Le prêtre de la paroisse de St Erconwald, à Southwark ?

Shawditch acquiesça.

— Bien entendu. On ne peut pas l'oublier, Sir John, car il est aussi différent de vous que la craie peut l'être du fromage blanc.

Shawditch sourit en se remémorant le mince dominicain au teint mat, aux cheveux noir de jais et aux yeux souriants qui cachaient une vive intelligence et un esprit prompt. Au début, il avait pensé que frère Athelstan était secret, mais il avait, par la suite, compris qu'il était seulement timide et plutôt frappé d'un respect sidéré devant l'appétit insatiable de l'énorme Sir John et son perpétuel besoin d'étancher sa soif.

— Pourquoi souriez-vous ? s'insurgea Cranston.

— Pour rien, Sir John, je pensais simplement...

La voix de Shawditch s'éteignit.

— En tout cas, tonna le coroner tournant au coin de la rue pour redescendre, Athelstan dit toujours que s'il y a un problème, il doit y avoir une solution ; ce n'est qu'une question d'observation, de spéculation et de déduction.

Cranston fit un bond de côté, avec une agilité que même Thomas le crapaud aurait admirée, quand une fenêtre, à un étage supérieur, s'ouvrit et qu'on vida dans la rue le contenu d'un pot de chambre. Shawditch n'eut pas autant de chance et sa chape reçut quelques éclaboussures. Il s'arrêta pour menacer la fenêtre du poing, puis s'écarta aussi prestement que le magistrat quand la fenêtre s'ouvrit derechef et qu'un autre pot de chambre apparut.

— Il devrait y avoir une loi contre ça, grommela-t-il. Mais que disiez-vous, Sir John ?

Le coroner enfonça avec fermeté son chapeau de castor sur sa volumineuse tête.

— Premièrement, comment le larron pénètre-t-il dans les maisons? Deuxièmement, comment sait-il qu'elles sont vides?

— Je ne peux répondre à la seconde question. Et la première? Eh bien, c'est un mystère.

— Avez-vous vérifié les toits? demanda Sir John.

— Oui, Trumpington a convoqué un couvreur qui a inspecté les toits et n'a rien trouvé d'anormal.

Ils parvinrent au coin de Bread Street. Cranston était sur le point de partir quand l'adjoint du shérif le retint par la manche.

— J'ai dit que j'avais deux problèmes à vous soumettre, Sir John. Le second est plus sérieux.

Le coroner soupira.

— Bon, mais pas ici.

Il conduisit Shawditch dans Cheapside et ils pénétrèrent dans la chaleur accueillante de *l'Agneau de Dieu*. D'une voix tonitruante, il passa commande à la tavernière : tourte au chapon et gobelets de clairet pour lui et son ami. Après avoir englouti sa première bouchée, il fit un signe de tête à son compagnon.

— Bien, racontez-moi ça.

— Vous savez que la marine royale a repris la mer pour lutter contre les Français?

— Oui, qui l'ignorerait? dit Cranston en mastiquant à grand bruit.

Jean de Gand, poussé à l'action par le Parlement, avait fini par rassembler une flottille de quinze bateaux de guerre destinés à mener des représailles contre les pirates français dans la Manche et des attaques surprises sur les villes et les villages de la côte normande.

— Quelques bâtiments de la flotte mouillent sur la Tamise en face de Queenshithe, et parmi eux, la *Brillante-Lumière-de-Dieu*, reprit Shawditch qui sirota une gorgée de vin. Le navire était commandé par William Roffel. Il est rentré au port voilà deux jours, après avoir capturé et coulé un grand nombre de vaisseaux français. Mais Roffel, pendant le retour, est tombé soudainement malade et est mort. On a ramené son corps à terre. L'équipage a été payé et a eu droit à sept jours de permission. Or, hier soir, seuls le second et deux marins étaient de garde à bord. L'un à la poupe et l'autre à la proue.

Le shérif adjoint se mordilla les lèvres.

— On avait laissé un fanal en haut du mât et le navire était à portée d'oreille des autres bateaux à l'ancre.

— Que s'est-il passé ? l'interrompit le coroner avec impatience.

— Au point du jour un matelot est revenu avec une ribaude. Ils sont montés à bord et ont découvert que le bâtiment était désert : pas de second, pas de vigie.

— Et alors ?

— Personne n'avait vu quiconque quitter le cogghe ni s'en approcher, mais il est vrai que ce soir-là il y avait une épaisse brume sur le fleuve. Pourtant ce n'est là que la moitié du mystère, Sir John. Une heure avant le retour du marin, selon les instructions de l'amiral, le garde à bord du navire voisin, la *Sainte-Trinité*, a demandé si tout allait bien. Une voix, venant de la *Brillante-Lumière-de-Dieu*, a répondu en utilisant le mot de passe choisi.

— Qui était ?

— La gloire de saint Georges.

Cranston se rencogna.

— Donc, ce que vous me dites, c'est qu'apparemment, il ne s'était rien passé d'étrange à bord de ce bateau ? La vigie a même donné le bon mot de passe au navire voisin ?

— Oui, puis l'a lancé à un troisième, la *Sainte-Marguerite*, répondit Shawditch.

— Et pourtant, continua le coroner, quelques instants plus tard, on a trouvé le cogghe vide. Aucun signe du second ni des gardes, deux gabiers ?

— C'est exact, Sir John.

— Auraient-ils pu déserter ?

Shawditch fit une grimace.

— Et il n'y avait pas de trace de violence ?

— Pas une seule.

— On a volé quelque chose ?

L'adjoint eut un geste de dénégation.

— Voyons, voyons, voyons ! souffla Cranston. Je me demande ce qu'Athelstan pensera de tout ça.

— Dieu seul le sait ! répliqua Shawditch. Mais le maire et le conseil municipal exigent une réponse.

CHAPITRE II

Frère Athelstan, assis à la table de la cuisine du petit presbytère de St Erconwald, à Southwark, contemplait le feu d'un air morose. Il avait célébré la messe du matin, nettoyé l'église, aidé par Cecily la ribaude, et bavardé avec Tab le chaudronnier au sujet de pots à réparer. Puis il avait fait ses adieux à Benedicta, la veuve, qui se rendait de l'autre côté du fleuve aider quelques jours une parente enceinte.

Athelstan se leva et alla remuer la fromentée[1] qui cuisait dans un chaudron noir. Il jeta un coup d'œil par-dessus son épaule à Bonaventure, le gros matou borgne, qui, patiemment installé sur la table, faisait sa toilette avec minutie après avoir chassé toute la nuit dans les ruelles autour de l'église.

— Ce sera bientôt prêt, Bonaventure. Un peu de fromentée avec du lait, des épices et du sucre. Benedicta l'a préparée elle-même avant de partir. Ce sera délicieux. Car la semaine prochaine, nous romprons notre jeûne comme des rois.

Le chat bâilla et regarda avec dédain cet étrange dominicain qui lui parlait constamment. Le clerc

1. Bouillie de blé cuite dans du lait ou du bouillon. *(N.d.T.)*

essuya la cuillère de corne, la remit à son crochet, s'étira et bâilla lui aussi.

— J'aurais dû aller me coucher, murmura-t-il.

Au lieu de se reposer il était monté au clocher pour étudier les étoiles et observer, frappé de respect, la chute embrasée d'une météorite. Il regagna sa table, se rassit et sirota sa bière coupée d'eau.

— Pourquoi, interrogea-t-il Bonaventure, dis-moi, ô toi le plus rusé des chats, pourquoi les météorites dégringolent-elles des cieux mais pas les étoiles ? Ou alors, reprit-il en s'apercevant qu'il avait capté l'attention du matou, les météorites sont-elles des étoiles qui tombent ? Et, si c'est le cas, pourquoi une étoile chute-t-elle et pas une autre ?

Bonaventure se contenta de cligner de son œil unique.

— Et la question se complique encore, expliqua Athelstan. Prenons les choses ainsi : pourquoi certaines étoiles se déplacent-elles ? La constellation nommée la Grande Ourse le fait, mais pourquoi l'étoile Polaire, celle des bateaux, ne bouge-t-elle jamais ?

La réaction du chat consista à miauler bruyamment et à s'affaler sur la table comme si la longue attente de la bouillie de son petit déjeuner le désespérait. Athelstan sourit et caressa avec tendresse l'oreille déchiquetée du matou.

— Convient-il de nous interroger, murmura le dominicain, ou faut-il admirer en silence les grandes merveilles créées par Dieu ?

Soupirant, il reprit le morceau de parchemin qu'il examinait la veille. On y avait dessiné une grossière représentation de l'église. Les membres du conseil paroissial, dans leur sagesse, avaient décidé que, pour fêter leur saint patron, ils joueraient un mystère dans la nef de l'édifice. Et Athelstan, à présent, établissait la liste de ce qui leur était nécessaire. Thomas Drawsword, une nouvelle ouaille, avait accepté de retaper une grande charrette qui servirait d'estrade, mais il leur en fallait davantage. Le clerc étudia sa note :

Deux capes de diable
Deux capuchons de diable
Une chemise
Trois masques
Des ailes pour les anges
Trois trompettes
La porte de l'Enfer
Quatre petits anges
Des clous
Enfin, mais pas le moins important, une grande toile de fond.

La pièce s'intitulait *Le Jugement dernier* et le dominicain commençait déjà à regretter l'enthousiasme qui l'avait jeté dans cette aventure.

— Nous allons manquer d'ailes, murmura-t-il, et un ange pourvu d'une seule aile, c'est impossible.

Il soupira. Tout cela n'était que piètres tracas comparé aux débats sur la distribution des personnages. Watkin, le ramasseur de crottin, voulait à toute force représenter Dieu, attribution qui lui était âprement disputée par Pike le fossier. La guerre civile faisait aussi rage parmi leurs enfants, qui se querellaient pour se partager les emplois des quatre bons esprits, des quatre mauvais esprits et des six diables. La plantureuse épouse de Watkin, dotée de la voix d'airain d'une trompette, avait déclaré qu'elle serait Notre-Dame. Tab le chaudronnier menaçait de se retirer du spectacle si on lui refusait un rôle principal.

Huddle, l'imagier, bien qu'il se tînt à l'écart de ces querelles, posait aussi des problèmes. Il avait quelques difficultés à peindre de façon convaincante la gueule de l'Enfer.

— Il faut surélever le devant de la charrette, mon père, insistait-il, pour que lorsque les damnés entrent dans la gueule de l'Enfer, ils disparaissent dans les tréfonds.

Athelstan jeta sa plume sur la table.

— Bonaventure, déclara-t-il, nous avons besoin de Sir John Cranston. Il a accepté que ses jumeaux, les marmousets, s'ébattent et jouent les angelots et il fera lui-même un merveilleux Satan.

Athelstan fit une pause et regarda les poutres noircies du plafond. Cranston ! Le dominicain lui avait rendu visite trois jours plus tôt et s'était installé dans l'immense cuisine pendant que les deux marmousets gambadaient autour de lui en poussant des cris de joie perçants. Ils s'étaient suspendus aux queues des énormes lévriers irlandais que le coroner avait, dans un accès de générosité, installés chez lui. En dépit du vacarme, le magistrat était de joyeuse humeur. Il était plongé dans les détails du gouvernement de la cité, bien que, aidé par de généreux gobelets de clairet, il eût émis une terrible prophétie : un assassinat épouvantable, une rixe sanglante, ne tarderait pas à se produire. Athelstan n'avait pu qu'acquiescer ; la vie avait été plutôt calme et douce depuis que lui et Sir John avaient été aux prises avec le mystère du Guildhall quelques mois auparavant[1].

Le dominicain tendit les doigts vers l'âtre pour se réchauffer. Il était heureux que l'hiver approche. La moisson avait été bonne. Le prix du blé et du pain avait baissé, étouffant un peu le mécontentement qui couvait en ville. Les menaces de révolte s'étaient apaisées, quoique Athelstan sût qu'elles n'étaient que larvées, comme des graines dans la terre qui attendaient de germer. Il soupira, il ne pouvait qu'espérer, prier et faire de son mieux.

1. Voir *La Colère de Dieu*, 10/18, n° 3336.

— Allez, viens, Bonaventure, dit-il, déjeunons.

Il prit deux grands bols sur l'étagère au-dessus de la cheminée, y versa deux louches bouillantes et fumantes de fromentée et les emporta dans la resserre. Suivant les instructions de Benedicta, il les saupoudra de cannelle et de sucre et revint dans la cuisine. Un des bols fut placé devant le foyer pour le chat toujours affamé. Athelstan se signa en son nom et celui de Bonaventure, s'empara de sa cuillère de corne et entama la nourrissante bouillie brûlante. Son bol était vide, ou le matou s'était chargé de le vider à sa place, quand il entendit la clameur qui s'élevait dehors, un bruit de course et une voix qui s'exclamait :

— Asile ! Que Dieu ait pitié de moi !

Athelstan se précipita hors du presbytère et courut au portail. Un jeune homme, blême, les yeux écarquillés sous une tignasse de cheveux blonds, agrippait les anneaux de fer de la porte de l'église.

— Asile, mon père ! haleta-t-il. Mon père, je demande asile ! Au nom de Dieu et de l'Église !

— Que se passe-t-il ? interrogea le dominicain.

— Un meurtre ! répondit le jeune homme. Mais, mon père, je suis innocent !

Le prêtre l'examina avec soin : son justaucorps de serge épaisse, ses chausses vert bouteille et ses bottes de cuir étaient couverts de boue et d'immondices.

— Mon père, ils me tueront ! plaida l'homme.

Athelstan perçut un bruit de galopade et les vagues hurlements des poursuivants plus loin dans la ruelle. Il sortit ses clés et ouvrit la porte. Le fugitif se jeta dans la nef sombre, traversa le nouveau jubé sculpté et érigé par Huddle et agrippa le coin de l'autel en criant une fois encore :

— Je demande asile ! Je demande asile !

Le dominicain, un Bonaventure toujours aussi curieux sur les talons, le suivit. Le fuyard était à présent adossé à l'autel, jambes écartées, et tentait de reprendre son souffle en essuyant sur sa manche son visage couvert de sueur.

— Je demande asile ! haleta-t-il.

— Alors, au nom de l'Église, vous l'avez ! répondit doucement Athelstan.

Il fit face à la clameur qui montait dans son dos. Une bande de silhouettes sombres, armées de gourdins et d'épées, se tenait à l'entrée de l'édifice.

— Restez là, ordonna le dominicain au fugitif en sortant du jubé. Que voulez-vous ? demanda-t-il à l'adresse du groupe menaçant.

— Nous cherchons le meurtrier, l'assassin, Nicholas Ashby, gronda une voix.

— Vous êtes dans la maison de Dieu, répliqua le prêtre en faisant quelques pas en avant. Maître Ashby a demandé asile et je le lui ai accordé selon les lois canons et les us de ce pays.

— Sottises ! rétorqua la voix.

Les poursuivants remontèrent la nef. Athelstan dissimula sa peur et se campa sur ses jambes. La bande, portant la livrée rouge et blanc d'un noble, était conduite par un meneur costaud et moustachu. Agressifs, les hommes s'avancèrent vers le dominicain, épées tirées, gourdins en main. Athelstan examina leurs justaucorps de cuir, leurs chausses serrées, leurs braguettes protubérantes, les fourreaux de leurs poignards et épées suspendus à leurs ceinturons et la façon dont ils traînaient leur cape. Il comprit qu'il avait affaire à des ruffians, à des tueurs à gages loués par un grand seigneur. Il leva la main et ils ne s'arrêtèrent qu'à quelques mètres de lui.

— Si vous approchez, dit-il d'un ton posé, vous violerez non seulement la loi des hommes mais aussi celle de Dieu. Vous avez déjà commis un sacrilège (il désigna les épées au clair) en pénétrant dans la maison de Dieu avec ces armes.

Le chef recula en remettant son épée au fourreau et, au grand soulagement du prêtre, les autres l'imitèrent.

— Comment vous appelez-vous? questionna Athelstan.

— Occupez-vous de vos affaires!

— Très bien, maître Occupez-vous-de-vos-affaires, reprit le dominicain. Si vous ne quittez pas cette église, je vous excommunierai sur-le-champ. Comme félons condamnés à brûler en Enfer.

Athelstan jeta un regard aux trognes arrogantes des hommes. Il constata avec satisfaction que quelques-uns semblaient apeurés.

— Viens, Marston, murmura l'un des assaillants au meneur. Que ce petit capon se cache derrière les robes d'un prêtre! Il faudra bien qu'il en sorte un jour!

Marston joua les bravaches : s'avançant lentement, mains sur les hanches, il approcha son visage de celui d'Athelstan.

— Nous pourrions vous tailler en pièces! siffla-t-il. Jeter ce misérable lâche dehors, le tuer et soutenir que nous n'avons rien fait!

Athelstan le regarda froidement bien que son ventre se nouât de peur. Il eut envie d'évoquer le nom de Cranston, car il n'appréciait guère l'odeur de sueur aigre et de parfum tourné qui émanait de ce coupe-jarret. Il pria pour que Watkin, le ramasseur de crottin, ou Pike, le fossier, entrent dans l'édifice. Puis il sourit en se souvenant que Dieu aidait ceux qui s'aidaient eux-mêmes.

— Restez ici! leur intima-t-il.

Faisant demi-tour, il regagna le jubé.

— Oh, pitié, non! chuchota Ashby. Ils me tueront!

Le prêtre empoigna la lourde croix de bronze de l'autel. Il adressa un clin d'œil au jeune homme et redescendit la nef en portant la croix devant lui. Le sourire narquois de Marston s'effaça.

— Qu'allez-vous faire ?

— Je vais d'abord vous excommunier avec ce crucifix. Ensuite, si vous tentez un pas de plus, je m'en servirai pour vous faire éclater le crâne !

Marston tira à la fois son épée et son poignard.

— Approchez, siffla-t-il avec haine, essayez donc !

— Eh bien, eh bien, mes gaillards ! Quelle belle équipe !

Sir John Cranston, emmitouflé dans sa grande cape militaire, fonça dans la nef et dispersa les assaillants comme des mouches à droite et à gauche. Il poussa Marston à l'écart, se planta près d'Athelstan, porta sa gourde à sa bouche et, claquant des lèvres, avala le vin. Le groupe recula.

— Qui êtes-vous, gros tas de merde ? demanda Marston en levant ses armes.

Le coroner, bras croisés sur la poitrine, se dirigea lentement vers lui.

— Qui je suis ? chuchota-t-il d'une douce voix de fillette.

Marston parut interloqué. Mais cela ne dura qu'un instant, car Cranston le frappa en plein visage. Son énorme battoir de poing s'écrasa sur le nez de son adversaire et l'envoya bouler au milieu de ses compagnons ; le sang jaillit, trempant sa moustache, sa barbe et le devant de son justaucorps. L'homme s'essuya la figure, regarda son sang et, avec un hurlement de rage, se jeta sur Sir John. Le corpulent magistrat, leste comme un danseur, se contenta d'avancer vers lui, fit un brusque écart et tendit sa grosse jambe. Marston s'effondra à plat ventre ; épée et poignard lui échappèrent des mains. Le coroner, tout en le tançant entre ses dents, le releva par sa noire chevelure graisseuse, lui rejeta la tête en arrière et le traîna le long de la nef avant de le jeter au bas de l'escalier du porche. Puis il fit face aux autres.

— Je vais compter jusqu'à dix, les menaça-t-il.

Avant qu'il soit arrivé à cinq, les sicaires s'étaient regroupés comme des petits garçons effrayés autour de leur chef. Pleins d'une terreur respectueuse, ils contemplaient l'imposante silhouette emmitouflée qui se dressait, jambes écartées, sur les marches de l'église. Marston, le visage couvert de sang et de bleus, se sentait pourtant encore d'humeur belliqueuse. Sir John le menaça du doigt.

— Vous m'avez demandé qui j'étais. Et, à présent que vous avez quitté l'église, je vais vous répondre. Je suis Sir John Andrew Patrick George Cranston, ami personnel du roi. Je suis coroner de cette ville, magistrat, époux de Lady Maude et ennemi juré de la racaille dans votre genre. Jusqu'à maintenant, mes gaillards, vous avez commis maints crimes. Intrusion, blasphème, sacrilège, tentative de viol du chœur, attaque contre un prêtre, menaces contre un magistrat et, *ipso facto...*

Il rit sous cape.

— ... *pro facto, et de facto*, vous êtes coupables de haute trahison, sans parler de félonie. Je pourrais vous arrêter et vous vous retrouveriez devant le Banc du roi à Westminster !

Le changement d'attitude de Marston tint du miracle. Oubliant contusions et meurtrissures, bouche bée et bras ballants, il fixa, terrorisé, le coroner.

— Et maintenant, mes garçons, dites-moi ce qui est arrivé, dit Sir John en descendant les marches de l'édifice.

Marston étancha son sang.

— Nous sommes les serviteurs de Sir Henry Ospring, du manoir d'Ospring, dans le Kent. Notre maître se trouvait à l'auberge de *l'Abbé de Hyde*, à Southwark, pendant son séjour en ville.

— Oh, certes, j'ai ouï parler de lui ! l'interrompit Cranston. Un fesse-mathieu, avaricieux comme pas deux, je crois.

— Eh bien, il est mort, reprit Marston. Poignardé dans sa chambre par le meurtrier qui s'abrite céans.

— Comment ?

L'homme s'humecta les lèvres avec précaution, sa lèvre inférieure commençant à enfler.

— Ce matin, je suis monté réveiller Sir Henry. J'ai ouvert la porte et je l'ai vu étendu dans sa chemise de nuit, sur le plancher, le sang jaillissant à gros bouillons. Ashby était agenouillé à côté de lui et tenait un poignard. J'ai tenté de l'arrêter, mais ce bâtard s'est enfui par la fenêtre. Vous connaissez la suite.

— L'auberge de *l'Abbé de Hyde* ? s'enquit le coroner. Bon, allons y jeter un coup d'œil.

Il se tourna vers son clerc.

— Fermez l'église, mon frère. Partons visiter les lieux du crime.

Athelstan s'exécuta. Cranston s'avança à longues enjambées dans la ruelle, laissant les autres se hâter derrière lui. À *l'Abbé de Hyde* tout n'était que chaos et affolement : les souillons sanglotaient dans la grand-salle et les autres serviteurs, blêmes et épouvantés, étaient assis çà et là. Le propriétaire bafouillait de peur. Il fit moult courbettes quand Sir John entra et commanda un gobelet de vin blanc sec. Après l'avoir bu d'un trait, le coroner monta le vaste escalier de bois. Marston le précédait le long du couloir pour lui montrer la chambre de l'assassinat.

Cranston ouvrit la porte. La pièce était en grand désordre. On avait arraché les draps du large lit à quatre colonnes ; à demi ouverts, les coffres étaient renversés et une coupe dont le vin s'était répandu se nichait dans la jonchée[1]. Mais, ce qui retint leur atten-

1. En hiver le sol était recouvert de paille ; en été, on y dispersait un mélange de joncs et de rameaux, la « jonchée ». *(N.d.T.)*

tion, ce fut le cadavre gisant près du lit, avec ses bras largement écartés et ses maigres jambes pitoyables qui sortaient d'une chemise de nuit crème en laine. La dague, enfoncée jusqu'à la garde dans la poitrine du mort, était longue et fine. Le sang bouillonnant avait tracé un grand cercle écarlate. On lisait encore, dans les prunelles ouvertes et fixes de la tête émaciée et pointue comme celle d'un renard, le choc de la mort. À l'une des commissures de la bouche béante il y avait un petit filet de sang, à présent sec.

— Que Dieu ait pitié de lui ! chuchota Athelstan. Aidez-moi, Sir John !

Ils posèrent la dépouille sur la couche. Le dominicain, sans se soucier des taches sanglantes sur les cheveux blancs, s'agenouilla, prononça les mots de l'absolution à l'oreille de l'homme et esquissa un signe de croix.

— *Absolvo te a peccatis in nomine Patris et Filii.* Je t'absous de tes péchés au nom du Père et du Fils, murmura-t-il.

Cranston, plus pragmatique, huma le pichet de vin et, pendant que le prêtre accomplissait les derniers rites, fit le tour de la pièce en ramassant les objets, en manipulant les tentures et en fouillant dans la jonchée du bout de sa botte.

— Redites-moi ce qui est arrivé, ordonna-t-il à voix basse par-dessus son épaule à un Marston à présent plus soumis et plus respectueux.

— Ashby est l'écuyer de Sir Henry. Il vient tout juste de rentrer d'un voyage en mer à bord de la *Brillante-Lumière-de-Dieu.*

Le coroner se détourna pour dissimuler sa surprise.

— Sir Henry était venu à Londres pour rencontrer Roffel, le capitaine du cogghe.

— Savez-vous qu'il est mort, lui aussi ? demanda sèchement le magistrat.

Marston, dans son étonnement, écarquilla les yeux.

— Vous voulez dire que Roffel... ?

— Oui, voilà deux jours. Quand il a embarqué, il était malade. Et avant qu'ils n'atteignent le port de Londres, il était mort.

Cranston eut un signe de tête vers un Athelstan abasourdi.

— C'est pour cela que je suis venu à Southwark. Non seulement Roffel est mort dans des circonstances plutôt mystérieuses, mais, la nuit dernière, le second et les deux hommes de garde sur la *Brillante-Lumière-de-Dieu* ont disparu. Toutefois, laissons cela pour l'instant.

Il se retourna vers Marston.

— Continuez.

L'homme se gratta le crâne.

— Eh bien, Sir Henry voulait s'entretenir avec le capitaine Roffel. Il logeait toujours céans et louait une barge pour descendre à sa rencontre.

Sans en être prié, Marston s'effondra sur un tabouret.

— Ce matin je suis donc allé réveiller Sir Henry. La porte n'était pas fermée à clé et je l'ai poussée. Ashby se tenait près du corps, la main sur la garde d'une dague. Puis...

Il désigna la fenêtre ouverte.

— Il s'est enfui. Vous savez le reste.

— La fenêtre était-elle close hier soir ? s'enquit Athelstan.

— Oui, close et bien fermée.

Le dominicain posa un drap sur le corps et tira les courtines du lit à quatre colonnes.

— Quelles raisons pouvaient bien inciter Sir Henry à rendre visite au capitaine d'un bateau de guerre ? interrogea-t-il.

— Là-dessus, je peux vous répondre, intervint le coroner. L'Échiquier est presque vide. Les grands propriétaires terriens et les marchands, tel Sir Henry, sont d'accord pour armer les navires. En échange, outre la faveur royale, ils bénéficient d'un pourcentage sur chaque prise. N'est-ce pas, Marston ?

Le tueur acquiesça.

— Un commerce lucratif, reprit Cranston d'un ton uni, qui assure que les capitaines non seulement défendent la flotte anglaise, mais sont aussi sans cesse en quête de bâtiments français aux riches cargaisons ou de villes qui se trouvent être sans défense le long de la Seine ou de la côte normande. Ils en viennent même parfois à pirater des bateaux anglais.

Cranston ôta son grand chapeau de castor qu'il roula dans ses énormes mains.

— Après tout, si une embarcation anglaise est coulée, on peut toujours en accuser les Français.

— Sir Henry n'agissait pas ainsi ! s'insurgea Marston.

— Oui, oui, et les coucous ne pondent pas dans le nid des autres oiseaux ! rétorqua sèchement Cranston.

Il fit une pause en entendant frapper à l'huis. Une jeune femme, livide, ses cheveux couleur de blé mûr pendant sur ses épaules, entra. Agitée, elle crispait et décrispait ses doigts en jouant nerveusement avec la ceinture à glands d'argent qui ceignait sa taille mince. Ses yeux rougis se posèrent sur la grande couche à quatre colonnes. Marston se leva à son arrivée.

— Je suis navrée, bégaya-t-elle en s'essuyant les paumes sur l'épais sarcenet[1] de sa robe à col montant.

Athelstan traversa la pièce à grands pas pour lui prendre la main qui était froide comme glace.

— Entrez, l'invita-t-il avec douceur, venez vous asseoir.

1. Tissu d'origine sarrasine. *(N.d.T.)*

Il la conduisit avec prévenance vers le tabouret que Marston avait abandonné.

— Voulez-vous un peu de vin ?

La jeune femme refusa d'un signe de tête sans quitter du regard le grand lit.

— Voici Lady Aveline, la fille de Sir Henry, déclara Marston. Elle se trouvait dans la pièce voisine quand Ashby était ici.

Athelstan s'accroupit et fixa les yeux de biche d'Aveline.

— Que Dieu l'ait en Sa sainte garde, madame, mais votre père est mort.

La jeune fille tira sur un fil lâche de sa robe et se mit à pleurer en silence, les larmes ruisselant sur ses joues.

— Je ne veux pas le voir, murmura-t-elle. Je ne pourrais pas supporter de le voir dans sa chemise de nuit trempée de sang.

Elle jeta un regard à Marston.

— Où est Ashby ?

— Il a demandé asile dans une église.

Il y eut soudain force tapage dans le couloir. La porte s'ouvrit à la volée et une grande femme aux cheveux gris acier fit irruption dans la chambre. Elle était suivie d'une autre femme qui lui ressemblait beaucoup mais semblait plus effacée. Elles portaient toutes deux de lourdes mantes au capuchon rejeté en arrière. L'aubergiste les suivait en gesticulant.

— C'est interdit ! C'est interdit ! bredouillait-il.

— Assez ! rugit le coroner. Qui êtes-vous ?

La première femme, la plus grande, rejetant les épaules en arrière, regarda le magistrat droit dans les yeux.

— Je m'appelle Emma Roffel, épouse de feu le capitaine Roffel. Je suis venue voir Sir Henry Ospring.

Cranston s'inclina.

— Madame, toutes mes condoléances pour la mort de votre mari. Était-il malade ?

— Non, répondit-elle aigrement. Il était solide comme un porc.

Elle plissa les paupières.

— Je vous connais. Vous êtes Cranston, Sir John Cranston, le coroner de la ville. Que s'est-il passé céans ? Cet homme...

Elle désigna le propriétaire.

— ... prétend que Sir Henry a été assassiné !

— C'est exact, intervint Athelstan avec tact en voyant l'air qu'arborait Sir John. Sir Henry a été tué et nous avons mis la main sur le coupable.

Emma Roffel se détendit. Le dominicain l'observait avec curiosité. « Plutôt jolie, pensa-t-il, bien que l'air fatigué. » Les visages de femme l'avaient toujours fasciné et il fut frappé par celui d'Emma : résolu, avec son nez fortement busqué et son menton carré. Sa pâleur mettait en valeur des yeux noirs et brillants, même s'ils étaient, pour l'heure, rougis et cernés de noir. Elle laissa s'entrouvrir sa mante et il aperçut ses vêtements de deuil. Elle sourit à Athelstan.

— Veuillez excuser mon intrusion, mais je n'en croyais pas mes oreilles.

Elle montra du doigt l'autre femme, discrète comme une souris, qui se tenait derrière elle.

— Voici Tabitha Velour, ma servante et compagne.

Blême sous le choc, Aveline était toujours assise sur le tabouret. Emma Roffel s'avança et effleura l'épaule de la jeune fille.

— Je suis navrée, murmura-t-elle. Vraiment.

Elle jeta un coup d'œil au coroner.

— Comment cela s'est-il passé ?

— Poignardé par son écuyer, Nicholas Ashby, expliqua-t-il.

Elle fit une grimace de surprise.

— Trouvez-vous cela difficile à admettre, madame ? s'enquit Athelstan.

Elle eut une moue et le fixa.

— Oui, répondit-elle, songeuse. Oui, c'est étrange. Ashby était un homme tranquille qui tenait plus de l'érudit que du soldat.

— Mais il a navigué avec votre mari ?

Emma Roffel eut un sourire cynique.

— Que Dieu me pardonne et qu'Il l'ait en Sa sainte garde, mais Sir Henry était un individu suspicieux. C'est vrai qu'il envoyait souvent Ashby à bord s'assurer que son investissement lui rapporterait un juste bénéfice.

— Et vous êtes venue ici pour informer Sir Henry du décès de votre mari ?

— Oui, oui. Mais c'est inutile, ajouta-t-elle avec un petit sourire, car je suppose qu'à présent ils peuvent converser directement l'un avec l'autre.

— Madame, aboya Cranston, il faut que je vous parle au sujet de la mort du capitaine !

— Quand vous voudrez, messire. J'habite à Old Fish Street, près de Trinity, au coin de Wheelspoke Alley. Mais je dois partir, à présent. Le cercueil de mon époux se trouve devant l'autel de St Mary Magdalene. Sir John, mon père !

Elle tourna les talons et quitta la chambre aussi théâtralement qu'elle y était entrée.

— Que va-t-il se passer maintenant ? demanda Marston d'une voix grinçante.

Sir John se dirigea lentement vers lui.

— Ashby peut bénéficier du droit d'asile pendant quarante jours. Ensuite il a le choix : soit il se rend à la justice du roi, soit il gagne le port le plus proche et s'embarque pour l'étranger. Si on tente, ajouta Cranston en regardant fixement le coupe-jarret, si on tente de l'extraire par la force de St Erconwald, je n'aurai de cesse de voir les coupables se balancer au bout d'une corde à Smithfield ! Et à présent je suggère que vous vous occupiez du corps de votre maître et vous assuriez que ses biens ne soient point dérobés. Je veux que l'on retire cette dague et qu'on l'envoie à mon bureau au Guildhall.

Il se tourna vers Aveline.

— Madame, acceptez mes condoléances. Mais j'insiste pour que vous demeuriez ici jusqu'à ce que mon enquête soit close.

Puis, faisant signe à Athelstan, il s'en fut.

— Qu'est-ce que c'est que cette histoire à propos de la *Brillante-Lumière-de-Dieu* ? le pressa le clerc une fois qu'ils furent sortis de la cour de *l'Abbé de Hyde*.

— Comme je vous le disais, expliqua le coroner entre deux gorgées bues à sa gourde, le bateau est à l'ancre sur la Tamise. La nuit dernière, le second et deux autres membres d'équipage ont disparu pendant leur vigie. Et il y a aussi l'étrange affaire de la mort du capitaine Roffel. Le meurtre de Sir Henry Ospring et la fuite de Nicholas Ashby n'ont fait que compliquer encore la situation.

Il reboucha sa gourde et la glissa sous sa cape.

— J'ai faim, moine.

— Frère !... et vous avez toujours faim, Sir John, le reprit Athelstan. Vous êtes donc venu me chercher pour aller où ?

— Sur ce bon cogghe, la *Brillante-Lumière-de-Dieu*. L'amiral des mers orientales, Sir Jacob Crawley, est prêt à nous accorder une audience, mais...

Il huma l'air comme un chien de chasse.

— ... je sens un parfum de tourtes !

— Au coin, dit Athelstan avec lassitude, il y a la pâtisserie de dame Merrylegs. C'est la meilleure cuisinière de Southwark.

Sans se le faire dire deux fois, Cranston détala comme un lévrier. Quelques instants plus tard, alors que les deux hommes se frayaient un chemin dans les rues étroites et encombrées de Southwark, le magistrat dévorait voracement une des savoureuses tourtes au bœuf de maîtresse Merrylegs.

— Délicieux ! haleta-t-il entre deux bouchées. Cette femme est une fée, une véritable fée !

Athelstan sourit et regarda autour de lui. Il saluait parfois une de ses ouailles. Ursula, la porchère, était installée sur un tabouret au seuil d'une maison, sa truie, son animal de compagnie, couchée à ses côtés. Athelstan aurait pu jurer que la truie lui avait rendu son sourire. Tab le chaudronnier martelait des casseroles sur une enclume à l'entrée de son échoppe. Athelstan aurait aimé s'arrêter mais, droit comme une flèche, Sir John continua sa route parmi la foule en répondant avec vigueur aux sifflets habituels et aux jurons bon enfant.

— Mon père ! Mon père !

Pernel la Flamande, les cheveux teints d'un rouge ridicule, se précipita, portant une robe noire plutôt élimée et un collier de perles jaunes de pacotille autour de son cou décharné. En la voyant, le dominicain pensait toujours à une corneille quelque peu décatie.

— Mon père, pouvez-vous dire une messe ?

Une main maigre et sale lui tendit deux farthings. Athelstan referma doucement les doigts de la femme sur les pièces.

— Une messe pour qui, Pernel ?

— Pour mon mari. Cela fait aujourd'hui seize ans qu'il est mort. Pour le repos de son âme.

Elle sourit en exposant ses dents jaunes.

— Oh oui, mon père, et une action de grâce.

— Pour sa vie ?

— Non, pour la mort de ce vieux bougre !

Le dominicain eut un sourire.

— Gardez votre argent, Pernel. Je dirai une messe demain matin. Ne vous faites pas de souci.

Ils empruntèrent la venelle qui conduisait à l'église de St Erconwald. Quittant la ruelle, ils pénétrèrent dans St Erconwald dont Athelstan avait déverrouillé la porte : Cranston le suivit en se léchant les doigts avec gourmandise. Descendant la nef, ils passèrent sous le jubé. Ils trouvèrent Ashby recroquevillé et profondément endormi sur les marches du chœur.

— Debout, mon garçon ! grogna le coroner en donnant un coup de pied dans les bottes boueuses du jeune homme.

Ashby se réveilla en sursaut, la panique se reflétant dans ses yeux.

— Sont-ils partis ?

— Oui, ils sont partis !

Athelstan s'assit près de lui.

— Ne vous inquiétez pas. Mais ils reviendront. Ils n'envahiront sans doute pas l'église, mais ils monteront la garde. Et si j'étais vous, mon ami, je resterais où je suis, du moins pour le moment.

— Que va-t-il se passer ? s'inquiéta Ashby.

Cranston, après avoir bu une gorgée à sa gourde, la tendit au jeune homme.

— Eh bien, vous pouvez demeurer céans pendant quarante jours. Puis, soit vous vous rendez aux officiers du shérif, soit, avec les habits que vous avez à présent, vous prenez la grand-route du roi en direction du port le plus proche, en brandissant une croix devant vous. Si vous laissez tomber la croix, ou si vous quittez la grand-route, Marston et ses hommes peuvent vous tuer comme un loup enragé.

Le coroner récupéra sa gourde.

— Marston et sa bande vous suivront sans doute pendant tout le chemin. Sauf s'ils ont des amis puissants, peu nombreux sont les hommes qui, après avoir demandé asile, ont réussi à atteindre le port.

La tête d'Ashby s'affaissa.

— L'avez-vous tué ? demanda brusquement Athelstan.

— Non !

— Mais vous aviez la main sur la dague quand Marston a pénétré dans la chambre !

— C'est vrai.

— Pourquoi ?

— Je suis entré, j'ai vu mon maître gisant sur le plancher, je... j'ai essayé de retirer le poignard.

— Curieux ! railla Cranston. Vous avez essayé de retirer le poignard ? Était-ce le vôtre ?

— Non, non, c'était celui de Sir Henry !

— Mais au lieu de crier « Au meurtre ! » et d'aller chercher de l'aide, insista le prêtre, vous avez tenté d'enlever la dague de la poitrine d'un homme mort ?

Ashby détourna le regard et s'humecta les lèvres.

— C'est la vérité, chuchota-t-il. Je suis entré dans la pièce. J'ai vu le cadavre de mon maître. J'ai essayé d'ôter la dague. Marston est arrivé et je me suis enfui.

— Bon, racontez cela aux juges du roi, dit joyeusement le coroner, et vous prendrez sous peu le chemin de l'échafaud !

Le jeune homme croisa les bras et s'adossa à l'autel.

— Que puis-je faire ? Si je reste, on me pend. Si je fuis, je mourrai aussi.

— Et encore autre chose, lui annonça Cranston. Vous semblez mêlé à un grand nombre de meurtres, mon garçon. Savez-vous quelque chose sur la mort du capitaine William Roffel ?

CHAPITRE III

Athelstan se rendit au presbytère d'où il rapporta un bol de bouillie, deux couvertures et un oreiller. Il repartit quérir une toaille, une cuvette et un broc d'eau pour qu'Ashby puisse faire sa toilette. Puis le coroner commença son interrogatoire.

— Vous êtes bien l'écuyer de Sir Henry Ospring ?

— Oui, Sir John, répondit le jeune homme entre deux cuillerées.

— Vous avez aussi navigué sur la *Brillante-Lumière-de-Dieu* avec le capitaine Roffel ?

— Oui. Sir Henry prenait à son compte l'essentiel du salaire de l'équipage et avait armé le navire. En échange, il percevait cinquante pour cent de tous les profits.

— Et vous étiez chargé de tout surveiller ?

Ashby sourit avec amertume.

— En quelque sorte. Je suis monté à bord de la *Brillante-Lumière-de-Dieu*...

Il plissa les paupières.

— Quel jour sommes-nous ?

— C'est la fête de Simon et de Jude, répondit le prêtre. Le 28 octobre.

— Eh bien, nous avons quitté la Tamise deux jours avant la Saint-Michel, ce devait donc être le 27 septembre. Il faisait beau et le vent nous était favorable. Nous avons pris position entre Douvres et Calais et avons commencé à assaillir les bateaux de marchandises qui croisaient dans les parages. Le butin fut bon et bientôt notre cale fut pleine de vivres, de vin et d'étoffes, sans parler de quelques objets précieux.

— Quel genre d'homme était Roffel ? s'enquit Athelstan.

— Il était inflexible, mon père. C'était un bon marin, mais brutal. Il attaquait toujours et ne permettait jamais à l'ennemi de se rendre. Bateaux de pêche, galères, navires chargés de vins de la Gironde. Le processus ne variait jamais. Nous les poursuivions, les abordions et les archers entraient en scène. Ensuite une équipe montait à bord et...

— Et... ?

Ashby baissa la tête.

— Et... ? répéta le coroner.

L'écuyer grommela quelque chose.

— Parlez, mon garçon !

— Il n'y avait jamais aucun prisonnier. On jetait les cadavres par-dessus bord. Les vaisseaux capturés, s'ils étaient de médiocre qualité, étaient coulés. Les autres étaient remorqués jusqu'au port anglais le plus proche.

— S'est-il passé quelque chose d'anormal ? Quoi que ce soit ?

— Oui. Vers le 11 octobre, nous avons pris un petit bateau de pêche qui essayait d'aller d'un port français à un autre. Je pense qu'il se dirigeait vers Dieppe, mais le vent le ramenait en haute mer. Nous l'avons surpris et coulé. Rien de spécial, si ce n'est...

Ashby posa le bol et s'essuya les lèvres d'un revers de main.

— ... que le capitaine Roffel semblait satisfait, fort satisfait. Vous comprenez, comme un chat qui aurait volé de la crème. D'habitude, c'était un homme taciturne, mais je l'ai vu alors faire les cent pas à la poupe en se frottant les mains. C'est la seule fois où je l'ai entendu chanter.

— Et puis ?

— Quelques jours plus tard il s'est retiré dans sa cabine en se plaignant de maux d'estomac. Mais, comme la cale regorgeait de butin, nous sommes allés à Douvres. J'ai pris la part de Sir Henry et suis descendu à terre. Ensuite la *Brillante-Lumière-de-Dieu* est repartie en mer sous les ordres d'Hubert Brackleburry, le second.

— Roffel a-t-il envoyé une missive à terre, à Sir Henry ?

— Non, absolument pas. Ils étaient associés plutôt que bons amis. Sir Henry fournissait l'argent et Roffel s'occupait du pillage.

Il heurta le bol du pied.

— C'était des meurtriers. Ospring était un véritable démon sorti de l'Enfer, qui pressurait ses fermiers de chaque penny et ne craignait ni Dieu ni homme.

— Est-ce pour cela que vous l'avez tué ?

— Non, rétorqua Ashby. Je ne l'ai pas tué.

Athelstan se leva et jeta un coup d'œil au coroner.

— Sir John, nous en avons appris assez ici.

Cranston soupira et se leva pesamment. Son clerc désigna une grande niche dans le chœur.

— Reposez-vous ici, dit-il au jeune homme. Vous avez de la bière, une couverture et un oreiller. À mon retour je vous installerai plus confortablement.

— Mon père, puis-je être utile à quelque chose ?

Le dominicain eut un large sourire et montra deux lourds candélabres de fer forgé posés sur l'autel.

— Oui, vous pouvez les nettoyer et tailler les mèches des cierges.

Il regarda Ashby.

— Avez-vous un poignard ?

L'écuyer, souriant, tapota son arme.

— Et je vous serais très reconnaissant si vous pouviez aussi enlever le suif du sol. Je viendrai vous voir quand je rentrerai.

Athelstan désigna Bonaventure endormi au pied d'un pilier.

— Si vous vous sentez seul, parlez donc au chat. Il n'a pas beaucoup de conversation, mais il sait merveilleusement écouter.

Puis il rejoignit le coroner hors de l'église.

— Attendez-moi là, Sir John.

Il alla vérifier que tout se passait bien dans l'écurie. Le vieux Philomel, appuyé contre le mur, mâchonnait avec gourmandise une botte de foin. Le prêtre lui flatta doucement le chanfrein. Le cheval hennit de plaisir et continua son festin pendant que son maître se hâtait vers le presbytère. Il prit sa chape et le sac en cuir qui renfermait son matériel d'écriture, puis lui et Cranston partirent d'un bon pas vers le quai. Midi était passé. Malgré un ciel menaçant, rues et ruelles étaient aussi animées que d'ordinaire. Des enfants se poursuivaient en criant autour des éventaires. Des mendiants pleurnichaient en demandant l'aumône. Des colporteurs, un plateau suspendu au cou, proposaient rubans, épingles et aiguilles. Athelstan aperçut Cecily la ribaude devant la porte d'une taverne.

— Va à l'église, Cecily ! lui cria-t-il. Nous avons un visiteur.

Il lui jeta une piécette qu'elle attrapa prestement.

— Et apporte-lui une des tourtes de maîtresse Merrylegs !

Ils passèrent devant le pilori, étrangement vide. Les sergents commis à la levée d'écrou des prisonniers ne se réuniraient pas avant la semaine suivante, et alors le pilori serait plein de sa moisson hebdomadaire de coquins. Bladdersniff le dizainier, soûl comme une grive, assis au pied du pilori, bavardait avec Ranulf le tueur de rats, qui ne cessait de caresser le blaireau apprivoisé qui à présent le suivait partout. Athelstan avait même aperçu dans l'église le museau de l'animal pointer sous la cape goudronnée de Ranulf. Les deux hommes le saluèrent de loin. Le dominicain leur répondit, surpris par le calme inattendu de son compagnon : en général, quand ils parcouraient la ville, le coroner n'était pas chiche de commentaires sur tout ce qu'il voyait et tous les gens qu'ils croisaient. Athelstan saisit le coude de son ami.

— Sir John, qu'y a-t-il ?

Cranston avala une autre rasade de sa gourde et claqua des lèvres. Il fronça le nez devant la repoussante odeur de fraîchin qui montait des filets mis à sécher sur le quai.

— Je ne sais pas, mon frère. Toute cette affaire est pourrie. Ospring et Roffel étaient deux bâtards de meurtriers et n'ont eu que ce qu'ils méritaient...

Il rota bruyamment.

— ... mais la disparition des vigies sur la *Brillante-Lumière-de-Dieu*, l'étrange maladie de Roffel et l'assassinat inexpliqué de Sir Henry... tout cela ne rime à rien.

— Avez-vous remarqué quelque chose d'étrange chez Ashby ? s'inquiéta le dominicain.

Le coroner eut un grand sourire malicieux et effleura du doigt le bout du nez d'Athelstan.

— Vous êtes un prêtre malin et compréhensif, Athelstan. Vous m'avez appris bien des choses. Quelle est cette phrase que vous citez parfois ? « Quatre choses sont importantes : les questions posées, les réponses reçues et... » ?

— « ... les questions non posées et les réponses non reçues », compléta le clerc. Pas une seule fois Ashby n'a tenté d'expliquer comment est mort Sir Henry. Il a protesté de son innocence, mais ne nous a pas fourni davantage d'informations. Il se contente de dire qu'il est entré dans la chambre, a vu le corps et avait la main sur le poignard lorsque Marston l'a interrompu.

— Et quoi d'autre, mon cher moine ?

— *Frère*, Sir John. Eh bien, Lady Aveline, dans des circonstances plus favorables en tout cas, doit être une jolie femme attirante.

— Et... ?

— Notre jeune écuyer n'a pas une seule fois demandé de ses nouvelles.

Cranston renifla.

— Vous avez l'impression qu'il y a là quelque chose d'anormal ?

— Bien sûr.

— Qu'Ashby protège quelqu'un ?

— Peut-être.

— Aveline ? suggéra le magistrat.

— Mais pourquoi aurait-elle tué son propre père ?

Athelstan soupira.

— Il va falloir que nous choisissions notre moment pour poser à cette jolie damoiselle quelques questions pertinentes.

Cranston retint son ami par l'épaule.

— Toute cette histoire pue comme un tas de fumier en plein été. Mais venez, allons voir ce maudit bateau et ses mystères.

Ils se dirigèrent vers l'escalier du quai. Athelstan aperçut l'un de ses paroissiens, Moleskin, un vieil homme sec toujours souriant, qui se vantait d'être le plus rapide à manœuvrer sa barque sur la Tamise. Il leur fit signe et les aida à descendre les marches glissantes. Quelques minutes plus tard, bras tendus, muscles bandés, il les entraînait sur le fleuve houleux et brumeux, au-delà de Dowgate, vers l'endroit où étaient amarrés les navires de guerre, en face de Queenshithe. Sur l'eau, la brume encore épaisse et pénétrante traînait comme un fantôme. De temps à autre Moleskin retenait ses rames quand d'autres esquifs, barges et canots les dépassaient en descendant vers l'embarcadère. Parfois le brouillard se déchirait et ils apercevaient en un éclair de fessus marchands de la Hanse qui se rendaient à Steelyard, le siège de leur association. Cranston, penché, indiquait la direction au passeur. L'homme sourit, se racla la gorge et cracha dans l'eau.

— Contentez-vous de regarder le fleuve, Sir John.

Le coroner jeta un coup d'œil par-dessus son épaule. La brume se dissipa tout à coup. Un gros cogghe surgit au-dessus d'eux.

— À droite! Non, je veux dire à gauche! s'exclama-t-il.

Le batelier sourit et fit passer avec adresse son embarcation sous la poupe du navire sur laquelle Cranston vit le nom de *Sainte-Trinité*. Ils se retrouvèrent enfin bord à bord avec un autre bateau peint en noir dont le mât se perdait dans le brouillard au gré des vaguelettes.

— Le voici! cria Cranston.

Moleskin rangea sa barque le long du bâtiment. Il ordonna à Sir John de se rasseoir avant qu'il ne les fasse tous trois tomber dans la Tamise puis, se levant, il héla :

— Ohé du bateau! Ohé du bateau!

Athelstan, levant les yeux, vit un homme, lanterne en main, s'approcher du bord.

— Qui va là?

— Sir John Cranston, coroner de la ville, et son clerc, frère Athelstan. Sir Jacob Crawley nous attend!

— Ce n'est pas trop tôt! beugla-t-on en retour.

On fit passer un filet, suivi par une solide échelle de

corde, par-dessus bord. Moleskin rapprocha son embarcation. Sir John se saisit de l'échelle et se hissa, leste comme un écureuil. Le dominicain le suivit plus prudemment, aidé par un Moleskin narquois.

— Faites attention, mon père, lui conseilla ce dernier. Ne regardez pas en bas et prenez votre temps.

Athelstan s'exécuta en fermant à moitié les yeux. Quand Sir John bascula par-dessus le bastingage, l'échelle se balança et le dominicain s'y accrocha désespérément. Il monta un peu plus haut et les vigoureux battoirs de Cranston l'attrapèrent par les bras et le tirèrent sur le pont avec autant de dignité qu'une vulgaire botte d'avoine. Le clerc ôta le sac de cuir de son cou puis tituba quand le navire bougea : il se serait étalé si son ami ne l'avait pas retenu par le bras.

— Il faut du temps pour avoir le pied marin, commenta le coroner. Écartez les pieds, mon frère.

Le dominicain obtempéra, cligna des yeux et observa les alentours. Des seaux en cuir, des rouleaux de cordes, des sacs, des boulets de fer et deux braseros remplis de charbon éteints encombraient le pont. À travers la brume Athelstan distingua des silhouettes qui se déplaçaient. Il regarda à gauche, sur le pont, vers le gaillard d'arrière, puis à droite où s'élevait le gaillard d'avant. Un marin qui ne portait qu'un haut-de-chausses, celui-là même qui les avait accueillis, examina le prêtre avec attention.

— Vous devez être gelé, sans chemise, remarqua Athelstan.

— Oui, c'est sûr, mon père. Mais vous feriez mieux de venir. Sir Jacob Crawley est fou furieux.

Il les précéda sur le pont et frappa à la porte du gaillard d'arrière.

— Du vent ! cria une voix.

L'homme leur sourit en haussant les épaules et ouvrit la porte. Il se pencha vivement pour éviter un gobelet qu'on lui jetait à la tête.

— Sir Jacob, Sir John est arrivé.

Cranston, le visage fendu d'un large sourire, écarta le matelot.

— Jacob Crawley, vieux coquin de pirate !

Athelstan le suivit avec précaution. La cabine sentait le renfermé et l'humidité. L'homme qui se leva à demi de sa chaise pour saluer le coroner était petit et souple ; il avait des cheveux blancs et la peau noire comme un pruneau. Il était vêtu d'un manteau bleu nuit serré à la taille par une ceinture d'argent. Un chaperon de la même couleur, une plume piquée sur le bord, se trouvait sur la table. Avec un grand sourire, Crawley serra la main du coroner et lui enfonça doucement un doigt dans la bedaine.

— Encore plus d'ampleur qu'auparavant, Sir John ?

— Lady Maude trouve mieux à quoi se raccrocher quand les choses vont mal !

Ils éclatèrent tous deux d'un rire tonitruant. Crawley serra la main du clerc et lui tapota distraitement l'épaule. Il désigna deux tabourets vides près de la table, et Cranston et Athelstan se joignirent aux hommes déjà serrés autour d'elle. Crawley fit les présentations : Philip Cabe, lieutenant ; Dido Coffrey, clerc du navire ; Vincent Minter, chirurgien de marine ; Tostig Peverill, maître d'armes. « Une bande bien disparate, pensa le dominicain, avec leurs habits tachés par la mer. » Leurs visages étaient émaciés, durs et hâlés par les intempéries, leurs cheveux coupés très courts et leurs yeux froids. Ils étaient assis, mal à l'aise, et Athelstan les sentit agacés et impatients d'avoir été retenus si longtemps.

— Voilà des heures que nous attendons, dit Cabe d'un ton sec avec un air désapprobateur sur ses traits chevalins et tannés.

— Fichtre, j'en suis désolé ! rétorqua Cranston. J'ai été diablement occupé !

— Là ! Là ! s'interposa Crawley, claquant des mains comme un enfant. Sir John, du clairet ?

Le coroner, bien entendu, accepta avec empressement.

— Mon père ?

Athelstan refusa avec un sourire. Il sortit son matériel d'écriture et déballa corne à encre, plume et parchemin. Il embrassa du regard la cabine basse et bondée et remarqua, dans un coin, la couchette. Il se sentait quelque peu étourdi, surtout quand le bâtiment roulait et craquait, comme si le monde entier tanguait. Une fois que Cranston eut vidé son gobelet et que, dans un même mouvement, Crawley l'eut rempli à nouveau, l'amiral royal des mers d'Orient se pencha en avant et éructa.

— Cela fait combien d'années, Sir John ?

— Seize, voilà seize ans que nous avons chassé les Français des mers et à présent ces bougres-là reviennent !

Athelstan tendit le bras et donna un petit coup de coude au coroner pour lui rappeler qu'il s'agissait de travailler et non d'un concours de beuveries entre vieux amis. Cranston toussa.

— Messire Cabe, commença-t-il, vous êtes à présent l'officier survivant le plus ancien de ce malheureux bateau. J'ai cru comprendre que le capitaine Roffel est tombé malade et est mort avant que le navire n'ait jeté l'ancre dans la Tamise ?

— C'est exact. Le 14 octobre, il s'est plaint d'avoir mal au ventre. Il a dit que ça le brûlait comme feu ardent.

Le magistrat se tourna vers Minter.

— L'avez-vous examiné ?

— Oui. J'ai pensé que c'était une forme de flux d'entrailles avec crampes violentes, fèces putrides, fièvre élevée et sueurs abondantes.

— Et qu'avez-vous prescrit ?

— Je lui ai concocté un onguent pour resserrer le ventre, mais ça n'a rien donné. Vers le 20 octobre, Roffel délirait. Il est mort la nuit précédant notre entrée dans la Tamise.

— Pensez-vous qu'on l'a empoisonné ? demanda Athelstan.

Il examina le cercle de visages à la lueur tremblotante de l'unique lanterne. Les traits acerbes de Minter se fendirent d'un sourire rusé.

— Oh oui, mon père, on l'a empoisonné. Mais pas, ajouta-t-il en hâte, comme vous le croyez. Crampes d'estomac, crachement de bile, flux de ventre, inflammation des entrailles et du rectum sont communs sur les navires. Les rats chient sur nos vivres, l'eau est croupie et les biscuits contiennent plus de charançons que de farine.

— Combien d'hommes sont-ils morts pendant cette traversée ?

— Deux. Le capitaine et le cuisinier, Scabgut.

— De quoi est mort ce dernier ?

— Il a souffert des mêmes crampes. Mais il y a d'habitude une mort par voyage — si ce n'est pas dû à la nourriture, c'est un membre d'équipage qui tombe à l'eau.

— Donc, résuma le coroner, la mort de Roffel n'avait rien de suspect ?

— Rien du tout. Bien qu'il ait eu sa propre réserve de vin.

— Mais moi aussi j'en ai bu, remarqua Coffrey, le clerc.

— Dans ce cas, conclut le chirurgien, le capitaine Roffel n'a rien mangé et bu de différent de nous.

— On nous a dit, précisa le dominicain, que le capitaine Roffel était un homme dur ?

— Comme un silex, répliqua Cabe. Dur comme

un roc. Il avait une pierre à la place du cœur. La *Brillante-Lumière-de-Dieu* ? railla-t-il. Quel nom pour le bateau du Diable en personne !

Il leva la main.

— Oh, ne vous méprenez pas, Roffel faisait bien son travail. Nous rentrions toujours avec des cales pleines de trésors. Mais nous ne faisions pas de prisonniers. Roffel ne manquait pas de s'en assurer.

— Et Ashby ?

— Fichtrement bon à rien ! grogna Peverill, le maître d'armes, d'un ton où Athelstan perçut une note goguenarde.

— Un homme de la terre, s'il y en eut jamais. Sir Henry insistait toujours pour qu'il soit là au moins pendant une partie du voyage. Sacrément inutile, hein ?

Ses mots furent accueillis par un murmure d'approbation.

— Il était malade comme un chien, ajouta Cabe. Il détestait les navires et il détestait la mer. Je pense que c'est pour ça que le vieux bâtard l'envoyait ici. Roffel se moquait sans arrêt du pauvre garçon.

— Et Ashby haïssait Roffel ? s'enquit Cranston.

— Non, il ne le haïssait pas, il le méprisait. Presque autant qu'il méprisait Sir Henry Ospring.

— Eh bien, vous l'ignorez peut-être encore, dit Cranston, mais Ospring est mort et Ashby en fuite.

Ses paroles suscitèrent peu de surprise et le coroner en conclut que Roffel comme son patron, Sir Henry Ospring, avaient été exécrés tels des tyrans.

— Mais Ashby a bien quitté le bateau avant la mort de Roffel ?

— Oui, il a débarqué à Douvres, le 19 octobre. Nos cales regorgeaient de butin et la propriété de Sir Henry est située à deux miles au nord du port. Ashby a pris la part de son maître, une part très généreuse, et est parti.

— Roffel était-il déjà malade ?

— Oui, depuis quelques jours, Sir John.

— Nous avons interrogé Ashby, dit Athelstan en ignorant le coup d'œil d'avertissement du coroner.

Il désirait ébranler ces marins cuirassés dans leur mépris. Assis là, ils semblaient se soucier comme d'une guigne de la mort mystérieuse de leur capitaine ou de la disparition de trois membres de leur équipage.

— Il affirme que, après avoir capturé un petit bateau de pêche qui cabotait entre des ports français, Roffel paraissait spécialement satisfait. Est-ce vrai ?

Athelstan parcourut le groupe des yeux. Il remarqua le regard sournois de Cabe et de Coffrey ; même Peverill paraissait un peu abasourdi : son expression se modifia un instant et ses lèvres se pincèrent. Ces hommes qui, un instant auparavant, étaient installés confortablement, s'agitaient à présent. Cranston et Crawley se rendirent compte tous les deux que l'atmosphère avait changé.

— De quoi s'agit-il ? interrogea l'amiral. De quoi s'agit-il ? D'un bateau ?

— Comme l'a dit le père, répondit Cabe, le capitaine était très heureux après la prise du navire français. Nous avons trouvé du vin à bord, du très bon clairet. Il en reste encore un peu.

— Est-ce tout ? demanda le dominicain.

— Oui, coupa Cabe. Pourquoi, aurait-il dû y avoir autre chose ?

— Passons, dit le clerc avec un petit sourire. Le cogghe a donc jeté l'ancre il y a deux jours.

— Ouais.

— Et que s'est-il passé depuis ?

— Mes archers ont été payés et ont eu une permission, dit Peverill. Nous avons débarqué l'essentiel de nos prises, ce qui restait après qu'Ospring se fut servi. Sir Jacob ici présent a expédié les chariots.

— On les conduit dans un entrepôt, expliqua Crawley, et le butin est gardé jusqu'à la vente. Je rassemble les bénéfices. Ils reviennent en partie à l'équipage, avec un très gros pourcentage au capitaine, et en partie à l'Échiquier. Bien entendu, Sir Henry, s'il était vivant, en aurait reçu sa part.

— Continuez, le pressa Athelstan en regardant Cabe.

— On a donné quartier libre aux hommes. Nous avons commencé à vérifier l'état du bateau, à noter les réparations nécessaires et les provisions à acheter.

— Et le corps de Roffel ?

— Oh, le second, Bracklebury, l'a emmené à terre dès l'aube avec les biens personnels du capitaine. Il les a remis à sa veuve.

— Y a-t-il eu des visiteurs pendant la journée ?

— Je suis monté à bord, répondit Crawley, pour l'inspection ordinaire et pour régler les questions de routine.

— N'étiez-vous pas bouleversé d'avoir perdu un bon capitaine ?

L'amiral haussa les épaules.

— Ce n'était pas un bon capitaine, mon père. C'était un bon marin. Personnellement je ne pouvais pas le supporter. Je sais, je sais, il est mort, paix à son âme, mais je peux bien le dire à présent, je ne l'aimais pas !

— Et dans l'après-midi, dit Cabe en prenant promptement la parole, quelques ribaudes sont montées à bord comme c'est la coutume.

Il détourna les yeux d'un air penaud.

— Vous savez ce qu'il en est, mon père ? Les hommes qui passent un certain temps en mer désertent s'ils ne tirent pas une bordée, surtout les plus jeunes.

Cranston toussa.

— Et les putains ont fait leur travail ? demanda-t-il.

— Non, répondit le lieutenant, caustique. Elles se sont rassemblées à la poupe pour chanter des cantiques !

Il vit le regard menaçant du coroner.

— Bien sûr qu'elles l'ont fait, mais elles avaient quitté le bord avant que la nuit vienne, quand la plupart de l'équipage est parti.

— Y a-t-il eu d'autres visiteurs ?

— Bernicia, indiqua Minter le chirurgien avec un sourire narquois.

— Qui est-ce ?

Même Crawley souriait à présent.

— Allez, faites-lui partager la plaisanterie !

— C'est une gueuse, Sir John. La maîtresse de Roffel. Une jolie petite garce. Elle a une maison à Poultney Lane près de la taverne du *Cœur de Lion*. Elle ignorait la mort de Roffel.

— Et alors ?

— Quand nous lui avons annoncé que le capitaine était mort, mis en bière et rendu à son épouse, elle a commencé à sangloter. Nous l'avons laissée seule un moment dans la cabine de Roffel, puis, après une bonne claque sur les fesses, nous l'avons renvoyée à terre. Plus de doigts ensanglantés pour elle !

— Que voulez-vous dire ? s'enquit le coroner.

— Quand nous capturions des navires, Sir John, nous étions toujours pressés. Nous les accostions, tuions l'équipage, prenions le butin, coulions le bâtiment et quittions les parages. Roffel ne manquait pas d'examiner chaque cadavre en quête d'objets de valeur, surtout de bagues. Si elles ne glissaient pas assez facilement, il coupait le doigt. Il trouvait ça amusant. Il offrait les bagues, et les doigts avec, à Bernicia sa putain.

Athelstan, dégoûté, tourna la tête. Il avait entendu parler de la guerre navale, sanglante et cruelle des deux côtés, mais Roffel semblait être le Diable incarné. Pas étonnant qu'on ne puisse pas dire de sa femme qu'elle donnait l'image de la veuve éplorée.

— Et après le départ de Bernicia ? interrogea Cranston.

— Tout a été fait comme d'ordinaire. Bracklebury a établi la vigie — lui-même et deux autres hommes de confiance. Nos escarcelles étaient bien remplies, nous avons donc sauté dans une barque et sommes allés à terre.

— La garde n'était-elle pas plutôt limitée ?

— Pas vraiment, expliqua Crawley. Sur la Tamise, les navires mouillent en ligne. À bord de chaque bâtiment il doit y avoir un officier et au moins deux marins, l'un à la poupe et l'autre à la proue.

Il détourna le regard.

— Mais ce n'est pas tout à fait suffisant ? insista le coroner.

— C'est le bateau du Diable en personne, Sir John, dit Coffrey. Nous avions envie de descendre. Surtout après...

— Après quoi ? demanda promptement le dominicain.

— Des cauchemars d'enfants ! se moqua Crawley. J'en ai entendu parler.

— Dans l'après-midi, reprit Cabe, quand le jour a commencé à décliner et la brume à tomber, des hommes ont prétendu que le navire était hanté par le fantôme de Roffel.

Il haussa les épaules.

— Vous connaissez les marins ? Nous sommes superstitieux. Ils ont dégoisé à propos de froid, de présence invisible, de grattements venant des cales. Ils en ont parlé au second qui a demandé à deux volontaires de rester à bord pendant que les autres se rendaient à terre.

— Donc, à la brune, précisa Athelstan, seuls le second et deux matelots étaient de veille ? Quelqu'un ici a-t-il approché le navire ?

Un chœur de dénégations s'éleva.

— Mais nous gardons le contact, ajouta Crawley. À chaque heure, quand la flamme de la chandelle atteint l'anneau, le mot de passe est crié de bateau en bateau par le porte-voix. À chaque demi-heure, une lanterne sourde sur chaque vaisseau envoie trois signaux lumineux pour montrer que tout va bien.

— Bon, dit Athelstan en s'étirant. Plus haut sur le fleuve se trouve la *Sainte-Trinité.* Les hommes de quart de ce vaisseau devaient donner le mot de passe à la *Brillante-Lumière-de-Dieu.* Un mot de passe à l'heure et un signal de la lanterne à la demi-heure.

L'amiral acquiesça.

— Et ce fut fait ?

— La vigie de la *Sainte-Trinité* l'a bien envoyé.

— Mais la *Brillante-Lumière-de-Dieu* l'a-t-elle transmis à la *Sainte-Marguerite* ?

— Oh, oui ! répondit Crawley. C'est là que gît le lièvre. Vous comprenez, mon père, la *Sainte-Trinité* est mon propre navire. J'ai donné une permission à mes hommes et ai en personne commandé le quart de nuit.

— Et c'est vous qui avez expédié les messages ?

Crawley fit signe que oui.

— À cinq heures j'ai lancé le mot de passe grâce au porte-voix. À cinq heures et demie la lanterne a clignoté trois fois.

— Et à six heures ?

— Ah, il n'y a pas eu d'autres messages. Un membre de l'équipage est retourné à bord avec une ribaude. Trouvant le bateau désert, il a donné l'alarme. Il a obligé la fille à l'aider et a fait force rames, pendant qu'elle criait et hurlait, vers mon bâtiment. Moi-même et mes deux hommes de quart sommes montés à bord. On aurait dit un bateau fantôme. La cabine était propre, le pont en ordre et il n'y avait rien d'anormal. En haut du mât le fanal brûlait encore tout comme la lanterne sourde dans son coin, près de la porte de la cabine. Aucune trace de violence ou de vol.

— Donc, résuma le clerc en ramassant sa plume pour prendre quelques notes, disons que ce matelot est revenu environ quinze minutes après le dernier signal lumineux ou quinze minutes avant que le mot de passe soit échangé. Selon ses dires et les vôtres, Sir Jacob, pendant cet intervalle trois gabiers ont disparu du bâtiment ?

— On dirait bien.

— Et la barque du cogghe était à sa place ?

— Oui !

L'amiral claqua des doigts.

— Vous feriez mieux de questionner l'homme vous-même !

Cabe sortit et revint accompagné par le matelot au faciès de singe qui les avait accueillis ; il raconta, avec un étrange accent chantant, son histoire qui recoupait exactement ce que Cranston et Athelstan savaient déjà.

— En vous approchant de la *Brillante-Lumière-de-Dieu,* demanda le clerc, avez-vous remarqué quelque chose d'étrange ?

— Non, mon père.

— Et sur le pont ?

— C'était tranquille comme la tombe.

Le dominicain le remercia et le marin les quitta.

— Quelqu'un aurait-il pu monter à bord en venant avec une embarcation ? interrogea le coroner. Puis repartir après avoir causé un terrible drame ?

— Impossible ! s'écria Cabe. D'abord, les guetteurs des autres navires l'auraient vu.

— Il y avait de la brume sur la rivière, fit remarquer Cranston.

— Non, rétorqua Cabe en secouant la tête. Même à moitié endormi, on entendrait le bruit des avirons et celui d'une barque qui accosterait. Et puis, toute embarcation qui se serait approchée aurait été interpellée. Enfin, Brackleburry aurait chassé tout intrus. Le bruit aurait porté et l'alarme aurait été donnée. Il ne s'est rien passé de semblable. Tout était en ordre. Même la cuisine. Nous ne l'avons pas touchée.

— Il y a une possibilité, suggéra le coroner. Le second et les deux matelots ont peut-être abandonné le bateau, nagé vers le rivage et disparu ?

— Pourquoi l'auraient-ils fait ? s'insurgea Cabe. D'ailleurs, si c'était le cas, quelqu'un, sur un bateau voisin, les aurait sûrement aperçus.

Coffrey prit la parole.

— C'est le bateau du Diable, Sir John. De nombreux hommes pensent que Satan est venu à bord pour réclamer l'âme de Roffel et qu'il a emporté Brackleburry et les deux autres.

Athelstan frissonna ; même ces hommes cyniques et endurcis ne remettaient pas en cause la déclaration de Coffrey.

CHAPITRE IV

Cranston et Athelstan mirent fin à la réunion et les marins retournèrent à leurs tâches. L'amiral fit faire le tour du bâtiment au coroner et à son clerc et leur montra le large pont, la cale caverneuse et puante divisée en sections, les quartiers sommaires réservés aux archers et à l'équipage, l'endroit où on stockait les armes et la petite cuisine fétide. Tout était propre et en ordre, mais Athelstan tressaillait quand de temps à autre un rat à la fourrure noire détalait sur le pont ou filait dans la charpente.

— A-t-on remarqué quelque chose en inspectant le navire ?

Crawley eut un geste de dénégation.

— Rien, même pas dans la cuisine. Les gobelets étaient rincés et les couteaux suspendus à leurs crochets.

Il se frotta la joue.

— On aurait dit qu'un démon était monté à bord et avait, tout simplement, enlevé les trois hommes.

— Et depuis, ont-ils donné signe de vie ?

— Pas le moindre.

Crawley les ramena sur le pont et ordonna qu'on approche une embarcation. Le clerc et le coroner prirent congé et s'embarquèrent, Sir John maugréant qu'il n'était pas plus avancé qu'en arrivant.

— Où allons-nous à présent ? s'inquiéta Athelstan en s'installant à l'arrière près de Cranston.

Pendant qu'on les ramenait à force de rames sur la Tamise houleuse vers Queenshithe, Sir John leva les yeux vers le ciel qui se couvrait.

— Il est tard, murmura-t-il, mais peut-être devrions-nous examiner le corps du capitaine Roffel avant qu'on chante le requiem et qu'on l'enterre.

Au coin de Milk Street, l'église St Mary Madgalene se blottissait dans l'ombre. Le prêtre de la paroisse, le père Stephen, s'était assoupi dans sa chaire devant le feu ronflant du presbytère. Le regard fixe, le visage fatigué bouffi de sommeil, il les accueillit néanmoins chaleureusement. Levant un lumignon, il scruta le coroner.

— Par Dieu ! Mais c'est Sir John !

Cranston tendit le cou.

— Ma parole, Stephen Grospetch !

Ils se serrèrent la main avec effusion.

— Entrez ! Entrez ! les invita le prêtre. J'ai entendu narrer vos exploits, Sir John, mais vous êtes trop occupé pour consacrer du temps à vos vieux amis !

Le coroner lui donna une bourrade affectueuse sur l'épaule et claqua des lèvres.

— Mais oui, Sir John, j'ai du clairet !

Grospetch avança deux tabourets devant l'âtre.

— Asseyez-vous ! Asseyez-vous ! Frère Athelstan ?

Le prêtre saisit la main du clerc comme le coroner terminait les présentations.

— Bon, bon, bon, Cranston et un dominicain. Vous me disiez toujours que vous n'aimiez pas les frères, Sir John.

Le père Stephen lança un regard malicieux à Athelstan.

— Bougre de menteur! rétorqua le coroner, feignant d'être fâché.

Il s'installa confortablement sur le tabouret et tendit ses énormes mains vers les flammes. Le père Stephen s'empressa d'apporter des gobelets de clairet. Athelstan s'émerveilla qu'il ne trébuche point, car la pièce était plongée dans les ténèbres que seules perçaient la lumière d'une unique chandelle sur son support et celle du feu ronflant.

Le vieux prêtre se rassit. Il porta un toast à ses visiteurs et lampa son vin avec délectation.

— Ce prêtre, expliqua Cranston en se tournant vers son clerc, était chapelain dans l'escorte du prince Édouard. Il savait expédier les messes à toute vitesse et devait, parfois, s'y résoudre. Les Français, ces bâtards, ne nous laissaient jamais le temps de terminer nos prières, dit-il avec rage.

Cranston et le père Stephen, pendant quelques instants, échangèrent plaisanteries et nouvelles d'anciens camarades. Puis ce dernier posa son gobelet sur le plancher et se frotta les mains.

— Bien, Sir John, vous n'êtes pas céans pour mes beaux yeux, mais pour le travail, n'est-ce pas?

— Le capitaine William Roffel, annonça brièvement le coroner.

— Il a rejoint le Seigneur Qui décidera de l'endroit où l'envoyer ensuite, commenta le prêtre.

— Pourquoi dites-vous ça, mon père?

— Il appartenait à ma paroisse, et pourtant ni lui ni sa femme n'ont jamais assombri mon église de leur présence. Elle est venue me voir hier. Elle désirait des obsèques chrétiennes pour son époux et a payé pour que je dise une messe. La nuit dernière j'ai reçu le corps, déjà enfermé dans un cercueil de cèdre qui, à présent, se trouve devant le maître-autel et sera enterré demain.

— Vous ne savez donc rien au sujet des Roffel ?

— Absolument rien. La femme était calme. Elle a prétendu que d'autres affaires l'avaient empêchée de fréquenter notre église.

— Ce n'était donc pas une veuve éplorée ?

— Allons, Sir John, ne soyez pas caustique. Elle était bouleversée.

Il haussa les épaules.

— Mais je reçois maintes requêtes de ce genre. Et vous connaissez la loi canon ? Sauf si quelqu'un a été publiquement excommunié, l'enterrement chrétien doit être célébré le plus rapidement possible.

— A-t-elle loué des pleureuses ? Vous savez, des femmes pour veiller le corps ?

— Elle et sa servante assistaient à la réception du corps dans l'église. Ensuite elles sont parties. Maîtresse Roffel est revenue juste avant minuit et je l'ai autorisée à rester jusqu'à l'aube, ce matin.

Cranston jeta un regard par-dessus l'épaule du vieux prêtre et fit un clin d'œil à son clerc. Mais le père Stephen, plus vif qu'il n'en avait l'air, le surprit.

— Allons, vieux coquin, que voulez-vous exactement ?

— Mon père, pourrions-nous voir le cadavre ?

Le prêtre se frotta les lèvres.

— C'est contre la loi canon, répondit-il lentement. Une fois le corps enseveli et mis en bière...

— Dieu le demanderait ! intervint Athelstan avec douceur. Père Stephen, sur ma foi et de prêtre à prêtre, il se peut que de terribles crimes aient été commis.

— Vous voulez parler de Roffel ?

— Oui, répondit Athelstan tout à trac. Il a peut-être été assassiné.

Le père Stephen se leva et prit sa cape. Il alluma un lumignon qu'il tendit au clerc.

— Dès que j'ai aperçu Sir John, maugréa-t-il, j'ai su que je devais m'attendre à des ennuis !

Tout en lui retournant la plaisanterie, Cranston et Athelstan le suivirent dans le glacial cimetière balayé par le vent. Le prêtre ouvrit la porte de l'église et ils entrèrent. Plus tard, Athelstan jura qu'il n'oublierait jamais le spectacle qui les attendait. La nef était froide et sombre. La lumière tremblotante de la lanterne la rendait plus inquiétante encore quand ils remontèrent vers le chœur. Ils s'arrêtèrent tous trois et Cranston jura lorsque le volet d'une fenêtre claqua en se refermant.

— Cela ne devrait pas se produire, chuchota le père Stephen.

Il prit le lumignon des mains d'Athelstan, contourna les piliers et pénétra dans le transept. Il s'arrêta et leva les yeux vers l'endroit où les volets battaient contre la pierre.

— Je les ai fermés, expliqua-t-il par-dessus son épaule d'une voix qui résonna dans l'édifice. Il n'y a pas de verre là-haut; n'importe qui peut entrer.

Athelstan fit quelques pas en avant. Il reprit la lanterne qu'il approcha du sol.

— Eh bien, que cela vous plaise ou non, mon père, vous avez eu des visiteurs inattendus. Voyez-vous ces traces de boue et ces morceaux de feuilles sèches?

Il déplaça le lumignon :

— Regardez, une empreinte de pas effacée.

— Oh, non! se lamenta le prêtre. Oh, non, ne me dites pas qu'ils ont saccagé le chœur encore une fois!

À la lueur du falot, son visage était fantomatique.

— Ou pire, murmura-t-il, les seigneurs des carrefours[1], les maîtres de la magie noire, sont toujours en

1. Les personnes exclues des saints rites (sauf les suicidés) étaient enterrées au pied de la croix érigée sur une route publique, endroit considéré comme le plus proche, par son caractère sacré, du sol béni du cimetière. *(N.d.T.)*

quête de vaisseaux sacrés pour leurs infâmes rituels. Venez ! Venez !

Ils traversèrent rapidement l'église, les sandales du dominicain claquant sur les dalles, et franchirent le jubé.

« Pas aussi beau que le mien », pensa Athelstan, qui récita aussitôt en silence un acte de contrition pour que lui soient pardonnées ses idées puériles. Le père Stephen s'avança lentement, précédé par le cercle de lumière.

— Je ne vois rien d'anormal ! s'exclama-t-il.

Athelstan distingua les vagues contours du cercueil et des six grands cierges violets qui l'entouraient. Ils s'approchèrent. Le dominicain eut un sursaut : la bière était toujours sur ses tréteaux, mais on avait arraché le couvercle. Elle était vide et le linceul de lin blanc brillait dans la faible lumière.

— Par les cornes du Diable ! souffla Cranston.

Le père Stephen se précipita vers l'autel où il prit une mèche d'amadou pour allumer les cierges. Athelstan embrassa le chœur du regard.

— Oh, mon Dieu, regardez ! souffla le coroner.

Le clerc tourna la tête vers l'endroit qu'il désignait. Le corps du capitaine Roffel était affalé sur la lourde cathèdre sculptée. On lui avait coupé la gorge et quelqu'un avait barbouillé en lettres de sang sur un morceau de parchemin épinglé à sa poitrine le mot ASSASSIN.

Devant cette scène, le père Stephen fut si saisi qu'il s'assit sur les marches du chœur et éclata en sanglots. Cranston et Athelstan prirent deux cierges sur l'autel et se dirigèrent avec prudence vers l'effrayant et grotesque cadavre effondré sur la cathèdre. On avait ôté les pièces qui avaient servi à fermer les yeux du mort et ils s'étaient entrouverts. La mentonnière avait été enlevée et la blessure du cou, plaie d'un rouge mat, était bien visible. En examinant le vélin, le coroner s'aperçut que l'auteur du blasphème s'était servi de ses doigts pour tracer son message. Cranston et son clerc replacèrent avec précaution le corps dans le cercueil, sans requérir l'assistance du père Stephen, trop bouleversé. Sir John murmura qu'il avait vu bien pire en France quand il devait aider à remplir les fosses communes. Mais Athelstan, quoiqu'il eût assisté à maintes morts, frémit en touchant le corps glacé, s'attendant presque à ce qu'il reprenne vie. Ils disposèrent le cadavre dans la bière aussi décemment que possible. Alors seulement le dominicain examina le visage dur aux pommettes hautes, aux lèvres minces et exsangues, la tête étroite et décharnée du capitaine William Roffel.

— Redoutable en vie, redoutable dans la mort! souffla le clerc.

Il esquissa un signe de croix au-dessus du corps et, sans barguigner, délaça le justaucorps. Écartant la chemise de batiste, il examina attentivement le torse. On avait fendu le ventre pour qu'il ne gonfle pas mais il vit de révélatrices marbrures d'un rouge terne. Il sourit de satisfaction et, avec un soupir de soulagement, demanda au coroner de l'aider à refermer le cercueil.

Cranston désigna le bout de parchemin.

— Ne devrions-nous pas l'enlever?

Athelstan haussa les épaules.

— Que Dieu me pardonne, Sir John, mais je n'en vois pas l'utilité. Ce n'est que la stricte vérité. Le capitaine Roffel était le Diable incarné. On a déplacé son cadavre et on lui a coupé la gorge par vengeance.

Il remit le couvercle de la bière en place.

— Mais je peux vous affirmer qu'il a été assassiné. Il a des indices révélateurs de poison sur le ventre.

Après avoir vérifié que l'église était bien close, ils ramenèrent un père Stephen encore tout tremblant dans le presbytère. Le dominicain lui versa un gobelet de vin, s'assura qu'il s'était calmé et rejoignit Cranston dehors.

— Ma fichue gourde est vide ! lança le coroner. Je me moque de ce que vous en direz, Athelstan, j'ai absolument besoin d'un cordial après tout ça !

Le clerc prit le bras de Sir John, l'emmena dans une Cheapside à présent déserte, le guida avec soin autour des monticules de détritus et le conduisit à bon port jusqu'à *l'Agneau de Dieu*. Deux rasades de clairet plus tard, Cranston se détendit et, radieux, contempla les autres buveurs.

Athelstan était plus sombre. Il saisit le poignet du gros magistrat.

— Nous savons que Roffel a été assassiné, mais par qui, pourquoi ou comment, cela reste une énigme. Nous devons aussi envisager la possibilité que le second et ses compagnons aient subi le même sort.

— Croyez-vous que la mort d'Ospring ait un rapport avec ça ?

Le dominicain eut un geste de dénégation.

— Non, non, le meurtre d'Ospring est un crime passionnel. Commis sur une impulsion. Il y a là un mystère, mais ce que nous devons comprendre, Sir John, c'est ce qui s'est passé pendant ce voyage : comment trois gabiers ont disparu de nuit de leur navire alors que, selon l'amiral lui-même, on a lancé des signaux depuis la *Brillante-Lumière-de-Dieu* juste quelques minutes avant que le marin et la ribaude ne montent à bord.

— Eh bien, vous avez étudié la logique, grommela le coroner. De quelles possibilités disposons-nous ? Aucune embarcation n'a été vue rôdant autour du cogghe, nous a-t-on dit.

— Et des nageurs ? suggéra Athelstan.

Cranston eut un geste sceptique.

— Imaginez, mon frère, disons un groupe de six à dix. Ils atteignent le bateau, montent à bord sans être distingués par les hommes de quart et tuent trois hommes sans éveiller l'attention. Ils ne laissent aucune trace de lutte avant de repasser par-dessus le bastingage. Et de plus, pourquoi seraient-ils venus ? Personne ne les a aperçus, signaux lumineux et mot de passe ont été régulièrement envoyés. Je ne vois qu'une hypothèse : les trois matelots ont déserté.

Cranston eut une moue.

— Mais il reste deux questions. Personne ne les a vus partir et tous les signaux ont été émis. S'ils ont abandonné le navire, ils ont dû le faire presque au moment où le marin et sa gueuse sont arrivés, et donc on s'en serait aperçu.

Le coroner écarta son gobelet.

— Je suis fatigué, mon frère.

— Voulez-vous que nous rentrions ?

— Non.

Sir John prit sa cape.

— Nous devons rendre encore une visite. La petite putain de Roffel. Sa maîtresse. Peut-être pourra-t-elle éclairer un peu notre lanterne.

Pendant que les deux amis se réconfortaient à *l'Agneau de Dieu,* un homme, vêtu de noir de pied en cap, avançait en silence dans le couloir d'une maison sise au coin de Lawrence Lane et de Catte Street. Il se déplaçait doucement, les guenilles qui entouraient les semelles de ses bottes de cuir étouffant le bruit de ses pas. Agrippant son sac de cuir, il regardait fixement à travers les trous de son masque les chandeliers précieux qui étaient posés sur une table au bout du couloir et dont les filigranes argentés scintillaient dans l'obscurité.

Le voleur eut un sourire satisfait. Comme d'habitude, tout avait été organisé avec grand soin. Ce vieil imbécile de Cranston ne découvrirait jamais comment il pouvait faire intrusion dans ces riches demeures désertes et les quitter sans laisser de traces. Il approcha de la table, s'empara des chandeliers et les glissa avec précaution dans sa besace. Il s'apprêtait, d'un pas furtif, à passer devant une chambre quand la porte s'ouvrit. Une jeune servante, l'air ensommeillé, en sortit. Elle dut sentir qu'il se passait quelque chose d'anormal car elle se retourna et vit le larron à la lueur de la chandelle qu'elle tenait. Laissant tomber la lumière, elle ouvrit la bouche pour hurler mais l'homme bondit. Il lui posa brutalement la main sur les lèvres et lui enfonça un fin stylet dans la poitrine. Les yeux de la jeune fille s'écarquillèrent de peur et de douleur. Elle se débattit, mais le cambrioleur l'avait acculée contre le mur. Il retira la dague et frappa encore une fois. La servante toussa. Il sentit son sang chaud couler à travers son gant. Puis elle bascula contre lui et s'écroula doucement sur le sol.

Le coroner et le dominicain frappèrent à l'huis de la maison de Poultney Lane, près de la taverne du *Cœur de Lion*. On ne répondit pas et Cranston tambourina à nouveau. Cela déclencha un bruit de pas pressés et une petite voix, plutôt agréable, demanda :

— Qui va là ?

— Sir John Cranston, coroner de la ville, et frère Athelstan, son secrétaire !

On tourna la clé et on ôta les verrous. Une jeune femme aux cheveux roux, habillée d'une robe grenat, s'avança à leur rencontre. Elle levait une lanterne de corne et tendit vers eux son mince visage pâle.

— Que voulez-vous ? En quoi puis-je vous aider ?

— Vous connaissiez le capitaine William Roffel ?

Elle cilla de ses yeux maquillés de khôl noir.

Athelstan fut fasciné par ses lèvres peintes de couleur vive qui juraient avec son teint blême.

— Vous vous appelez bien Bernicia ? demanda-t-il. Pouvons-nous entrer ?

Elle acquiesça et leur fit signe de la suivre le long d'un couloir de pierre voûté jusqu'à une petite pièce confortable. Elle les accueillit avec courtoisie et leur offrit des gobelets de vin pendant que les deux hommes examinaient la salle. Tout était propre ; les petites tables étaient cirées et drapées de nappes de lin, le plancher couvert de tapis ottomans et les pincettes de l'âtre brillaient à la lumière des flammes. Il régnait une odeur entêtante de musc, mêlée à celle des chandelles et des braseros couverts dressés à chaque coin de la pièce.

— Vous menez grand train, maîtresse Bernicia !

La jeune femme haussa les épaules et eut un petit sourire. Cranston la dévisagea. Chacun de ses mouvements était élégant. Elle balançait les hanches en avançant sur ses patins à haut talon. Quand elle s'assit, jambes croisées, elle resserra sa chainse[1] autour d'elle, mais pas au point de cacher ses blancs jupons et ses bas de chausses écarlates et dorés. Elle se pencha en avant.

— Eh bien, que puis-je faire pour vous, messires ?

Cranston apprécia sa voix douce et riche.

— Vous étiez... ? commença-t-il non sans hésitation.

— J'étais la maîtresse de William Roffel.

Bernicia porta à sa bouche une main chargée de bagues pour étouffer un petit rire. Ses ongles étaient vernis de violet foncé.

— Ah, bien ! Et il vous rendait souvent visite ? interrogea le coroner de plus en plus mal à l'aise.

1. Tunique servant de peignoir d'intérieur ou de sous-vêtement. *(N.d.T.)*

Elle écarta les mains et embrassa la pièce du regard.

— Le capitaine Roffel savait se montrer généreux en échange des faveurs que je lui accordais.

— L'aimiez-vous ? demanda le dominicain.

À nouveau le petit rire étouffé et encore un geste gracieux de la main.

— Oh, mon père, ne soyez pas ridicule ! Comment peut-on aimer quelqu'un comme le capitaine Roffel ? Une canaille pur sang. Il était prodigue et j'étais disponible.

Elle fit la moue.

— Saviez-vous que c'était un prêtre défroqué ?

— Quoi ?

— Mais oui ! dit-elle en riant gaiement. Roffel était jadis vicaire dans une paroisse près d'Édimbourg. Il s'est trouvé impliqué dans une affaire trouble et a dû quitter sa charge sans traîner.

— Quelle affaire ?

— Je l'ignore.

— Et où l'avez-vous rencontré ? questionna le coroner.

— Dans une taverne.

— Laquelle ?

Elle eut un geste d'impatience.

— Je ne sais pas. J'ai oublié.

— Avez-vous jamais vu son épouse ?

— Oh, mon Dieu, cette vieille garce ? Jamais !

— Avez-vous donné quoi que ce soit au capitaine Roffel avant qu'il s'embarque pour son dernier voyage ?

— Un bon gros baiser.

— Et avez-vous des soupçons sur sa mort ?

— Oh, non ! Ce bâtard du Diable a toujours eu l'estomac fragile.

Bernicia haussa les épaules.

— Il est mort à présent...

Elle battit des cils.

— ... et je suis à nouveau disponible.

— Savez-vous quelque chose sur son dernier voyage ?

— Rien. Je suis montée à bord. On ne m'a même pas permis d'entrer dans sa cabine, alors je suis revenue à terre.

— Roffel avait-il des ennemis ?

Bernicia fut prise de fou rire.

— Je pense que la question, Sir John, devrait être : « Avait-il des amis ? » Il avait des ennemis tout le long de la Tamise. Roffel était peut-être un capitaine du roi, mais c'était aussi un pirate.

Elle baissa la voix.

— On vous en a sûrement parlé ? Roffel ne dédaignait pas d'attaquer n'importe quel bateau. Et plus d'une veuve de matelot esseulée le maudit avant de s'endormir la nuit.

— Êtes-vous allée voir son cercueil à St Mary Magdalene ? demanda Athelstan qui se sentait, comme le coroner, mal à l'aise et examinait la femme avec attention.

— Non, je n'y suis pas allée et n'ai nulle intention de m'y rendre.

Fut-ce sa façon de parler en tournant le visage ou, à la lueur du feu, le coroner aperçut-il, sur sa lèvre supérieure mal recouverte par le fard blanc qu'elle y avait passé, un soupçon de moustache ? Soudain il se pencha et empoigna le genou de la jeune femme.

— Mais n'êtes-vous pas un mignon ? gronda-t-il. Quel est votre véritable nom, Bernicia ?

Elle tenta de se libérer. La main de Sir John, qui dédaigna le regard d'avertissement de son clerc, remonta sur la cuisse de la gueuse.

— J'ai entendu parler de gens de votre sorte, dit-il. Je me demande, si je posais ma main un peu plus haut, ce que j'y trouverais, hein ?

Il mit doucement son autre main sur une gorge plutôt plate et ses doigts pressèrent la mousseline.

— Bernicia la catin, souffla-t-il, vous n'êtes pas une femme. Vous êtes un homme !

Athelstan en resta bouche bée. Son regard passa du coroner à Bernicia qui se débattait.

— Dites-moi la vérité ! ordonna Sir John. Sinon j'appelle les dizainiers et vous fais déshabiller. Vous ne pouvez cacher ce que Dieu vous a donné !

Il s'inclina et effleura les cheveux de Bernicia.

— Je sais où vous avez rencontré Roffel, reprit-il. À *la Sirène,* près de St Paul's Wharf. Quel est votre vrai nom ? Allez, parlez !

— Je m'appelle Roger-atte-Southgate.

Athelstan n'en revenait toujours pas.

— J'étais mousse autrefois sur le bateau de Roffel. J'étais, je suis, une femme dans un corps d'homme.

Elle contempla les flammes.

— J'enviais les ribaudes, leur façon de se déplacer, les vêtements qu'elles pouvaient porter, l'excitation qu'elles suscitaient chez les matelots. Et, une nuit, j'ai constaté que d'autres hommes me ressemblaient.

— Si les shérifs le découvrent, lui rappela Cranston, ils vous brûleront à Smithfield comme sodomite ! N'est-ce pas, mon frère ?

Athelstan était éberlué. Il examina Bernicia plus attentivement et saisit son regard perdu et découragé. Il cilla. Pour lui, c'était encore une femme, quoi qu'elle ou Sir John puissent en dire. Un élan de pitié le traversa. Pendant son noviciat et dans les camps, en France, il avait rencontré des hommes qui aimaient se comporter en femmes, mais il n'en avait jamais vu qui s'habillaient comme elle et jouaient si bien leur rôle.

— Votre secret est en de bonnes mains, avec nous, commenta-t-il avec douceur. Sir John et moi ne sommes pas céans pour infliger quelque châtiment, bien que vous commettiez un grave péché.

— Vraiment, mon père ? Et les hommes comme Roffel ? J'en ai connu aussi loin que ma mémoire remonte. Il leur plaisait d'user de moi comme d'une femme, alors pourquoi me blâmer pour ce que les autres ont fait de moi ? Oh, oui, il y avait aussi des prêtres parmi eux. Ils aiment ces étranges joutes au lit.

Le dominicain leva la main.

— Je ne suis ni votre juge ni votre confesseur.

— Peu me chaut, l'interrompit Bernicia. Je n'ai besoin ni de l'un ni de l'autre. Dieu n'existe pas et, s'Il existe, Il nous a tous oubliés.

Elle s'agita sur sa chaise.

— Roffel avait l'habitude de m'apporter de précieuses babioles — des doigts qui portaient encore des bagues, et, un jour, une oreille avec un petit anneau d'or. Il s'asseyait là où vous êtes, mon père, et se vantait de ses exploits : comment il dupait son équipage, son associé, Ospring, et même son ennuyeuse épouse.

— Êtes-vous retourné au bateau hier soir ? demanda abruptement Cranston.

Le regard de Bernicia se déroba.

— Ne mentez pas ! Y êtes-vous allé ?

— Oui. Du moins, je suis allée au quai. Je voulais savoir si Roffel avait laissé quelques objets de valeur. Son escarcelle était toujours pleine et il possédait un petit coffre rempli d'affiquets. J'ai pensé que le second me laisserait remonter à bord.

— Pourquoi êtes-vous resté sur le quai ?

— Il n'y avait pas de barque disponible pour me conduire au navire. J'ai appelé, pourtant.

— Et que s'est-il passé ?

— Un des hommes de quart a dû m'entendre car le second est venu.

— Quelle heure était-il ? s'enquit Athelstan.

— Oh, minuit, à peu près. J'ai pensé que c'était le bon moment. À cette heure-là le quai est en général vide : tous les fêtards sont rentrés ou sont trop soûls pour se soucier de quoi que ce soit.

— Et alors ?

— L'officier s'est avancé jusqu'au bastingage. Il était ivre. Il s'est contenté d'agiter son gobelet dans ma direction et de crier : « Va au Diable ! »

— Bizarre, dit le coroner, songeur. Le navire le plus proche était la *Sainte-Trinité* de l'amiral, et il n'a pas pipé mot de cet incident.

— Je vous ai raconté ce que j'avais vu, riposta Bernicia avec une grimace. Mais il y avait quelque chose d'étrange.

— Quoi ? la pressa le dominicain.

— J'étais donc sur le quai qui était désert, froid et venteux. Je me suis rendu compte que j'avais été bien niaise en y venant. Et quand j'ai fait demi-tour, j'ai aperçu une silhouette qui se glissait sous le porche de l'un des bordels.

— En êtes-vous certain ?

— Absolument. Sur le quai il y avait les bruits ordinaires de la nuit — frôlements de rats, clapotis de l'eau —, mais j'ai entendu un raclement comme si on traînait une épée ou portait quelque chose de métallique. Je suis sûre que celui qui se cachait, quel qu'il soit, surveillait le navire. J'ai appelé mais on ne m'a pas répondu, alors je suis vite partie.

— C'est là tout ce que vous avez vu ou entendu ?

— Oui, oui.

— Avez-vous jamais rencontré les membres de l'équipage de Roffel ?

— Seulement de loin. Quand ils accompagnaient le capitaine à terre, Roffel, en général, m'éloignait d'eux.

— Et Sir Henry Ospring ?

— Non, bien que Roffel ait reçu des lettres d'Ospring l'accusant de détourner des bénéfices à son profit.

— Et l'écuyer d'Ospring, un homme nommé Ashby ?

Bernicia eut un geste de dénégation.

Cranston jeta un regard à son clerc et leva les yeux au ciel. La rasade de vin qu'il avala lui parut amère. Il eut un sourire désabusé et se leva.

— Donc vous ignorez tout de cette affaire ?

— Oui, Sir John. Vous garderez mon secret, n'est-ce pas ? plaida Bernicia.

Le coroner acquiesça.

— Je voudrais vous poser une dernière question, dit Athelstan en prenant le sac de cuir qui contenait son matériel d'écriture et le serrant contre sa poitrine. Ce soir nous nous sommes rendus à l'église de St Mary Magdalene. Quelqu'un s'est introduit dans l'église, a sorti le corps du cercueil, lui a tranché la gorge et l'a installé sur la cathèdre. Sur sa poitrine on avait épinglé un morceau de vélin portant le mot ASSASSIN, écrit en lettres de sang. Qui, à votre avis, haïssait suffisamment le capitaine pour faire ça ?

Bernicia ricana.

— Sir Henry Ospring, tout d'abord.

— Il est mort, assassiné lui aussi !

Elle sourit.

— Roffel sera heureux d'avoir de la compagnie en Enfer.

— Qui d'autre ? insista le coroner. Qui Roffel mentionnait-il quand il était en colère ou furieux contre quelqu'un ?

— Vous devriez retourner voir la flotte, Sir John. En parler à l'amiral, Sir Jacob Crawley. Roffel a toujours dit qu'il le détestait.

— Pourquoi le capitaine haïssait-il Crawley ?

— Oh, non, c'est le contraire ! Crawley ne pouvait pas supporter notre bon Roffel. Je pense qu'entre eux il y avait maille à partir. Un jour, Roffel a dit que

Crawley l'avait accusé d'avoir coulé un navire sur lequel l'un des parents de l'amiral avait été assassiné. Roffel prétendait que pour rien au monde il ne boirait ni ne mangerait avec Crawley et qu'il ferait toujours attention de ne jamais lui tourner le dos.

— Alors, maîtresse...

Cranston eut un sourire acerbe :

— Oui, c'est ainsi que je vous appellerai. Alors, nous vous souhaitons une bonne nuit.

Une fois qu'ils eurent quitté la maison, le coroner se laissa aller à un gros rire qui résonna comme une cloche dans la rue étroite. Un voisin ouvrit une fenêtre pour réclamer le silence. Sir John présenta des excuses, s'emmitoufla dans sa cape et emmena son clerc dans Cheapside.

— Bon, bon, bon, murmura-t-il, voilà un autre mystère. Un homme qui s'habille en femme et prétend avoir été la putain de feu le capitaine.

Il bâilla, s'étira et leva les yeux vers le ciel nocturne.

— Nous reprendrons ça demain, continua-t-il. On parle des mystères de la mer, mais, écoutez bien ce que je vous dis, mon frère, ce qui s'est passé à bord de la *Brillante-Lumière-de-Dieu* est une énigme qui s'épaissit d'heure en heure.

Il tapota le dos de son ami.

— Venez, mon frère, je vais vous raccompagner jusqu'au Pont de Londres et je vous raconterai une histoire très drôle sur l'évêque, le prêtre et quelqu'un qui ressemble étrangement à notre jeune Bernicia !

CHAPITRE V

Athelstan célébra la messe du petit matin comme à l'accoutumée, surpris de voir qu'Aveline Ospring faisait à la maigre assemblée l'honneur d'y assister. Agenouillée près du jubé, les mains pieusement jointes, elle ne quittait pas des yeux le jeune Ashby qui aidait Crim, l'enfant de chœur. La messe dite, le dominicain suspendit ses vêtements sacerdotaux, nettoya l'autel et, en sortant, découvrit la jeune fille et l'écuyer assis sur les marches du chœur et plongés dans une conversation à voix basse.

— Voulez-vous déjeuner ? suggéra-t-il.

Ashby accepta.

— Je meurs de faim, mon père. Pourrais-je avoir un rasoir et du savon ? Lady Aveline, dit-il en tapotant une fonte, m'a apporté les autres choses dont j'ai besoin.

Athelstan regagna son presbytère. Il ranima le feu et, après avoir donné à un Philomel toujours affamé son picotin matinal, il se lava les mains, garnit un plateau de pain, de fromage et de vin puis retourna dans l'église. Ashby mangea de fort bon appétit. De temps à autre Aveline, qui paraissait plus calme et, en tout cas, plus heureuse que la veille, sirotait une gorgée du gobelet d'Ashby ou grignotait un peu de pain et de fromage.

— Je suis venue m'assurer que tout allait bien, dit-elle en regardant d'un air timide le prêtre sous ses longs cils.

Ce dernier acquiesça, puis tressaillit quand Bonaventure, endormi près des piliers, se dressa soudain, dos rond, queue érigée, en entendant la porte s'ouvrir. Marston entra et, bras croisés, scruta le chœur. Athelstan l'ignora et jeta un coup d'œil à Aveline.

— Madame, dit-il doucement, vous êtes dans la maison de Dieu, vous ne devez donc pas mentir.

Ashby s'étrangla avec un morceau de pain. Athelstan lui donna une vigoureuse tape dans le dos.

— L'aube est à peine levée, reprit le dominicain avec une pointe d'ironie, et pourtant vous, la fille de l'homme qu'Ashby est censé avoir tué, vous lui apportez tout ce dont il a besoin. Et vous voilà assise à ses côtés sur ces marches à partager sa nourriture.

Lady Aveline devint rouge comme une pivoine et détourna les yeux.

— L'aimez-vous ? s'enquit Athelstan.

— Oui, chuchota-t-elle.

— Et vous, Ashby ?

Le jeune homme fit oui de la tête avec enthousiasme et s'essuya les yeux qui coulaient encore après son accès de toux.

— Bien, bien, bien ! dit le dominicain. Et je suppose que vous voulez vous marier ?

— Bien sûr ! répondirent-ils à l'unisson.

— Parfait !

Athelstan se frotta les mains.

— Mais notre sainte mère l'Église nous enseigne qu'avant que vous puissiez recevoir le sacrement de mariage, vous devez vous confesser et être absous. Entendrai-je votre confession séparément ou ensemble ?

Les deux amoureux se consultèrent du regard. Athelstan avait du mal à cacher son amusement.

— Je vois que vous n'élevez pas d'objection, je vais donc commencer. Nicholas, vous êtes accusé du péché de meurtre sur la personne de Sir Henry Ospring.

Il parlait à voix basse afin que Marston, au fond de l'église, ne puisse l'entendre.

— Vous ne l'avez pas tué, n'est-ce pas ?

— Je suis innocent ! chuchota l'écuyer.

— Ce que l'on ne peut dire en ce qui vous concerne, ajouta le prêtre en se tournant vers Aveline.

Elle leva des yeux écarquillés par l'étonnement.

— Que Dieu me pardonne, Lady Aveline, mais je vous accuse de parricide.

La jeune femme devint pâle comme un linge. Elle se mit debout et, dans son trouble, se tordit les mains.

— C'est faux ! s'insurgea Ashby, mais Athelstan l'interrompit en lui posant la main sur les lèvres.

— Ne mentez pas en confession ! rappela-t-il. Lady Aveline, s'il vous plaît, asseyez-vous.

Elle s'exécuta et Athelstan prit ses mains glacées.

— Vous avez bien tué votre père ?

— Que Dieu me pardonne, mon père, oui, je l'ai tué. Comment le savez-vous ?

Le dominicain scruta la nef. Marston, qui apparemment avait été témoin de l'agitation d'Aveline, commença à s'approcher lentement. Athelstan se leva et alla à sa rencontre.

— Puis-je vous aider ?

— Je suis ici pour protéger Lady Aveline de ce meurtrier.

— Lady Aveline est en sécurité avec moi, répondit le clerc.

— Je suis aussi céans pour être sûr que ce bâtard ne s'enfuira pas.

— Ne proférez pas de juron, le reprit Athelstan. Pas dans la maison de Dieu.

L'homme recula, penaud.

— Attendez dehors, je vous prie, lui intima le dominicain. Sur les marches, si vous voulez. Et je vous assure que personne ne sortira d'ici sans que vous le sachiez.

Marston s'apprêtait à avancer une objection.

— Sir John Cranston appréciera votre attitude, ajouta Athelstan avec douceur.

Le malandrin haussa les épaules et sortit en fermant la porte.

Athelstan revint vers le chœur où étaient assis Ashby et Aveline, tête contre tête, lancés dans une conversation complice. Il s'installa sans plus de façon entre eux.

— Comment et quand l'avez-vous deviné ? questionna Ashby.

— Oh, ce matin, pendant la messe. C'est une question de logique. D'abord, on vous a trouvé la main sur un poignard. Pourquoi ? Parce que vous vous apprêtiez à le retirer. Mais pourquoi auriez-vous fait ça ? Cette arme ne vous appartenait pas, elle appartenait, comme vous l'avez dit, à Sir Henry. La vôtre est encore au fourreau, à votre ceinture. Je l'ai remarqué hier matin. Ensuite, si vous n'avez pas tué Sir Henry, alors qui s'en est chargé ? Qui pouvait approcher un si grand seigneur alors qu'il était encore en robe de nuit ? Certainement pas Marston. Il le fait comprendre de façon très claire. Alors, si ce n'était ni vous ni Marston, qui restait-il ? Quand je suis entré dans la chambre de Sir Henry, j'ai découvert que la fenêtre avait été fermée jusqu'à ce que vous vous en serviez pour vous enfuir. Par conséquent, je ne crois pas que quelqu'un se soit introduit dans la pièce. De plus, Sir Henry était un homme robuste et il n'y avait nulle trace de lutte. Pour conclure, le meurtrier devait être une personne qui avait tout à fait le droit d'être près de Sir Henry. Et qui le pouvait, si ce n'est vous, Aveline ?

— Oh, mon Dieu, elle sera pendue ! s'exclama Ashby. Personne ne croira jamais son histoire !

— Essayons, rétorqua Athelstan. Lady Aveline ?

— C'est vrai, j'ai tué mon père, dit-elle. Pour être précise, c'était mon beau-père. Le premier mari de ma mère, mon vrai père, a été occis à la guerre en France. Au début, tout alla bien. J'étais fille unique. Je crois que ma mère regretta de s'être remariée, mais elle est morte voici huit ans. En général, Sir Henry me laissait tranquille. Il s'occupait bien de moi. J'étais gâtée, choyée même. Mais...

Elle se mit à jouer avec le bracelet qu'elle portait au poignet.

— ... quand je grandis, il commença à s'intéresser davantage à moi. Ce fut peu de chose, d'abord. Il me demandait juste de m'asseoir sur ses genoux pendant qu'il me caressait les cheveux. Parfois il me touchait plus intimement et disait que c'était notre secret.

Aveline cilla pour retenir ses larmes.

— J'avais tout ce que je voulais, reprit-elle. Tout, sauf une servante. Il l'ordonnait ainsi. Plus je grandissais, plus ses attentions se faisaient pressantes. Je l'évitais, mais parfois je ne le pouvais pas. La veille de sa mort, alors qu'il était installé à *l'Abbé de Hyde*, il m'a demandé de venir le rejoindre à la première heure parce qu'il désirait me remettre un objet précieux ayant appartenu à ma mère. J'aurais dû me douter de quelque chose.

Les lèvres d'Aveline tremblèrent et ses yeux brillèrent de larmes.

— Il était dégoûtant ! chuchota-t-elle. Obscène ! Il a essayé de me prendre dans ses bras et a posé la main sur ma gorge. Il a prétendu qu'il n'avait pas dormi de la nuit en pensant à moi. Puis...

Athelstan perçut la tension croissante d'Ashby. Il donna de petites tapes apaisantes sur le poignet de la jeune fille.

— Continuez, l'encouragea-t-il avec douceur.

— Il a dit qu'il espérait que j'étais aussi gentille que ma mère et a essayé de me prendre sur ses genoux. C'est alors que j'ai vu la garde de son poignard qui dépassait d'une pile de vêtements sur une chaise. Tout s'est passé si vite ! J'ai saisi la dague et la seconde d'après elle était profondément enfoncée dans sa poitrine. Il m'a regardée comme s'il ne pouvait croire ce qui était arrivé, puis il s'est écroulé sur le plancher. J'ai dû rester là quelques instants, à le fixer. J'avais l'impression de faire un cauchemar. Je ne cessais de me pincer pour me réveiller. C'était si net, si propre, sans même une goutte de sang sur mes mains ou mes habits. J'ai entendu frapper à la porte...

— C'était moi, intervint promptement Ashby. Je me trouvais dans la chambre voisine. J'ai entendu Aveline passer dans le couloir, puis une certaine agitation, comme une chute. Je suis allé chez Sir Henry. Ce n'est qu'alors que Lady Aveline m'a raconté ce qui s'était passé.

— Je n'avais pas osé en parler auparavant, chuchota la jeune fille. Qui m'aurait crue ? Je connaissais Nicholas Ashby et l'aimais, mais j'ai gardé mon secret. Sir Henry, sinon, nous aurait tués tous les deux.

— Je l'ai poussée hors de la chambre, reprit l'écuyer. Une fois qu'elle fut partie, j'ai tenté de retirer la dague, mais Marston est arrivé et a tambouriné à l'huis.

Ashby jeta un regard méprisant dans l'église.

— Ce n'est qu'un bravache. Il aurait pu m'arrêter, mais il s'est contenté de crier : « Au meurtre ! Au meurtre ! » J'ai ouvert la fenêtre et me suis enfui.

Athelstan se leva. Ce que lui avait appris Aveline ne

l'avait pas vraiment choqué. En confession, il avait, de temps en temps, entendu avouer ce genre de péché dans toutes ses variantes — frère et sœur, père et fille. C'était le résultat inévitable d'une trop grande promiscuité. Mais qui aurait accordé foi à Aveline? Sir Henry s'était rendu coupable de ce que les théologiens nommaient « le grand péché secret », l'inceste, très pratiqué mais dont on ne parlait jamais. Devant une cour de justice ce serait différent. D'aucuns pourraient même arguer que la jeune femme et l'écuyer avaient tué Sir Henry en toute complicité pour atteindre leur but ténébreux. Elle devait bien savoir que Sir Henry s'opposerait à un mariage d'amour. On avait trouvé Ashby les mains souillées de sang. S'il se taisait, il serait conduit à la potence. S'il essayait de se défendre, Aveline pourrait bien l'y rejoindre, poussée par une parentaille avide de se partager les biens de Sir Henry.

Le dominicain, au pied des marches du chœur, examina les amoureux anxieux et livides.

— Avez-vous la moindre preuve? questionna-t-il.

— Je savais que vous nous le demanderiez, répondit Aveline.

Avant qu'Athelstan ne puisse l'en empêcher, elle délaça le haut de sa robe qu'elle fit glisser.

— Uniquement ceci, dit-elle. La trace est apparue plus tard.

Et le prêtre aperçut une ecchymose violette sur son épaule blanche comme neige.

— C'est là que Sir Henry m'a empoignée, précisa-t-elle et, sans la moindre gêne, elle se rhabilla et rattacha les lacets.

— Ai-je commis un grand péché, mon père?

Athelstan fixa son épaule à présent couverte. Elle n'aurait jamais pu se faire cette contusion elle-même. Il les croyait, elle et Ashby. Il esquissa un signe de croix.

— Je vous absous. Mais Dieu seul sait ce que je vais faire à présent.

— Vous pourriez prendre notre défense, dit-elle, pleine d'espoir.

— Et qui me croirait ? rétorqua le dominicain. De plus, ce que vous m'avez dit relève du secret de la confession. Non, non. Je dois réfléchir sérieusement et froidement pour trouver une solution à cet embrouillamini. Écoutez, laissons cela de côté pour le moment. Je voudrais vous poser des questions sur autre chose. Sir Henry finançait bien le capitaine Roffel et la *Brillante-Lumière-de-Dieu* ?

Ashby fit signe que oui.

— Et vous êtes monté à bord en septembre et en êtes descendu quand le bateau a fait escale à Douvres ?

— Oui.

— S'est-il passé quelque chose de particulier pendant le trajet ?

— Je vous l'ai dit, Roffel était semblable à lui-même. Taciturne et secret, sauf après avoir capturé le bateau de pêche.

— Que savez-vous encore sur Roffel ?

— Il buvait comme un trou.

Ashby eut un pâle sourire.

— Pas seulement du vin ou de la bière, comme nous tous. Il en buvait aussi, bien sûr, mais il possédait également une gourde spéciale qui contenait un breuvage très fort qu'il appelait « usquebaugh[1] ». Avant chaque voyage il se rendait à terre et remplissait sa flasque aux *Clés Croisées,* derrière un entrepôt à Queenshithe.

— Il s'en chargeait lui-même ?

— Oui, mon père. Là où allait Roffel, allait sa flasque.

1. Forme anglicisée de *Uisge beatha* (littéralement : eau-de-vie), nom du whisky en celte. *(N.d.T.)*

Athelstan, se rappelant la gourde de Cranston, sourit.

— Donc personne d'autre n'avait le droit de la remplir ?

— C'est bien ce que j'ai dit, mon père. Mais nous savions qu'il s'en servait. Bon, pas tout l'équipage, mais moi je le savais. Son haleine sentait l'alcool. Il en prenait à très petites doses. Il m'a confié un jour que c'était cinq fois plus fort que n'importe quel vin et que cela le protégeait, la nuit, du froid de la mer.

— Était-il de bonne humeur au début de la traversée ?

— Oh oui ! Sir Henry m'avait donné un paquet scellé pour le lui remettre, mais j'ignore ce qu'il contenait.

— Et vous, Lady Aveline ? interrogea le clerc.

— Je l'ignore aussi, bien que mon beau-père ait semblé très content de lui.

— Et alors ?

Elle eut un geste de regret.

— Je ne sais vraiment pas.

— J'emportais souvent de semblables paquets, l'interrompit Ashby. Roffel lisait ce qu'ils contenaient puis les jetait à la mer.

— Attendez !

Aveline se pencha en avant.

— Oui, je me souviens maintenant. Quand la *Brillante-Lumière-de-Dieu* a commencé son voyage, mon beau-père était très, très heureux, mais quand Nicholas est revenu, son humeur a changé. Je l'ai entendu dire qu'il ne faisait pas confiance à Roffel. Il prétendait que le capitaine l'escroquait. Il venait à Londres pour se confronter avec le capitaine quand...

La voix lui manqua.

— Y a-t-il autre chose ? demanda Athelstan.

Elle eut un geste de dénégation.

Le prêtre s'accroupit et lui prit la main.

— Vous êtes à présent l'héritière de votre beau-père, lui rappela-t-il. Je garderai votre secret et je réfléchirai à ce que je peux faire. Mais pour le moment, vous devez retourner à l'auberge de *l'Abbé de Hyde.* Examinez les papiers de votre beau-père, en détail. Cherchez quelque chose qui pourrait nous servir d'indice, même vague, sur les secrets qu'il a peut-être partagés avec Roffel.

— En quoi cela nous aidera-t-il ? plaida-t-elle.

— Dieu seul le sait ! répondit Athelstan. Dieu seul le sait !

Il fit une génuflexion devant l'autel.

— Vous pouvez rester ici un moment mais, maître Ashby, ne quittez le chœur sous aucun prétexte. Vous m'avez bien compris ?

Le jeune homme acquiesça au moment même où la porte s'ouvrit devant Watkin le ramasseur de crottin qui fit irruption à grand bruit.

— Mon père ! Mon père ! Voilà la charrette !

Athelstan prit une profonde et longue respiration, et demanda au ciel de lui donner de la patience.

— Très bien, Watkin. Fais ouvrir l'autre porte et conduis-la dans la nef.

Le ramasseur de crottin détala. On ouvrit les portes et, à grand renfort de craquements et de coups, un gros chariot à quatre roues tiré par Watkin et d'autres membres de la paroisse passa sur la rampe improvisée installée sur les marches et entra dans la nef. Athelstan alla prêter main-forte. Sa colère d'avoir été si grossièrement interrompu fut bientôt dissipée par l'entrain et la générosité de ses ouailles, qui n'avaient pas hésité à quitter leurs occupations pour s'assurer que la charrette arriverait à temps pour le mystère. Haletant, hurlant, transpirant et se donnant mutuellement des ordres, les hommes traînèrent le lourd véhicule jusqu'à ce qu'il soit au centre de la nef.

— Voilà ! s'exclama Watkin en s'épongeant le visage. Ça y est, mon père ! Et, ajouta-t-il rapidement, ses narines poilues frémissant de pure fureur et de vanité, dans la pièce, c'est bien moi qui serai Dieu, hein ?

Il baissa la voix :

— Pike ne peut pas jouer Dieu. C'est moi le chef du conseil paroissial.

Pike le fossier fit le tour du chariot. Athelstan sentit que, malgré le prochain mariage entre le fils de Pike et la fille de Watkin, la vieille animosité entre les deux hommes commençait à réapparaître.

— Je t'ai entendu, Watkin ! aboya Pike. Je serai Dieu dans la pièce !

— Non, tu ne le seras pas ! lui répondit puérilement Watkin.

Ils demandèrent tous deux du regard au dominicain de leur servir d'arbitre. Athelstan gémit par-devers soi.

— Eh bien, mon père ? le pressa Pike. Qui sera Dieu ?

Athelstan sourit.

— Nous le sommes tous. Nous sommes tous faits à son image et, si nous sommes semblables à Dieu, Il doit nous ressembler un peu.

— Mais dans la pièce ? insista Watkin.

— Oui, pour la pièce ?

Hig, le porcher, mâchoire carrée et petits yeux, fit lui aussi le tour de la charrette et vint se placer près de Watkin. Il travaillait à l'abattoir et sa tunique sombre était tachée par les abats et le sang provenant des carcasses qu'il nettoyait. Il portait toujours la même tunique et ses cheveux épais étaient coupés comme si le barbier s'était contenté de poser un bol sur son crâne et de taillader tout autour. Athelstan ne l'aimait pas. C'était un fauteur de désordre, très conscient de ses droits et toujours prêt à gâcher la paix des réunions du conseil paroissial en pêchant en eaux troubles.

— Hig, ne te mêle pas de ça! le prévint le clerc.

Le porcher plissa ses petits yeux rapprochés.

— Je sais ce que nous allons faire, dit Athelstan en s'adressant à Watkin et à Pike. Comme je vous l'ai expliqué, nous sommes à l'image de Dieu. Alors Watkin peut jouer Dieu le Père, moi Dieu le Fils et toi, Pike, avec une robe blanche et des ailes de colombe attachées dans le dos, tu peux être Dieu le Saint-Esprit. Et souvenez-vous de ce que nous apprend notre sainte mère l'Église : il y a trois personnes en Dieu et toutes sont égales.

Baissant la voix, il leur jeta un regard sévère :

— À moins que vous n'ayez l'intention de contredire les leçons de notre sainte mère l'Église ?

Watkin et Pike restèrent bouche bée, puis se jetèrent un coup d'œil.

— D'accord, accepta Watkin. Mais Dieu le Père en fait toujours plus que Dieu le Saint-Esprit.

— Non, pas du tout.

Et ils s'éloignèrent en débattant fougueusement des points les plus subtils du dogme théologique. Athelstan poussa un soupir de soulagement. Les autres paroissiens tournaient autour du chariot en échangeant à voix haute des commentaires que personne ne prenait la peine d'écouter. Athelstan se glissa hors de l'église et se dirigea vers le presbytère.

— Mon père, puis-je vous dire un mot ?

Le clerc, main sur le loquet, pivota sur ses talons.

Les deux femmes emmitouflées avaient dû arriver sans bruit. Elles le fixaient, blêmes.

— Je suis Emma Roffel.

Elle rabattit son capuchon.

— Vous souvenez-vous de moi, mon père ?

Le visage de maîtresse Roffel était tiré et ses cheveux gris en désordre, comme si elle n'avait pas pris la peine de terminer sa toilette. Tabitha Velour, à un pas derrière elle, avait elle aussi le visage las et semblait fatiguée.

— Vous feriez mieux d'entrer.

Athelstan les installa dans la cuisine. Il leur offrit pain et vin, mais elles refusèrent. Il s'assit au bout de la table et caressa doucement un Bonaventure ronronnant qui avait sauté sur ses genoux.

— Pourquoi êtes-vous venues ? demanda le dominicain à Emma. Je croyais que l'on devait enterrer votre époux ce matin ?

— Oui, dans une heure, répondit-elle. Je suis ici à cause de ce qui s'est passé à St Mary Magdalene, hier soir.

Elle écarquilla les yeux.

— Il fallait que je vous le demande, mon père : avez-vous trouvé le coupable ? Pourquoi a-t-on fait quelque chose d'aussi répugnant ?

— Et vous avez traversé la Tamise pour me poser cette question ? s'étonna Athelstan. Sir John et moi avions l'intention de vous rendre visite aujourd'hui.

— Je suis allée chez Sir John, expliqua Emma, mais il était absent. On l'a convoqué au Guildhall. Je veux simplement savoir qui a fait ça.

— Madame, nous ignorons qui l'a fait et pourquoi, mais votre mari avait peu d'amis et beaucoup d'ennemis.

Emma Roffel poussa un lourd soupir.

— C'était un homme dur, mon père.

Athelstan lui jeta un regard attentif.

— Ce n'est pas la raison de votre venue, risqua-t-il. Il y a autre chose, n'est-ce pas ?

— Je parlerai à sa place, intervint Tabitha Velour en se penchant en avant. Quand nous sommes allées à St Mary Magdalene ce matin, le père Stephen était encore très bouleversé. Il vous a entendu dire à Sir John que le captaine Roffel avait peut-être été empoisonné. Est-ce vrai ?

— Je le crois, répondit Athelstan. Sans doute avec de l'arsenic blanc, qui est bon marché et facile à obtenir.

— Mais comment ? questionna Emma Roffel. Mon mari faisait grande attention quand il était à bord ; il mangeait et buvait toujours la même chose que l'équipage.

— Ce n'est pas tout à fait vrai, expliqua le clerc. Votre époux était écossais. Il possédait une flasque spéciale qu'il remplissait d'une forte eau-de-vie écossaise dans une taverne près de Queenshithe.

Emma mit un doigt sur ses lèvres.

— Bien entendu, murmura-t-elle. Là où il allait, allait sa flasque.

Elle fixa le dominicain.

— Mais il la remplissait toujours à cette taverne ! Il s'en chargeait en personne parce qu'il payait le propriétaire pour importer un tonneau spécial du port de Leith, en Écosse.

— Emportait-il toujours sa gourde partout avec lui ?

— Il n'en buvait jamais quand il était à terre, précisa Emma Roffel. Mais toujours quand il était en mer. Il ne la laissait jamais dans sa cabine mais la portait sur lui.

— Et bien sûr, en mer, il ne pouvait pas la remplir, commenta Athelstan d'un air songeur.

Emma se leva brusquement.

— Mon père, excusez-nous. La messe d'enterrement est à dix heures. Il n'y aura que nous deux. Nous devons y aller.

— Pourrons-nous vous rendre visite plus tard ?

— Oui, oui, répondit-elle avec impatience et, suivie de sa servante, elle partit en hâte.

Athelstan couvrit le feu. Il prit le sac de cuir contenant son nécessaire à écrire, remplit de lait le bol de Bonaventure et alla harnacher un Philomel récalcitrant.

— Allez, mon beau, lui chuchota-t-il en se hissant avec précaution sur la selle, allons voir le vieux John Cranston !

Philomel hennit de plaisir. Le vieux destrier n'aimait rien tant que donner de petits coups de tête dans la bedaine du gros coroner ou dans son large postérieur. En passant devant la porte de l'église, le clerc aperçut Marston, en compagnie de deux autres serviteurs de Sir Henry, tapis dans la ruelle d'en face. Il ne s'arrêta pas. Ses paroissiens s'étaient à présent égaillés sur les marches. Nettement divisés en deux groupes, l'un conduit par Watkin et l'autre par Pike, ils discutaient âprement pour savoir si Dieu le Père était, en fait, supérieur à Dieu le Saint-Esprit.

« Que le Seigneur nous vienne en aide, pensa Athelstan, peut-être devrais-je jouer les Trois Personnes en Une, et Watkin et Pike pourraient représenter les archanges. » Quittant l'enclos paroissial, il engagea Philomel dans la ruelle et esquissa en souriant une bénédiction vers l'endroit où se dissimulaient Marston et ses acolytes. Puis il se fraya un chemin dans les étroites rues, malodorantes, bruyantes et encombrées de Southwark. Devant la taverne du *Cheval Pie,* deux de ses ouailles, Tab le chaudronnier et Roisia, sa femme, étaient lancées dans une ardente joute verbale au grand plaisir d'une foule croissante de spectateurs. Athelstan s'arrêta pour les regarder et les écouter.

— Voilà vingt ans que nous étions heureux en ménage jusqu'à cette histoire ! criait Roisia, rouge de colère, à son mari.

— Oui, rétorqua Tab, tu étais heureuse et moi j'étais marié !

C'en fut trop pour l'épouse outragée qui jeta sa chope à la tête de son mari. Il l'esquiva et elle s'étala dans la boue.

— Tab ! cria Athelstan. Arrête ! Aide Roisia à se relever et allez à l'église ! La charrette pour le spectacle est arrivée !

Roisia, agenouillée dans la fange, prit le bras de son mari.

— Tu es censé jouer saint Pierre, s'exclama-t-elle, mais Watkin distribuera les rôles à sa guise !

Mari et femme, à présent solides alliés, se dirigèrent vers St Erconwald. Athelstan reprit son chemin et, en route vers le Pont de Londres, passa devant le prieuré de St Mary Overy. Sur le côté les dizainiers s'affairaient à distribuer les châtiments. Deux teinturiers, ayant employé des crottes de chien pour obtenir une couleur brune qui partirait à la première ondée, se tenaient, fesses à l'air, un linge seul dissimulant leurs parties intimes, pieds et mains liés l'un à l'autre. Ils resteraient là jusqu'au crépuscule. Les piloris étaient remplis des vauriens habituels : truands et autre menu fretin qui considéraient leur arrestation et leur emprisonnement d'un jour comme un risque du métier. Mais le chariot des condamnés était arrivé et s'était à présent arrêté sous le haut échafaud. Un félon, la corde déjà au cou, proclamait son innocence, devant une foule totalement indifférente. Le visage du prisonnier, presque caché par ses cheveux et sa barbe mal taillés, était tanné par le soleil. Quand il vit Athelstan, il se mit à faire des bonds sur la charrette.

— Voilà un prêtre ! cria-t-il. Voilà un prêtre ! Je veux être absous ! Je ne veux pas aller en Enfer !

Athelstan gémit quand Bladdersniff, le bailli, son visage renfrogné encore plus maussade qu'à l'ordinaire, s'avança vers lui.

— Nous n'avons pas pu trouver de prêtre pour

l'entendre en confession, dit-il. Il a tué une catin dans une rixe de taverne, on l'a pris sur le fait et il a passé la nuit en geôle, ivre comme un cochon.

Le bailli saisit les rênes de Philomel et vacilla dangereusement.

« Tu n'es pas très sobre toi-même », pensa le dominicain qui mit pied à terre, jeta les rênes à Bladdersniff et monta dans la charrette des condamnés. Athelstan ne put deviner si le condamné était heureux du retard apporté à son exécution ou de l'arrivée d'un réconfort spirituel. Simon, le bourreau masqué de noir, qui était aussi préposé aux basses besognes dans l'échoppe de Dame Merrylegs, enleva la corde du cou de l'homme, sourit au prêtre à travers son masque, sauta de la voiture et s'éloigna hors de portée de voix.

— Asseyez-vous, dit Athelstan. Comment vous appelez-vous ?

— Robard.

— Et d'où venez-vous ?

— Je suis né à Norwich.

— Et quelle vie avez-vous menée ? Qu'avez-vous fait ?

— Oh, j'étais marin, mon père.

Il retroussa son justaucorps en lambeaux pour montrer la peau racornie de son bras.

— Jusqu'à ce qu'on me jette de l'huile bouillante.

— Connaissiez-vous le capitaine Roffel ? s'enquit le clerc.

— Le capitaine Roffel ! s'exclama Robard et son visage barbu se fendit d'un grand sourire édenté. Oui, je le connaissais, mon père. Le plus grand pirate de ce côté-ci de Douvres. Un vrai tueur, mon père.

Robard lâcha un rot chargé de relents de bière aigre au nez d'Athelstan.

— C'était aussi un fieffé bougre, dit-il comme en s'excusant. Je veux dire dans le vrai sens du mot, mon père. Il aimait les petits garçons et les beaux jeunes gens. Il ne perdait pas une occasion de leur caresser les fesses. Mais, moi, il ne m'a jamais touché et c'est bien dommage. S'il vous appréciait, vous receviez toujours de bonnes rations.

— Passons à votre confession, lui rappela Athelstan.

— Oui, mon père, obtempéra le coquin en se signant. Bénissez-moi, mon père, car j'ai beaucoup péché. Je ne me suis pas confessé depuis trente ans. J'avoue tout.

— Que voulez-vous dire ? demanda Athelstan.

— J'avoue tout, déclara Robard. J'ai fait tout ce qu'il est possible de faire. J'ai forniqué avec des femmes, des garçons et même, une fois, avec une brebis. J'ai dérobé ce qui appartenait aux autres, y compris leur femme. Je blasphème dès le point du jour. Je n'ai jamais mis les pieds dans une église.

Ses yeux s'emplirent de larmes.

— Vous comprenez, mon père, je n'ai fait que du mal en ce bas monde. Je n'ai jamais bien agi une seule fois !

Il cilla et regarda le prêtre.

— Je n'ai jamais montré d'amour mais, là encore, on s'est toujours moqué de moi ! Je ne sais pas qui était mon père. Ma mère m'a abandonné sur les marches d'une église quand j'avais deux étés.

Il s'humecta les lèvres.

— Et maintenant je vais mourir, mon père. J'ai vécu en Enfer sur la terre, pourquoi devrais-je y passer l'éternité ?

Ses pleurs coulaient librement à présent.

— J'aimerais pouvoir revenir en arrière, chuchota-t-il. Oui, je voudrais bien. J'ai rencontré une fille, un jour. Elle s'appelait Anna. Elle était douce et tendre. Je crois qu'elle m'aimait.

Il s'essuya les yeux d'un revers de main.

— Je regrette, mon père.

L'homme humecta à nouveau ses lèvres sèches.

— Je ne regarderai plus jamais la mer, je n'étudierai plus jamais le ciel. Je ne sentirai plus jamais la peau soyeuse d'une femme ni ne boirai de vin rouge. J'ai bu du bon vin, mon père. Seigneur, j'en ai bien besoin à présent !

Athelstan jeta un regard à Simon par-dessus son épaule.

— Simon, apportez à boire à cet homme, une bonne grande chope de clairet, ordonna-t-il en fouillant dans son escarcelle et en lui jetant une pièce que le bourreau rattrapa avec dextérité. Et une pour vous aussi !

Simon disparut dans la plus proche taverne et revint avec un hanap à deux anses débordant de bordeaux fort. Il le tendit au dominicain qui le donna à Robard avec précaution, car les mains de l'homme étaient attachées aux poignets.

Le bandit le repoussa doucement.

— Non, mon père, buvez-en une gorgée. À ma santé.

Athelstan obtempéra.

— À votre santé, Robard.

Ce dernier prit le hanap.

— Avez-vous mérité la mort ? l'interrogea le dominicain.

— Oh, oui, mon père. J'ai tué la ribaude. Elle se gaussait de mon bras. Irai-je en Enfer, mon père ?

— Désirez-vous y aller ? répondit Athelstan.

— Non, mon père.

Le prêtre murmura les mots de l'absolution et fit lentement un signe de croix.

— Vous êtes absous, Robard. Les seules personnes qui se retrouvent en Enfer sont celles qui veulent y aller.

Il se leva.

— Vous avez peut-être mené une vie de péchés, mais vous mourrez de bonne mort. Le Christ en croix a montré qu'Il était indulgent pour les criminels repentis. Buvez, à présent. Buvez vite. Et que Dieu vous aide.

Athelstan descendit de la charrette et, en passant près du bourreau, il lui prit le bras.

— Pour l'amour du ciel, murmura-t-il, laissez-le finir ce vin, puis faites vite !

Simon acquiesça et le prêtre s'éloigna pour enfourcher Philomel.

— Mon père !

Le dominicain se retourna vers l'échafaud. Il talonna sa monture et la guida vers la voiture. Robard vida le hanap.

— Je vous ai dit que personne ne m'avait jamais manifesté d'amour. « Tous des salauds », comme je disais.

Il sourit.

— J'avais tort. Comment vous appelle-t-on, mon père ?

— Athelstan.

— Que Dieu vous accompagne, frère Athelstan.

Le prêtre fit faire demi-tour à Philomel et le pressa. Il entendit, dans son dos, claquer le fouet de Simon et grincer les roues quand les chevaux enlevèrent le chariot de sous les pieds de Robard. Il lui sembla entendre craquer le cou du bandit quand le bourreau tira avec force sur les jambes du condamné.

— Ô doux Jésus, chuchota-t-il entre ses dents, ayez pitié de lui et de nous tous !

Il observa les alentours fourmillants du pont.

— Mais surtout de lui ! Surtout de lui !

CHAPITRE VI

Athelstan frappa à l'huis de la demeure de Cranston. Un vacarme assourdissant lui répondit aussitôt : les marmousets criaient et les deux grands chiens, Gog et Magog, aboyaient furieusement. Maude, la jolie petite épouse du coroner, ouvrit la porte, des traînées de farine sur les joues et les manches de sa robe. Elle portait, à chaque bras, Francis et Stephen, ses robustes enfançons, aux petits crânes à présent couverts de duvet, aux visages ronds, joufflus et vermillon. Derrière elle Boscombe, l'intendant, empêchait les deux gros molosses de sauter sur le dominicain pour le lécher à mort.

— Frère Athelstan ! s'exclama Lady Maude, toute souriante.

Les marmousets se penchèrent vers lui en battant l'air de leurs menottes replètes et en gloussant de joie.

— Entrez, mon père, proposa Lady Maude en s'effaçant.

Athelstan refusa d'un signe de tête.

— Sir John est-il là ?

— Il pourrait bien être à *l'Agneau de Dieu,* répondit-elle avec acrimonie.

— Papa !

L'un des jumeaux se pencha et tendit un doigt sale vers le clerc.

— Papa!

Le dominicain prit le doigt qu'il serra doucement. Le bébé, radieux, eut un renvoi.

— Tout le portrait de son père! déclara Lady Maude.

— Papa!

Athelstan s'empara du petit doigt potelé et caressa la tête de l'autre enfant.

— Soyez bénis tous les deux, soyez bénis, dit-il avec un grand sourire. Mais je ne suis pas votre papa.

— Papa, répéta le marmouset.

Athelstan, un peu gêné, désigna Lady Maude.

— Et qui est-ce?

L'enfant fixa sa mère et son regard revint au clerc.

— Pas Papa.

Le dominicain se mit à rire. Il expliqua qu'il partait à la recherche de Sir John et, laissant derrière lui l'agitation du foyer du coroner, il se fraya un chemin dans la foule. Il installa Philomel à l'écurie de *l'Agneau de Dieu* et pénétra dans la grand-salle. Lady Maude avait raison. Cranston, assis à sa place préférée devant un pot de bière, regardait le jardin d'un air lugubre.

— Bonjour, Sir John.

Le coroner, gémissant sur son sort, jeta un coup d'œil à son secrétaire qui se glissa sur le banc en face de lui.

— Qu'est-ce qui ne va pas, Sir John?

— Fichu meurtre!

— Vous voulez parler de l'histoire de Queenshithe?

— Non, il y a eu des vols dans les rues autour de Cheapside. C'est toujours le même procédé. Une maison déserte est cambriolée, mais le larron ne laisse pas trace d'intrusion. Hier soir il y a eu un autre vol, à

Catte Street. Je reviens du Guildhall. Un groupe d'échevins furieux m'a chanté noise, à moi et à Shawditch, l'adjoint du shérif !

Cranston vida sa chope.

— Bon, que voulez-vous, mon frère ?

— Emma Roffel est venue me voir. Ce qui est arrivé au corps de son époux et les rumeurs qui courent sur son assassinat présumé l'ont bouleversée. Elle assiste aux obsèques à présent.

— Nous allons d'abord nous occuper de mon problème, grommela le magistrat.

Il saisit sa chape et gagna Cheapside d'un pas lourd, si morose qu'il ignora les plaisanteries habituelles et les jurons bon enfant qu'on lui lançait.

— Sir John, est-ce si grave ? demanda son clerc en se hâtant à ses côtés.

— N'oubliez jamais, mon frère, que c'est le conseil municipal qui me paie. J'ai de bons rapports avec eux tous mais ne suis l'allié d'aucun. Je pense parfois qu'ils aimeraient me remplacer.

— Mais c'est absurde ! protesta Athelstan.

— Nous verrons, nous verrons ! gémit le coroner. Et comment va votre fichue paroisse ?

— Ma fichue paroisse va bien et prépare la pièce, annonça le dominicain en retenant son ami par la manche. Sir John, arrêtez-vous un instant.

Sous son épais chapeau de castor, le visage bouffi et à l'accoutumée joyeux du magistrat avait à présent l'air si désolé qu'Athelstan dut se mordre les lèvres pour cacher son sourire.

— Sir John, accepterez-vous un rôle dans notre mystère ?

Il perçut une étincelle d'amusement dans les yeux du coroner.

— Lequel ?

— Satan.

Cranston le dévisagea, rejeta la tête en arrière et éclata d'un rire sonore. Il claqua avec tant de vigueur l'épaule de son ami que ce dernier tituba.

— Bien sûr que j'accepte ! J'achèterai même mon costume. Et maintenant venez !

Il guida le clerc dans une allée et s'arrêta devant la porte d'une grande demeure à trois étages.

— Qui habite céans ? s'enquit Athelstan.

— Un marchand gros et gras, répondit le coroner. Il a fait fortune dans le commerce des vins et est absent pour le moment, en visite chez des amis et des parents.

Il tambourina à l'huis. Un serviteur au visage hâve leur ouvrit. Sir John se présenta en beuglant et avança sans plus attendre. Shawditch était déjà dans la vaste cuisine aux murs chaulés et interrogeait les domestiques assis, l'air anxieux, autour de la grande table à découper. Cranston présenta son clerc qui serra la main de l'adjoint du shérif.

— Eh bien, que s'est-il passé ?

— Comme d'habitude, Sir John, avec une différence pourtant. Hier soir un coquin est entré dans la maison. Dieu sait comment — les portes étaient barrées et les volets clos. Il a dérobé des objets de valeur dans les étages supérieurs. Malheureusement une lingère, Katherine Abchurch, s'était endormie dans l'une des chambres. Elle s'est réveillée à la nuit tombée, a ouvert la porte et surpris l'intrus qui l'a poignardée sans hésiter.

— Et puis ?

— Il a disparu sans laisser d'indices expliquant comment il a pu partir et comment il est entré.

Le coroner désigna les serviteurs d'un signe de tête.

— Et vous les avez tous interrogés ?

— Ils peuvent tous rendre compte de leurs allées et venues. En fait, l'intendant a remarqué que Katherine n'était pas là et est allé à sa recherche.

Athelstan demanda d'un geste au shérif adjoint de s'approcher.

— Quelqu'un ici a-t-il quelque chose à voir avec les cambriolages précédents ?

Shawditch hocha la tête.

— Personne.

— Et vous êtes bien sûr que toutes les portes, toutes les issues, étaient fermées ?

— Autant que je peux l'être.

— Bon, voyons ça par nous-mêmes, déclara Cranston. Venez, Shawditch.

Celui-ci les emmena dans un couloir puis leur fit prendre un large escalier dont le chêne brillait comme de l'or poli. Au-dessus des boiseries du mur, le plâtre était peint d'un rose pâle. On avait accroché des écus portant armoiries et, sur un côté, la hure d'un sanglier à l'air menaçant avait été montée sur un panneau de bois. Au premier étage, devant une chambre, sous une couverture de laine, Katherine Abchurch gisait là où elle était tombée. Athelstan jeta un coup d'œil dans le couloir. Il vit les portes des différentes pièces, l'escalier au bout du couloir et une table où des ronds se découpaient dans la poussière.

— On a volé quelque chose ici ?

— Oui, répondit Shawditch qui sursauta quand on frappa violemment à la porte d'entrée.

— Ce doit être Trumpington, le dizainier, annonça-t-il. Je vais lui dire d'attendre en bas.

Il redescendit en hâte. Le coroner et son clerc ôtèrent la couverture et contemplèrent la dépouille de Katherine.

— Que Dieu ait pitié de nous ! chuchota Athelstan. Ce n'est qu'une enfant.

Il vit les déchirures sanglantes de la robe de la jeune fille et la terreur encore empreinte sur son visage. Un élan de compassion le traversa.

— Que Dieu la reçoive en Son paradis ! dit-il à voix basse. Et qu'Il punisse le méchant bâtard qui a commis ce crime !

Il remit délicatement la couverture en place et en recouvrit la tête de la jeune lingère.

— Les énigmes se bousculent dans ma tête mais je ferai tout mon possible pour que l'assassin comparaisse devant la justice.

Shawditch les rejoignit.

— Inspectons la maison, le pressa Athelstan. Chaque étage, chaque pièce.

— J'ai demandé que l'on ouvre toutes les chambres, le prévint Shawditch.

— Alors commençons.

Quand il passa d'une pièce à l'autre, Athelstan, dont le visage était d'ordinaire avenant, arborait une expression de froideur déterminée. Il rappela à Cranston un bon limier qu'il avait eu dans son enfance. L'exaspération du clerc, incapable de découvrir le moindre indice, ne cessait de croître et atteignit son paroxysme quand ils parvinrent au dernier étage.

— Rien, maugréa-t-il entre ses dents serrées. Rien du tout.

Ils se rendirent dans le grenier, sombre et glacé — seules les poutres et les tuiles les séparaient du froid. Athelstan donna un coup de pied dans la jonchée.

— Pas de fenêtre. Pas d'ouverture.

Il s'accroupit et toucha la paille, froide et humide sous ses doigts. Il se dirigea vers un coin de la pièce et, là aussi, toucha la jonchée. Il revint en secouant la tête.

— Descendons.

Ils regagnèrent la cuisine. Trumpington, le dizainier, tenait sa cour devant l'âtre où ronflait un feu d'enfer.

— Sir John, maître Shawditch, avez-vous découvert quelque chose ?

L'homme plissa des yeux en regardant le dominicain.

— Qui est-ce ?
— Frère Athelstan, mon secrétaire, l'informa le coroner.
Le clerc observa le dizainier.
— C'est un mystère, dit-il, l'esprit ailleurs. Mais vous, mon ami, pourriez me faire une faveur.
— À votre service, mon père.
— Mais d'abord, une question.
— Oui ?
— Vous qui faites des rondes dans les rues, avez-vous remarqué quelque chose d'anormal ?
— Mon père, si c'était le cas, je l'aurais signalé.
Athelstan sourit.
— Et la faveur, mon père ?
— Je voudrais que vous alliez quérir un couvreur, un bon artisan.
— Je l'ai déjà fait, déclara Trumpington.
— Pour examiner cette maison ?
— Non, mais il a contrôlé toutes les autres et n'a rien trouvé.
— Bon, demandez-lui de recommencer. De regarder si on n'a pas déplacé une tuile. S'il trouve un passage que nous n'avons pas vu, faites-en part au coroner.
— C'est bien cela que vous voulez, Sir John ? s'assura le dizainier avec un ton plein de sous-entendus et un regard méprisant à l'adresse du clerc.
— Oui. Et faites vite ! répondit ce dernier à qui la note de mépris n'avait pas échappé.
Ils firent leurs adieux et quittèrent la maison.
— Eh bien, mon frère, du nouveau ? demanda le coroner.
Athelstan vit l'air d'espoir de son ami et du shérif adjoint.
— Rien, Sir John.
Cranston jura.

— Il y a un détail, pourtant, ajouta le dominicain. Maître Shawditch, pouvez-vous me rendre un petit service ?

Ce dernier regarda Cranston qui haussa les épaules.

— Cela n'a rien à voir avec cette affaire, continua Athelstan, mais pourriez-vous demander aux bateliers le long de la Tamise s'ils ont conduit quelqu'un à la *Brillante-Lumière-de-Dieu* il y a deux nuits ?

— Je ferai ce que je pourrai, mon père, répondit Shawditch en s'éloignant en hâte.

— Qu'est-ce que tout cela veut dire ? grommela Cranston.

— Je vais vous expliquer.

Athelstan entraîna le magistrat dans un petit cabaret. Sir John n'eut pas besoin qu'on lui proposât deux fois de se restaurer et commanda sur-le-champ un gobelet de clairet et un morceau de chapon juste rôti. Athelstan sirota sa bière en regardant son ami recouvrer sa bonne humeur au fil du repas.

— D'abord, chuchota-t-il en se penchant au-dessus de la table, Aveline Ospring a tué son père. Elle me l'a avoué sous le secret de la confession mais a requis notre aide.

Cranston, bouche bée, fixa son clerc qui lui narra ce qu'il avait appris plus tôt dans la journée. Le coroner laissa tomber sa cuisse de chapon.

— Elle sera pendue, souffla-t-il. Soit elle sera pendue, soit il sera pendu, soit ils le seront tous les deux. Elle ne peut prouver ce qu'elle dit. Quoi d'autre, mon frère ?

— Quelqu'un est monté à bord du bateau, déclara Athelstan, et, d'une façon ou d'une autre, a tué les trois hommes. Pourtant j'ignore comment et pourquoi. Mais vous rappelez-vous ce qu'a dit Crawley ? Personne, sur la *Sainte-Trinité,* le navire voisin, n'a rien vu ni entendu, pas même les cris de Bernicia.

Le dominicain secoua la tête avec colère.

— Quelqu'un ment, Sir John, et nous devons trouver qui. Comment savons-nous que tous les marins ont quitté le bâtiment ? N'importe qui aurait pu se cacher à bord !

— Oh, je vois ! rétorqua Cranston, sarcastique. Et cet individu a assassiné les trois matelots sans lutte et sans trace, a fait passer les signaux puis s'est évaporé, tout comme le vaurien qui cambriole les maisons des marchands ?

Athelstan sourit.

— Personne ne s'est évaporé, Sir John, et c'est vrai aussi pour la demeure que nous venons de visiter. J'ai des soupçons. Non, non, ajouta-t-il en levant le doigt quand il vit une lueur d'espoir briller dans les yeux du coroner. Pas maintenant. Occupons-nous de la veuve de Roffel. Mais, auparavant, connaissez-vous une taverne nommée *les Clés Croisées,* près de Queenshithe ?

— Oui, le propriétaire est un parent de l'amiral Crawley. Et un vieux marin. Pourquoi, de quoi s'agit-il, mon frère ?

Athelstan appuya les coudes sur la table et se prit la tête entre les mains.

— Roffel y achetait de l'usquebaugh, une boisson écossaise. Il la mettait dans une flasque qu'il portait toujours sur lui. Au fait, Sir John, avez-vous remarqué que le nom de Crawley ne cesse d'être mentionné ? Il détestait Roffel. Lui seul nous affirme que personne n'a approché la *Brillante-Lumière-de-Dieu.* Il a forcément entendu Bracklebury répondre à Bernicia. Et voilà que son cousin en personne tient la taverne où Roffel achetait son breuvage qui, je crois, devait contenir l'arsenic fatal.

Cranston vida son gobelet et s'essuya les lèvres d'un revers de main.

— Allons jeter un coup d'œil dans cette taverne.

Il tapota l'aile de son nez charnu.

— Puis nous irons voir quelqu'un d'autre — un homme qui sait ce qui se passe le long du fleuve parce que c'est ainsi qu'il gagne sa vie.

Le magistrat laissa quelques pièces sur le coin de la table et ils quittèrent la taverne à grands pas. Il commençait à pleuvoir. Les rues étaient vides et ils rasèrent donc les murs pour éviter les flaques nauséabondes et s'abriter de l'averse.

— Nous aurions dû prendre les chevaux, regretta Athelstan.

— La paix, récitez donc vos prières ! lui rétorqua Cranston.

Ils découvrirent *les Clés Croisées* blottie derrière les entrepôts. C'était un tapageur repaire de matelots bondé de clients de toutes les nationalités : Portugais, barbus et basanés, vêtus d'habits criards, des anneaux d'argent dansant aux lobes de leurs oreilles ; Gascons, fiers et ergoteurs ; marins de la Hanse, l'air solennel, transpirant sous leurs bonnets et leurs pélissons fourrés. Une odeur de sel et de poisson se mêlait à des relents de cuisine étrangère. Cranston s'humecta les lèvres quand un valet, portant une écuelle de bœuf en morceaux nappé d'une sauce à l'oignon, le bouscula. Athelstan, judicieusement, guida le coroner à travers la foule bruyante vers le propriétaire, courtaud et rond comme un tonneau, qui se tenait devant un grand filet de pêche accroché au mur. Il ne quittait pas la grand-salle du regard et criait des ordres à ses serviteurs ruisselants de sueur. Athelstan, d'après sa démarche chaloupée et ses yeux ridés pour avoir, pendant des années, fait face au soleil et au vent mordant, comprit qu'il avait passé sa vie en mer. L'air épanoui, les joues rubicondes et le crâne dégarni, il déversait un chapelet de jurons imagés qui amena le sourire même sur les lèvres du coroner.

— Êtes-vous le propriétaire ? l'interpella Cranston en s'avançant.

— Non, je suis la nymphe de service ! plaisanta le bonhomme du bout des lèvres en se retournant pour distribuer des instructions à la cuisine.

— Je m'appelle John Cranston et voici mon secrétaire, frère Athelstan.

Le coroner tendit une main boudinée, que le tenancier saisit en souriant.

— J'ai entendu parler de vous. Je suis Richard Crawley, autrefois capitaine de bateau et à présent maître de tout ce que je surveille. Je sais pourquoi vous êtes là ou du moins je peux le deviner. À cause de la mort de Roffel ? Que Dieu le damne !

— Vous ne l'aimiez pas ?

— Tout comme mon cousin, Sir Jacob, je ne pouvais pas le supporter. C'était un sale bâtard et j'espère qu'il a reçu la monnaie de sa pièce et qu'il pourrit en Enfer...

Il se tut tout d'un coup pour apostropher un marmiton.

— Par les tétons de la sirène ! Tiens cette écuelle droite ! Tu donnes de la bande comme un bateau qui sombre !

— Pourquoi le haïssiez-vous ?

— Et pourquoi pas ? Pour les mêmes raisons que Sir Jacob. J'avais un demi-frère, reprit-il en baissant la voix, un bon marin, qui cabotait entre les Cinq Ports[1] et Dordrecht pour le négoce de tissus. Son bâtiment a été coulé corps et biens. Roffel croisait dans les parages à ce moment-là. Il a accusé les Français. Moi, c'est lui que j'accuse.

— Pourtant vous commerciez avec lui ?

1. Hastings, Sandwich, Douvres, Romney et Hythe. Chargés de défendre les côtes de la Manche. *(N.d.T.)*

— Bien sûr — et sans lui faire de cadeau ! En tant qu'Écossais, il aimait son alcool, l'usquebaugh. Je l'achetais en tonneau à Leith, en Écosse, et le revendais trois fois plus cher à ce maudit bâtard. Il venait toujours remplir sa flasque avant d'embarquer. Roffel savait, à la goutte près, combien il lui en restait.

— En avez-vous encore un peu ?

— Oui, répondit Richard, et un de ces jours je le finirai en portant un toast avec chaque goutte à son âme damnée.

— Pouvons-nous le voir ? demanda le dominicain.

Le propriétaire haussa les épaules et partit dans sa resserre d'où il revint avec un tonnelet d'un pied de large sur un pied de haut avec un petit robinet en bas. Il prit un gobelet d'étain cabossé sur une étagère, fit couler quelques gouttes et le tendit à Cranston.

— Goûtez-moi ça !

Sir John s'exécuta et vida le récipient d'un trait, sous le sourire narquois de Richard Crawley.

— Foutus bateaux ! s'exclama le coroner dont le visage s'empourpra.

Il toussa.

— Par le cul de Satan ! Qu'est-ce que c'est que ça ?

— De l'usquebaugh, Sir John. Vous aimez ?

Cranston claqua des lèvres.

— C'est chaud, commenta-t-il. Fort, d'abord, mais ça réchauffe certainement le ventre. Combien de tonnelets avez-vous ?

— Juste celui-là.

— Et avant de partir pour son dernier voyage, c'est à celui-ci que Roffel a rempli sa flasque ?

— Oh, bien sûr ! Et il en a bu un peu, un petit gobelet.

Athelstan, observant du coin de l'œil un matelot portugais qui nourrissait son singe apprivoisé perché sur son épaule, regarda avec surprise le propriétaire.

— Il en a bu ici ?

— Oui.

Richard Crawley se retourna et jeta un regard courroucé vers la cuisine d'où s'élevait un grand tapage.

— Sir John, si vous n'avez plus de questions, excusez-moi : j'ai un commerce à tenir.

Cranston grommela des remerciements et ils quittèrent la taverne. Grâce à Dieu, la pluie avait cessé. Le coroner agrippa l'épaule de son clerc.

— Ce n'était pas l'usquebaugh, hein, mon frère ? Ni la flasque ?

Athelstan fit signe que non.

— Non, pas si Roffel en a bu sans dommage aux *Clés Croisées.*

Les deux amis avancèrent péniblement dans les rues mouillées de pluie. Le clerc secoua la tête.

— Ne faisons-nous pas fausse route, Sir John ? Ne devrions-nous pas aller chez Roffel ?

— Ah non, nous avons quelqu'un d'autre à rencontrer.

Cranston s'arrêta et but une généreuse rasade de sa gourde.

— Comme je vous le disais, mon frère, quelqu'un qui sait et voit tout ce qui se passe sur le fleuve.

Au coin de la rue le coroner fit brusquement halte et pivota avec agilité. Les deux silhouettes, à l'autre bout de la voie, ne prirent pas la peine de se dissimuler. Athelstan suivit le regard du coroner.

— Qui est-ce, Sir John ?

Il plissa les yeux. Vêtues de robe noire, les silhouettes ressemblaient à des moines bénédictins.

— Nous suivent-ils ?

— Ils nous ont accompagnés presque tout le temps, murmura Cranston. Ne nous en occupons pas pour le moment.

Ils reprirent leur route, traversèrent Thames Street en

direction de Vintry, puis tournèrent à droite en suivant les entrepôts de Queenshithe vers Dowgate. Une brume à couper au couteau s'élevait au-dessus du fleuve et dissimulait les bâtiments qui y mouillaient.

— Où allons-nous ? questionna le clerc.

— Patience, mon ami, patience !

Ils suivirent le quai. Cranston scrutait les coins sombres et s'arrêta tout d'un coup.

— Sors de là !

Un homme en haillons et encapuchonné s'approcha en traînant les pieds. Athelstan distingua les guenilles qui enveloppaient sa tête et ses mains et s'efforça de cacher son dégoût. La silhouette, tout en avançant avec peine, agitait une clochette.

— Impur ! croassa la terrible apparition. Impur !

— Sornettes ! rétorqua Cranston. Ça m'étonnerait que j'attrape la lèpre !

L'homme s'arrêta à quelques pas. Athelstan pensa à un fantôme sorti de l'Enfer, avec son visage et ses mains couverts de chiffons et son capuchon rabattu bas. De temps à autre des volutes de brume passaient entre eux.

— Ce sont les gargouilles, murmura le magistrat. Infirmes, mendiants et lépreux. Ils travaillent pour le Pêcheur d'hommes. Ils retirent les cadavres de la Tamise, victimes de meurtre, suicidés, ceux qui ont eu un accident ou avaient trop bu. Si l'homme est vivant, ils gagnent deux pence ; si c'est une victime de meurtre, trois pence. Pour un suicide ou un accident, un penny seulement.

— Voulez-vous voir le Pêcheur d'hommes ? dit le lépreux d'une voix rauque.

— Mais oui, mon tout beau ! lui répondit le coroner.

Il prit un penny dans son escarcelle et le jeta d'une chiquenaude au lépreux. Malgré son handicap, ce dernier le rattrapa sans difficulté d'une seule main.

— Va dire au Pêcheur d'hommes que le vieux John Cranston aimerait lui dire un mot.

Il désigna la rue.

— Je vais l'attendre dans l'estaminet, là-bas.

— Et de quoi s'agit-il ?

— De la *Brillante-Lumière-de-Dieu*. Il comprendra, ajouta le magistrat à l'adresse du clerc. Il ne se passe rien le long du fleuve qu'il n'en ait vent.

Le lépreux disparut. Cranston et Athelstan entrèrent dans une petite taverne malodorante qui ne possédait, haut dans le mur, qu'une seule fenêtre. L'estaminet était sombre et humide, éclairé par des chandelles qui fumaient et des lampes à huile qui empestaient l'air, mais la bière y était savoureuse et fraîche, les chopes propres, et les tables comme les tabourets correctement essuyés.

— Avez-vous déjà rencontré le Pêcheur d'hommes ? demanda Cranston.

— Oui, vous me l'avez présenté il y a quelques mois, répondit Athelstan[1].

Sir John plongea le nez dans sa chope mais ne quitta pas la porte des yeux.

— Le voici.

Un groupe de silhouettes, emmitouflées et encapuchonnées comme celle qu'ils avaient aperçue sur le quai, obscurcit le seuil. Le propriétaire leur fit avec nervosité signe de reculer, mais elles s'accroupirent là où elles étaient et scrutèrent les lieux comme une bande de fantômes observant le monde des vivants. Leur meneur, le Pêcheur d'hommes, s'avança sans bruit vers le coroner et Athelstan et, sans attendre d'en être prié, s'installa sur un escabeau entre eux deux. Il repoussa son capuchon et montra un visage sinistre comme un masque mortuaire — d'un blanc d'albâtre,

1. Voir *La Colère de Dieu*, *op. cit.*

avec des lèvres épaisses, un nez camus et des yeux noirs perçants. Ses cheveux roux et gras lui tombaient sur les épaules. Il désigna le magistrat d'un doigt décharné.

— Vous êtes Sir John Cranston, coroner de la ville.

Il déplaça son doigt.

— Et vous êtes Athelstan, son secrétaire et clerc, prêtre de la paroisse de St Erconwald à Southwark. Sir John, Lady Maude a couru les échoppes aujourd'hui. Frère Athelstan, votre demandeur d'asile est sain et sauf. Il aide vos ouailles à préparer l'estrade pour le mystère.

Athelstan sourit en entendant le bonhomme faire étalage de ses informations.

— Mais nous ne sommes point céans pour échanger des commérages, reprit le Pêcheur d'hommes.

Il tendit à nouveau le doigt.

— Il y a trois jours, le bateau si mal baptisé la *Brillante-Lumière-de-Dieu* a jeté l'ancre en face de Queenshithe. On a descendu le corps du capitaine à terre. Quant à son âme, elle comparaît devant le tribunal de Dieu...

Sa voix mourut.

— Et que savez-vous de plus ? demanda Cranston.

L'homme eut un geste et montra de la tête le groupe qui se tenait sur le seuil.

— Sir John, à votre bon cœur, je dois nourrir mes camarades.

Le magistrat posa sur la table une pièce d'argent dont le Pêcheur d'hommes s'empara vivement.

— Vous me faites bien de l'honneur, Sir John. Le navire était au mouillage et, ce soir-là, l'équipage et ses catins sont descendus à terre. Je le sais parce que j'en ai eu une. Elle était fraîche et propre, le cheveu noir et bouclé, l'œil hardi, et le cœur à l'ouvrage dans mon lit, comme une jeune lice.

Athelstan tenta de maîtriser sa grimace en imaginant les ébats amoureux de cet étrange personnage avec une jeune ribaude.

— Très bien, l'interrompit promptement Sir John, et après ?

— On avait laissé trois hommes à bord, un à la poupe, l'autre à la proue et le second au milieu. Ou, plus exactement, il se tenait dans la cabine.

— Alors ? insista Cranston.

— Oh, une catin, une catin mâle, grimaça le Pêcheur d'hommes, est venue vers minuit sur le quai. Mais elle ou lui, ça dépend de la façon dont on voit les choses, a été chassée par un torrent d'injures venant du bateau.

L'homme tripota ses cheveux raides et plats.

— Le matelot à bord semblait soûl, mais signaux et mot de passe ont été correctement envoyés !

— Et il ne s'est rien passé ? s'enquit le dominicain.

— Oh, si ! Vers deux heures environ une petite embarcation s'est approchée du cogghe.

— Elle venait de la rive ?

— Non, du bateau amiral, la *Sainte-Trinité.* Il y avait deux hommes à bord.

— Et alors ?

— Elle est restée là un peu plus d'une heure puis est repartie, précisa-t-il en souriant. Et, avant que vous ne me posiez la question, Sir John, sachez que le mot de passe et les signaux n'ont pas cessé.

— Est-il arrivé autre chose ? demanda le coroner.

— Un marin est rentré juste avant l'aube et c'est là que ça s'est gâté.

— Mais les hommes de vigie ? intervint Athelstan. Que leur est-il arrivé ?

Le Pêcheur d'hommes s'humecta les lèvres et le clerc pensa à une grenouille qui aurait aperçu un bon morceau.

— Si le fleuve les a pris, répondit le bonhomme, il les caressera, les embrassera puis les rejettera sur la rive.

Il arbora un air solennel.

— Nous avons déjà cherché, moi et mes compagnons, mais n'avons rien trouvé. Nous ne les avons pas vus y entrer. Peut-être ne les verrons-nous pas en sortir.

— Mais si vous les trouvez, vous nous préviendrez, n'est-ce pas ?

L'individu regarda la pièce d'argent qu'il tenait à la main. Cranston en poussa une autre vers lui. Il s'en empara, se leva et leur adressa un salut respectueux.

— Vous êtes mes amis, déclara-t-il. Et le Pêcheur d'hommes n'oublie jamais rien. Au nom de mes frères, je vous remercie.

Il se glissa hors de la taverne et les gargouilles, tout bavardages et cliquetis, le suivirent dans la rue.

— Nous irons voir Crawley, proposa Cranston en vidant son gobelet. Notre cher amiral a menti sans vergogne et je crois que nous aimerions en savoir la raison. Mais, d'abord, maîtresse Roffel. Venez, mon frère, aiguisez votre esprit et ouvrez vos oreilles. Écoutons ce que cette digne veuve a à dire pour sa défense.

Ils quittèrent le quai. Les nuages commençaient à se dissiper et le jour à baisser. Les rues fourmillaient d'apprentis et de marchands qui repliaient leurs étals. Les énormes tombereaux étaient sur place, prêts à nettoyer les égouts débordants. Athelstan aperçut l'un des ramasseurs d'ordures qui se saisissait gaiement du corps gonflé d'un chat et le jetait avec un bruit mat dans la carriole. Des mendiants geignards demandaient l'aumône. Des chiens galeux affairés, pattes raides, queues dressées, se battaient et grognaient sur les tas de détritus. Au coin de la rue, le coroner s'arrêta pour jeter un coup d'œil par-dessus son épaule.

— Nos amis sont encore là.

Athelstan se retourna promptement et vit les deux silhouettes semblables à des moines à une bonne trentaine de pas derrière eux.

— Les reconnaissez-vous, Sir John ?

— Ce ne sont pas des religieux, répliqua-t-il. Ce sont des clercs, des officiers royaux qui appartiennent soit à la Chancellerie soit à l'Échiquier. S'ils relèvent du dernier, que Dieu nous aide !

Le dominicain prit le bras de son ami.

— Pourquoi, Sir John ?

— L'Échiquier, expliqua le coroner, possède un groupe d'officiers très secrets et très rusés. On les appelle les contrôleurs. Ils s'occupent de plusieurs questions : des dettes dues à la Couronne, des prérogatives royales, mais aussi d'affaires étrangères, surtout du financement des espions et des missions clandestines dans d'autres pays.

— Ne devrions-nous pas leur faire face ? questionna le dominicain.

Sir John eut un petit sourire.

— Si nous faisons demi-tour, ils battront en retraite. Ils choisiront le moment et l'endroit pour nous approcher.

En arrivant devant une grande demeure bourgeoise, l'attention d'Athelstan fut attirée par les couvreurs qui s'activaient. Il s'arrêta pour les regarder.

— Venez, Athelstan ! cria Cranston.

Le clerc observa un moment le travail des hommes, puis sourit et se hâta de rejoindre son compagnon. Sir John donna un penny à un gamin efflanqué pour qu'il les conduise chez maîtresse Roffel, une étroite maison de deux étages coincée entre une mercerie et une quincaillerie. Toutes les fenêtres étaient fermées et les bardeaux de bois disparaissaient sous des draps noirs en signe de deuil. Athelstan souleva le heurtoir de fer en forme d'ancre et le laissa retomber à grand bruit.

CHAPITRE VII

Emma Roffel et sa servante Tabitha reçurent le coroner et son clerc dans la salle du bas. Si la jonchée était fraîche, la pièce était quelconque, sans tapisserie, et table et chaires, plutôt bancales, étaient vieilles. Emma suivit le regard de Cranston.

— Ce n'est point la demeure d'un marin aux affaires florissantes, n'est-ce pas, Sir John ?

Elle eut un rire amer.

— Mais le capitaine Roffel n'aimait pas dépenser sans compter. Et vous avez rencontré Bernicia, sa créature avec son joli minois et son mignon petit cul ?

Athelstan regarda avec attention le visage dur de cette épouse si distante et si froide en évoquant le décès de son mari. Il admira son honnêteté et se remémora une maxime : « Le contraire de l'amour n'est pas la haine mais l'indifférence. »

— En a-t-il toujours été ainsi ?

Les yeux de la femme s'embuèrent de larmes.

— Maîtresse Roffel, je ne voulais pas vous bouleverser.

Elle lui jeta un coup d'œil et tenta de recouvrer son calme.

— Ce n'est rien.

Son regard se fit lointain, comme hanté par les visions et les fantômes du passé.

— Vous comprenez, Roffel était prêtre autrefois. Vicaire de St Olaf, à Leith, dans les faubourgs d'Édimbourg. Mon père possédait un bateau de pêche et Roffel s'intéressait à la mer. Ils partaient parfois à la pêche ensemble.

— L'accompagniez-vous quelquefois ?

Elle sourit tristement.

— Bien sûr que non. J'ai peur de la mer. Elle a pris trop de braves.

— Que s'est-il passé ? insista le dominicain.

— Comme tous les prêtres, il était fasciné par ceux de ses frères qui avaient renoncé à leur vocation pour l'amour d'une femme.

Emma soupira.

— William courait volontiers la gueuse et les rumeurs sur ses relations avec certaines veuves de la ville allaient bon train. L'archidiacre a fini par intervenir, mais, déjà, William et moi nous étions rencontrés et étions tombés profondément amoureux.

Elle s'essuya les yeux de sa manchette.

— L'archidiacre était furieux et mon père menaçait d'user de violence, aussi sommes-nous passés de l'autre côté de la frontière. D'abord à Hull, puis vers le sud, à Londres.

Elle s'humecta les lèvres.

— Au début, ce fut le paradis. William s'avéra bientôt un bon marin — compétent, efficace et strict quant à la discipline.

Elle eut un rire amer.

— C'est alors qu'il rencontra Henry Ospring. Une amitié formée en Enfer. Ospring lui donna de l'argent et loua un petit bateau, et William se lança dans la piraterie. Sir Henry l'introduisit aussi dans les lieux de plaisir de la ville. J'étais grosse quand je me suis aperçue pour la première fois de son...

Elle fit une grimace.

— Quand je me suis aperçue qu'il adorait caresser les fesses des jouvenceaux.

Emma se balança doucement sur sa chaire.

— J'ai perdu mon bébé. J'ai aussi perdu William et William m'a perdue. La descente dans notre enfer privé a commencé. Nous sommes devenus des étrangers. Il a poursuivi sa carrière et a eu une chance diabolique : lieutenant, second et finalement capitaine.

— Le haïssiez-vous ? demanda le coroner.

Elle darda ses yeux sur lui.

— Le haïr, Sir John ? Le haïr ? Je me sentais gelée et vide, comme si je regardais quelqu'un dans un cauchemar. Il me laissait tranquille et réciproquement.

— Avant ce dernier voyage, dit Athelstan, a-t-il mentionné quelque chose d'inhabituel qui allait arriver ?

— Pas un mot !

— Vous savez qu'il a été assassiné ? reprit le dominicain.

— Oui, je pense qu'il l'a été, mon père. Si vous voulez m'accuser, faites-le, mais n'oubliez pas que j'étais céans. Cela m'est indifférent qu'il soit vivant ou mort.

Elle haussa les épaules.

— Tôt ou tard, quelqu'un l'aurait poignardé.

Elle plissa les yeux.

— Êtes-vous sûr qu'on l'a tué ?

— Empoisonné, maîtresse Roffel.

Surprise, elle se pencha en avant.

— Mais comment ? Il se vantait de ne boire et manger que ce que l'équipage buvait et mangeait.

— Et l'usquebaugh ? intervint Cranston. La flasque qu'il remplissait toujours à la taverne des *Clés Croisées* ?

Emma Roffel eut une grimace d'étonnement. Se

retournant, elle chuchota quelques mots à Tabitha qui sortit de la pièce précipitamment, silencieuse comme une souris. Emma contempla le feu jusqu'au retour de sa servante qui portait une flasque d'étain. Elle la saisit et la tendit au magistrat.

— Voici cette fameuse flasque, Sir John. Quand on a ramené le corps de mon mari à terre, on a aussi rapporté ses biens.

Elle la déboucha, en huma le contenu, puis versa un peu de liquide dans un gobelet qu'elle prit sur une petite table derrière elle. Elle offrit à tour de rôle le récipient en souriant aux deux hommes qui refusèrent.

— Vous devriez boire de l'usquebaugh, remarqua-t-elle. Ça réchauffe le cœur et ça fortifie le corps contre les maux de la vieillesse.

Et avant qu'aucun des deux ne puisse l'en empêcher, elle avala une lampée. Elle toussa, grimaça et sourit.

— Si cette flasque était empoisonnée, je ne tarderai pas à rejoindre mon époux.

— Vous semblez bien confiante, maîtresse Roffel.

Emma eut un large sourire, reposa le gobelet et reboucha la flasque. Elle fit un clin d'œil à Athelstan. Sa bonne humeur rajeunissait son visage. Des années auparavant, pensa le clerc, Emma Roffel avait été assez séduisante pour qu'un prêtre rompe ses vœux pour elle.

— C'était imprudent, murmura-t-il.

Elle secoua la tête.

— Veuillez m'excuser. Je vous taquine. J'ai goûté à la flasque quand on l'a rapportée à terre.

Elle fit une moue.

— Je reconnais qu'*alors* c'était stupide — risquer d'empoisonner mari et femme par la même boisson.

— Vous pensez donc que le meurtre a été commis à bord de la *Brillante-Lumière-de-Dieu*? questionna Cranston.

— Bien sûr, répondit-elle. L'équipage le détestait.

— Et l'amiral ?

Elle haussa les épaules.

— Crawley considérait que mon époux était un pirate. Il a un jour menacé de le faire pendre pour ses méfaits en mer.

— Maîtresse Roffel, demanda Athelstan, savez-vous ce qui a pu se produire à bord du navire de feu votre mari la nuit où il était à quai ? Qu'est-ce qui a pu provoquer la disparition du second et de deux matelots ?

Elle eut un geste d'ignorance.

— Comme vous le certifiera le père Stephen, cette nuit-là j'étais près du cadavre de William à St Mary Magdalene. Mais, si vous me demandez mon avis, je dirais que ces trois hommes, d'une façon ou d'une autre, ont abandonné le navire.

— Connaissiez-vous Bracklebury, le second ?

— Oui, il a rapporté à terre le corps de mon mari et un sac qui contenait ses quelques pauvres objets personnels, y compris la flasque.

Elle regarda avec attention les yeux noirs du dominicain.

— Désirez-vous les voir ?

Il acquiesça.

— Mais ne vous dérangez pas, ajouta-t-il en hâte. Votre servante Tabitha aurait-elle l'obligeance de me conduire à l'étage ?

La femme effacée aux cheveux gris sourit à sa maîtresse qui accepta. Athelstan, quittant le coroner qui se réjouissait de l'offre d'une coupe de vin, suivit Tabitha. Le reste de la maison était tout aussi morne, sombre et humide. Meubles et tapisseries étaient voyants ; tout était propre et sentait bon, mais s'avérait usé et de peu de valeur. En passant devant la chambre principale dont la porte était entrouverte, il aperçut un lit à quatre colonnes et des vêtements jetés sur un coffre au pied de la couche. Tabitha le conduisit dans une petite pièce poussiéreuse où des coffres s'entassaient le long des murs. Elle s'arrêta un instant pour jeter un coup d'œil autour d'elle.

— Depuis combien de temps servez-vous maîtresse Roffel ? interrogea doucement le clerc.

Elle le regarda en plissant les yeux.

— Oh, depuis sa fausse couche, il y a seize ou dix-sept ans.

— Est-elle bonne envers vous ?

Tabitha se rembrunit.

— Maîtresse Roffel est aussi dure que l'était son mari. Ils étaient bel et bien faits l'un pour l'autre. Elle a l'intention de retourner à Leith. Je serai contente de la voir tourner les talons !

Athelstan broncha en entendant le ton venimeux de la servante. Il la regarda, puis l'aida à tirer une paire de besaces de cuir, tachées par la mer, de derrière un coffre.

— Je l'ai mise ici après en avoir enlevé la flasque. Devons-nous la descendre ?

Athelstan la jeta sur son épaule et ils redescendirent. Cranston, qui en était à sa seconde coupe de clairet, décrivait à une maîtresse Roffel, ennuyée mais polie, ses exploits d'antan en mer.

— Avez-vous trouvé ce que vous vouliez, mon frère ? s'inquiéta-t-elle en interrompant le coroner au milieu d'une phrase.

Le dominicain posa la sacoche sur le plancher, la déboucla et en vida le contenu. Il n'y avait pas grand-chose : une paire de bas de laine montant jusqu'aux genoux, une aiguille et du fil, une plume, une corne à encre, quelques morceaux de parchemin vierges, une chemise, deux anneaux abîmés et plutôt usés, une médaille de saint Christophe, une petite boussole et un livre d'heures relié en veau. Athelstan prit le volume, en ouvrit le fermoir et feuilleta les pages jaunissantes.

— Son seul héritage de la période où il était prêtre, commenta Emma. Il l'emportait toujours avec lui, où qu'il aille.

— Et pourtant, observa le clerc, il n'était pas homme à réciter des prières ; pas plus que vous. Pour le père Stephen, à St Mary Magdalene, vous êtes des inconnus.

Maîtresse Roffel s'apprêtait à répondre quand Cranston éructa et émit un ronflement sonore. Athelstan jeta un regard sur son corpulent compagnon qui, affalé sur sa chaire, dodelinait de la tête, les yeux clos.

— Sir John se porte-t-il bien ? demanda Emma.

— Oh, oui ! répliqua le dominicain avec agacement. Il va dormir comme un bébé, puis se réveillera en réclamant à boire.

Athelstan parcourut le livre et remarqua que, sur les pages blanches, à la fin, il y avait de curieuses annotations qui étaient peut-être des comptes : des sommes d'argent, parfois suivies par les lettres « in S.L ».

— Qu'est-ce que c'est ? interrogea-t-il.

— Dieu seul le sait, mon père. Mon mari avait ses secrets. Je continue à rendre visite aux orfèvres de Cheapside pour découvrir qui lui servait de banquier.

Athelstan survola le volume et s'arrêta pour observer un dessin récent : une ligne gribouillée au travers d'une page bordée de petites croix soigneusement dessinées. Le schéma semblait tout frais. Le prêtre le montra à maîtresse Roffel mais elle ne sut l'interpréter. Il soupira et rangea le livre avec les autres objets.

— Votre servante m'a dit que vous alliez quitter la ville, dit-il.

— Ma servante a la langue trop bien pendue, rétorqua Emma. Mais oui, une fois ces affaires réglées, j'ai l'intention de rassembler mes biens, quelle que soit la somme que m'ait laissée mon mari, et de retourner en Écosse.

— Vous détestez Londres à ce point?

Ils se retournèrent tous, surpris de voir que Cranston s'était réveillé, clignant des yeux et claquant des lèvres.

— Détestez-vous Londres, maîtresse Roffel? répéta le coroner.

— Il y a ici de tristes souvenirs : il vaudrait mieux que j'oublie le passé.

— Et vous ne savez rien qui pourrait nous aider à résoudre ces mystères? insista le magistrat.

Elle eut un geste de dénégation.

— Et vous, Sir John, savez-vous qui a tué mon époux et a profané son corps?

Cranston se leva péniblement et secoua la tête.

— Non, souffla-t-il. Mais si je le découvre, croyez-moi, vous serez la première à le savoir.

Ils firent leurs adieux et quittèrent la maison. Ils sursautèrent tous les deux quand le Pêcheur d'hommes, deux de ses gargouilles sur les talons, sortit furtivement de l'ombre.

— Par le cul du Diable! jura le coroner. Pourquoi, par la male mort, sauter comme ça sur de bons chrétiens?

— Sir John, vous nous avez payés, moi et mes frères, alors moi et mes frères travaillons pour vous!

— Qu'avez-vous découvert?

— Nous avons vu briller une lampe.

Le Pêcheur d'hommes se retourna et tapa sur l'épaule de l'un de ses compagnons.

— Oui, je suis au courant pour les lumières! grogna Cranston. Les bateaux échangent des signaux.

— Oh, non, il ne s'agit pas de ça! Il y a autre chose. Une lampe a clignoté sur la *Brillante-Lumière-*

de-Dieu toutes les heures jusqu'avant l'aube et quelqu'un, sur le quai, a répondu avec un fanal.

— Qui était-ce ?

— Quelqu'un dans l'ombre. Quand nous en saurons plus, Sir John, je vous tiendrai au courant.

Le Pêcheur d'hommes recula et disparut aussi silencieusement qu'il était arrivé.

Athelstan, constatant que la bruine commençait à tomber, releva son capuchon.

— Bernicia en a parlé, remarqua-t-il.

— Parlé de quoi ? aboya Cranston.

— De la personne, tapie dans l'ombre des entrepôts, qui surveillait le navire.

— Par les couilles du Diable, j'en ai assez ! grommela le magistrat. J'ai faim, j'ai froid et je suis trempé !

Il se mit en marche d'un bon pas, son clerc se hâtant derrière lui. Le coroner passa devant sa demeure et se précipita tout droit, à travers une Cheapside déserte, vers *l'Agneau de Dieu.* Il s'arrêta si brusquement qu'Athelstan faillit le percuter. Cranston jeta un regard furieux aux deux hommes vêtus de robes noires qui occupaient sa place favorite.

— Qui bougre êtes-vous ? jeta-t-il sèchement.

— Sir John, frère Athelstan, soyez donc nos hôtes.

Les deux hommes sourirent et leur indiquèrent deux tabourets réservés.

— Nous avons déjà commandé des chopes de bière.

Le coroner et le clerc prirent place et la tavernière posa deux chopes devant eux.

— À votre santé, Sir John.

Les hommes vêtus de noir levèrent leurs chopes en hommage à Sir John.

Athelstan observait ces curieux individus. Ils se ressemblaient comme deux gouttes d'eau : l'air jovial, chauves, habillés de la même façon, ils semblaient tout faire à l'unisson. On les aurait volontiers pris pour deux joyeux moines sortis d'un monastère de la ville, avec leur peau douce et leurs sourires avenants, mais leurs yeux étaient froids et méfiants. Le clerc frissonna. Ces hommes étaient dangereux. Ils suivaient le coroner de Londres dans les rues sans prendre la peine de se cacher. Et voilà qu'ils l'attendaient dans sa taverne préférée comme s'ils étaient au courant de ses moindres mouvements.

— Comment vous appelez-vous ? grogna Cranston.

— Oh, appelez-moi Peter, répondit le plus grand qui sourit à son compagnon. Et voici Paul. Oui, appelez-nous Peter et Paul, les gardiens des clés. Quelle bonne idée !

— Je pourrais vous donner bien des noms, remarqua Cranston avec hargne.

— Mais vous vous en abstenez, Sir John, commenta l'homme baptisé Paul. Nous sommes comme vous ; peut-être ne sommes-nous pas des fils de la Lumière mais nous sommes leurs serviteurs.

Il adressa un sourire engageant à Athelstan.

— Vous avez été très occupé, n'est-ce pas, mon frère ?

Cranston rabattit sa cape et effleura son long poignard acéré dans son fourreau. Peter surprit son mouvement, eut un large sourire et leva ses douces mains blanches dans un geste d'apaisement.

— Sir John, susurra-t-il, vous n'êtes pas en danger. Nous voulons simplement vous aider.

— Dans quel domaine ? Mon mariage, mes enfants, mon traité, mes tripes ? aboya le coroner.

— La *Brillante-Lumière-de-Dieu*, lui répondit sèchement Peter en se rembrunissant.

Athelstan prit la parole et se pencha au-dessus de la table.

— Nous apprécions votre aide, mais qui êtes-vous ?

— Nous sommes les contrôleurs. Travaillons-nous pour le conseil royal ?

Peter fit signe que non en souriant.

— Pour le roi en personne ?

Même mimique.

— Frère Athelstan, nous travaillons pour la Couronne. Princes et conseillers vont et viennent. Nous ne servons ni des individus, ni des familles nobles, ni une lignée, mais la Couronne elle-même.

Il mit les coudes sur la table, joignit les mains et embrassa rapidement du regard la taverne chaude et pleine d'entrain.

— Le sang vivant de la Couronne, continua-t-il, est l'argent. Nous nous occupons de ce qui devrait appartenir à la Couronne, ses taxes, droits, prérogatives, impôts et dus.

— Vous êtes donc des officiers du Trésor ?

Le même sourire à nouveau.

— Oh, et bien d'autres choses ! Nous nous intéressons tout particulièrement aux droits de la Couronne en France et, Sir John, vous savez ce qui s'y est passé ? Le grand-père du roi actuel a conquis et tenu la plus grande partie du nord de la France. Pourtant, ses descendants, de même sang mais moins vaillants, ont très vite perdu ce patrimoine. Quelles sont à présent les possessions de la Couronne ?

Cranston haussa les épaules.

— Une partie de la Gascogne, autour de Bordeaux.

— Et en Normandie ?

— Calais et les alentours.

Peter acquiesça.

— Nos hommes travaillent à partir de Calais pour récupérer les terres perdues.

— Vous voulez parler d'espions ? interrogea Athelstan.

— Oui, oui, on pourrait les appeler ainsi. Leur tâche est d'affaiblir les Français.

Peter haussa les épaules et sourit à Paul.

— Pour les occuper. Vous voyez... ils préparent les accidents qui arrivent à leurs navires, ils fomentent des mécontentements, ils recueillent des informations.

— Et en quoi cela nous concerne-t-il ? interrogea Athelstan.

— Eh bien, mon bon frère, cela ne vous regarde pas vraiment, si ce n'est que vous enquêtez sur la mort du capitaine Roffel et la disparition des hommes de vigie à bord de la *Brillante-Lumière-de-Dieu*. Non ? Mais ces affaires ne nous intéressent pas, en fait. Ce qui relève totalement de notre compétence, ce sont les déplacements du bateau de Roffel pendant son dernier voyage. Vous comprenez, deux de nos compagnons naviguant sur un bateau de pêche de Dieppe à Calais ne sont jamais arrivés à bon port. Leur navire a disparu.

— Et vous pensez que Roffel l'a coulé ?

— Peut-être. Roffel était un vaurien, un pirate, un voleur arborant les couleurs du roi. Nous sommes au courant de ses petites aventures commerciales. Mais le meurtre de deux de nos agents, c'est autre chose. Meurtre et piraterie sont des crimes graves. Et, plus important, nous tenons à découvrir comment exactement Roffel savait où intercepter ce bateau de pêche.

— Il a peut-être juste eu de la chance, l'interrompit Cranston.

— Nous ne croyons pas à la chance ! trancha le contrôleur. Un félon a dû payer Roffel pour intercepter ce bateau et tuer nos messagers.

Peter se pencha en avant.

— En d'autres termes, Sir John, nous parlons de trahison.

— Pendant notre enquête, nous n'avons rien trouvé de tel, commenta le coroner.

Les contrôleurs sourirent à l'unisson.

— Oh, mais vous le pourriez, Sir John ! ronronna Paul, comme un chat bien fourré. Vous pourriez très bien, Sir John, et, dans ce cas, nous voulons en être informés.

— Comment ? demanda le dominicain.

Les deux hommes vidèrent leurs chopes de concert et les posèrent sur la table d'un même mouvement.

— Connaissez-vous la grande statue de la Vierge à l'Enfant à St Paul ? interrogea le plus grand.

Athelstan acquiesça.

— Devant, il y a un gros coffre cerclé de fer où les fidèles glissent leurs suppliques. Alors...

Peter se leva et fit signe à Paul de l'imiter.

— ... Si vous désirez nous parler, laissez-y un message : *Saints Peter et Paul, intercédez pour nous.* Avant que la nuit tombe, vous aurez de nos nouvelles. Bonsoir, Sir John, bonsoir, frère Athelstan.

Les contrôleurs quittèrent en catimini la taverne. Sir John siffla entre ses dents, vida sa chope et en commanda une autre en hurlant.

— Et un bol de soupe à l'oignon ! Mon frère ?

— De la bière seulement pour moi, Sir John.

— Bon, bon, bon ! dit le coroner. Que pensez-vous de tout ça, hein, mon frère ? Piraterie, meurtre, disparition de matelots et, à présent, trahison.

— Je ne vois pas le rapport, commenta Athelstan. Pourquoi Roffel serait-il allé chercher la corde pour se faire pendre alors que la piraterie lui réussissait si bien ?

Cranston claqua des doigts et ordonna à un serviteur de débarrasser la table.

— Sortez votre parchemin et votre plume, moine !

Athelstan maugréa mais s'exécuta et prit un rouleau de vélin qu'il lissa sur la table.

Leif, le mendiant unijambiste, les avait observés de loin. Il s'avança alors, balançant maladroitement sa haute silhouette dégingandée sur une béquille improvisée.

— Qu'y a-t-il, Sir John? Frère Athelstan? Pourquoi écrivez-vous céans? cria-t-il. Sir John, Lady Maude vous réclame à la maison. Elle a préparé deux grandes tourtes et quelques gâteaux. Les marmousets dorment et Lady Maude veut vous voir. Avez-vous passé une bonne journée?

— Hors d'ici, bougre de feignant! s'exclama Cranston. Au diable, laisse-moi tranquille!

Leif porta la main à sa tempe et sourit.

— Un homme a terriblement soif, Sir John, quand il porte des messages. Il faut à présent que je reparte pour apprendre à Lady Maude où vous êtes, ce que vous faites et ce que vous venez de dire.

Cranston plissa les yeux et jeta un demi-penny au mendiant.

— Tu ne peux pas raconter ce que tu n'as pas vu, hein, Leif?

— C'est vrai, Sir John, mais mentir aussi donne soif.

Un autre demi-penny fut jeté.

— Va boire ta bière, ordonna Cranston, rusé de bon à rien paresseux! Garde bouche cousue et tu pourras partager mon souper. Si tu ne le fais pas, c'est toi qui seras mon dîner!

Leif adressa un sourire radieux au dominicain et s'éloigna en claudiquant et en coassant de joie. Sir John prit une rasade à sa chope, la reposa, claqua des mains et fixa son clerc qui attendait avec patience.

— Bon, alors, gobe-mouche de frère, que savons-nous?

Il leva son pouce boudiné.

— Donc, le 27 septembre, le capitaine William Roffel et son bon navire la *Brillante-Lumière-de-Dieu* sont partis de la Tamise pour sillonner la Manche et la mer d'Irlande. Roffel était très impopulaire et impitoyable, mais c'était un bon marin. Le jeune Ashby, actuellement caché dans votre église, s'est embarqué avec lui. Il lui a remis un paquet scellé de la part d'Ospring.

Sir John regarda la plume de son clerc courir sur le parchemin et admira ses lettres nettes et bien formées. Le dominicain utilisait un code connu de lui seul, un mélange d'abréviations et de signes qu'un clerc spécialisé aurait mis des mois à déchiffrer.

— Item, reprit le coroner, Roffel a capturé quelques navires, y compris une embarcation près des côtes françaises. Ce peut être, ou non, ce dont ces beaux damoiseaux qui viennent de nous quitter parlaient. Item : Roffel était-il un traître ? A-t-il délibérément coulé le bateau ? Savait-il qu'il y avait des Anglais à bord ? Était-il payé pour les supprimer ? Il était sans nul doute très satisfait ensuite puisqu'il souriait et chantait. Item : Roffel a commencé à se sentir mal. Item : le navire a jeté l'ancre à Douvres et Ashby a débarqué. Quoi d'autre, moine ?

— Frère, Sir John, frère !

— Comme vous voulez, frère.

— Item, dit Athelstan tout en rédigeant, la maladie du capitaine Roffel s'est aggravée. Il a souffert de violents maux d'estomac qui, croyons-nous pour le moment, étaient dus à de l'arsenic. Mais comment et pourquoi on l'a empoisonné, cela reste un mystère.

Le clerc s'arrêta et regarda le coroner.

— Oui, oui, vous avez raison, continua le coroner. Nous pensions que le poison pouvait se trouver dans la flasque, mais Roffel, ce filou, l'emportait partout avec lui. Il la remplissait en personne et a bu à la taverne même sans ressentir d'effets fâcheux. Et de plus, comme nous l'avons constaté de nos yeux, sa femme a fait la même chose. La flasque semble donc hors de cause.

Le coroner avala une autre rasade.

— Item, mon cher ami, le cogghe est revenu à quai. On a porté à terre le corps de Roffel et ses affaires personnelles, qui étaient sans grande valeur. Parmi elles se trouvait un livre d'heures, sans doute le registre secret des biens mal acquis du capitaine. Sur le navire régnait une atmosphère lourde, mais l'équipage s'est détendu. Dans l'après-midi, des ribaudes sont montées à bord, et au crépuscule elles sont reparties avec la plupart des hommes. Seuls le second et deux équipiers ont assuré la garde de nuit. Item : c'est là que commence le vrai mystère. D'après ce que nous savons, le mot de passe et le signal ont bien été envoyés au veilleur de la *Brillante-Lumière-de-Dieu* par le vaisseau amiral, la *Sainte-Trinité*, puis au navire voisin, la *Sainte-Marguerite* : un à l'heure juste et l'autre à la demie. On nous a dit que le dernier signal avait été lancé à cinq heures et demie. Juste avant l'aube, un matelot est remonté à bord et a découvert que le second et les marins avaient disparu sans laisser de trace. Il n'y avait ni marque de violence ni désordre. La *Brillante-Lumière-de-Dieu* était comme un bateau fantôme. Tout y semblait normal. Item...

Cranston se gratta le crâne.

— Quoi d'autre, mon frère ?

— Selon Crawley personne ne s'est approché du bâtiment, mais le Pêcheur d'hommes vient de nous dire que quelqu'un qui se tenait sur le quai a communiqué avec le bateau. Mais qui et avec qui, ça aussi c'est un mystère.

— Nous savons de plus, ajouta le coroner, que cette étrange créature, Bernicia, s'est rendue sur le quai vers minuit. Lui, ou elle, se souvient parfaitement que le second était en vie et qu'une ombre se blottissait dans les ténèbres. Item...

Il s'essuya les lèvres.

— ... contrairement à ce qu'on nous a affirmé, un bateau s'est bien approché du cogghe et il ne venait pas de la rive, mais du navire amiral. Et notre bon amiral haïssait profondément Roffel et avait une dent contre lui. Et puis ?

— Eh bien, dit le clerc en se grattant la tête, le lendemain, l'associé du capitaine et son bailleur de fonds, Sir Henry Ospring, qui était venu à Londres pour s'entretenir avec Roffel, a été tué par sa propre fille dans sa chambre, à l'auberge de *l'Abbé de Hyde*. Et pendant ce temps, conclut-il, le corps empoisonné de Roffel a été enlevé de son cercueil et déposé, affalé, dans la cathèdre de St Mary Magdalene.

— Par les tétons du Diable ! s'exclama Cranston en posant les coudes sur la table. Nous avons découvert quelques mensonges, mon frère, mais pas l'ombre d'une certitude quant à la personne qui tire les ficelles dans l'ombre.

— Ce pourrait être Crawley, avança Athelstan. Il avait à la fois une bonne raison et l'occasion d'approcher le navire. Ou Ospring ? Où se trouvait notre brave marchand la nuit où se sont déroulés ces étranges événements ?

Le dominicain soupira.

— Tous les officiers étaient à terre à ripailler et à se donner du bon temps ; ils peuvent certes mentir. L'un d'entre eux ou plusieurs ont pu rester à bord ou y revenir plus tard.

Athelstan jeta sa plume sur la table.

— Et pourtant, là encore, personne n'a vu d'embarcation venant du rivage s'approcher du cogghe. Si ça avait été le cas, on l'aurait interpellée, et comment trois hommes robustes et solides auraient-ils pu être si facilement exterminés sans qu'on entende rien ? Bernicia pourrait ne pas dire la vérité et être impliquée dans cette affaire. Et quant à maîtresse Roffel, bien qu'elle n'aime pas son mari, elle était, d'après le père Stephen, en train de prier près du cadavre à St Mary Magdalene.

Le clerc se frotta les yeux avec lassitude.

— Comme vous dites, par les crocs du Diable, Sir John. Je n'imagine pas une femme montant à bord d'un bateau, de nuit, tuant l'équipage et quittant le bâtiment sans avoir été vue.

Cranston vida sa chope.

— Et cela ne nous apporte aucun éclaircissement supplémentaire. Savoir qui a tué le capitaine Roffel, comment et pourquoi reste un complet mystère.

Il fit courir son doigt sur le bord de son gobelet.

— Avez-vous pensé que les deux tourtereaux dans votre église, Aveline et Nicholas Ashby, pourraient être impliqués dans tout ceci ?

Athelstan éclata de rire.

— Pour l'amour du ciel, Sir John, tout le monde et n'importe qui pourrait l'être.

Il jeta un regard à ses notes.

— Nous devons résoudre un certain nombre d'énigmes. Comment Roffel a-t-il été empoisonné ? Que s'est-il passé durant son dernier voyage ? Qu'est-il arrivé la première nuit où la *Brillante-Lumière-de-Dieu* a jeté l'ancre en face de Queenshithe ? Jusqu'à présent, nous n'avons ni indice, ni début de preuve, ni fil lâche, sauf un. Notre bien-aimé amiral, Sir Jacob Crawley, doit être interrogé.

— Sir John, j'ai fini ma bière, hurla Leif de l'autre bout de la salle.

Cranston jeta un regard par-dessus son épaule vers le mendiant qui, sur un tabouret, lui faisait signe.

— Je ferais mieux de rentrer, mon frère. Lady Maude m'attend. Voulez-vous m'accompagner ?

Athelstan refusa. Il enroula le parchemin et rangea son matériel d'écriture dans son sac de cuir.

— Non, Sir John, je dois partir.

Son visage s'éclaira.

— Benedicta revient bientôt et j'ai quelques questions à poser à maître Ashby. Cela me soucie aussi que Marston rôde autour de l'église. Nous devons encore résoudre cette question, Sir John.

Cranston se leva en tournant son chapeau de castor entre ses mains.

— Ouais, murmura-t-il, et Shawditch va venir frapper à ma porte à propos de ce maudit vaurien. Serez-vous en sécurité pour rentrer, mon frère ?

Athelstan se leva.

— Qui, demanda-t-il solennellement, oserait toucher au secrétaire du coroner de la ville de Londres ?

Sir John eut un large sourire et s'éloigna.

— Et n'oubliez pas, Sir John, lui cria le clerc sans tenir compte des regards surpris des autres clients, vous avez promis de jouer le rôle de Satan dans notre pièce !

— Ne vous faites pas de souci ! hurla Cranston. Même le seigneur Belzébuth en bavera d'envie quand il me verra dans toute ma splendeur !

Il partit à grands pas, Leif sautillant et jacassant comme un écureuil sur les talons.

Le dominicain soupira, alla chercher sa monture aux écuries et se mit en route dans Cheapside, silencieuse et sombre. Il laissa son vieux cheval trouver son chemin et s'assoupit à moitié en passant en revue dans son esprit les événements de la journée. Autour de lui s'élevaient les bruits de la nuit : cris et chansons venant des tavernes, pleurs d'enfant par une fenêtre, aboiements de chiens. Des chats se faufilaient dans les ténèbres et scrutaient les égouts, guettant rats et souris qui fouillaient les parages. Athelstan se signa et entonna à voix basse dans l'ombre « *Veni Sancte Spiritus* — Viens, Esprit-Saint, et envoie-nous des cieux le rayon de Ta lumière ».

Il atteignit le Pont de Londres, montra à la garde le sauf-conduit que lui avait donné le coroner et on le laissa passer. À mi-chemin, il fit halte ; en jetant un regard à travers les constructions serrées il aperçut la Tamise. La brume nocturne se dissipait et découvrait les bateaux de guerre à l'ancre.

— Ô mon Dieu ! pria-t-il. Résous ces mystères, ces terribles meurtres, ces secrets de la mer !

Il se remémora tous les gens qu'il avait rencontrés ce jour-là : Emma Roffel, le Pêcheur d'hommes, la malheureuse et infortunée servante poignardée, les contrôleurs, énigmatiques et dangereux.

— Nous sommes, dit-il entre ses dents, comme des poignards acérés et dégainés ; chaque fois que nous bougeons, nous blessons.

Il talonna Philomel, passa le Pont et pénétra dans le labyrinthe des ruelles de Southwark.

CHAPITRE VIII

Alors qu'Athelstan arrivait à St Erconwald, d'autres personnages impliqués dans le mystère entourant la *Brillante-Lumière-de-Dieu* commençaient à agir. L'homme assis dans un coin d'une taverne de Queenshithe regardait avec attention, par la fenêtre ouverte, la brume qui s'élevait sur le fleuve. Il tentait de juguler la rage meurtrière qui bouillonnait dans ses veines, qui lui faisait monter le sang à la tête et battre le cœur. Il effleura sa dague dans son fourreau.

— Si loin, murmura-t-il. Si fichtrement loin et pourtant si près !

Il respira profondément, ferma les yeux et s'appuya au mur. Il revit Roffel arpentant le pont, le cogghe fondant sur le bateau de pêche, la grand-voile gonflée par le vent, l'étrave fendant les vagues comme un couteau s'enfonce dans du beurre. L'équipage n'avait pas eu la moindre chance ! Roffel avait lui-même mené l'abordage, sourd aux demandes de pitié, et en particulier à celles des Anglais. Puis, plus tard, dans la cabine du capitaine...

Il rouvrit les yeux et se pencha. Tout devait bien se passer, mais Roffel était tombé malade si mystérieusement et était mort. Et c'était fini à présent. Il regarda le morceau de parchemin qu'on lui avait glissé dans la main pendant qu'il buvait à Vintry et le relut.

— Sale catin ! jura-t-il.

Il jeta le vélin dans le feu, se leva et sortit du cabaret.

Ailleurs dans la ville, Bernicia se préparait pour la soirée. Assise devant le disque de métal poli qui lui servait de miroir, elle sourit à son image.

— Lui, elle, dit-elle entre ses dents.

Elle ne feindrait plus, puisque son secret était en sûreté avec Cranston. Bernicia se voulait femme : elle pensait comme une femme, elle sentait comme une femme. Elle baissa les yeux sur les bagues sans valeur qui ornaient ses doigts. Elle était heureuse que Roffel soit mort ! Plus de membres coupés, plus de tributs sanglants, plus de cruauté ! Elle était bien décidée à commencer une nouvelle vie ! Elle acheva sa toilette, saisit sa mante fourrée à capuchon, souffla les chandelles et se glissa dans la rue sombre en fermant la porte derrière elle. Elle n'avait pas loin à aller et parvint bientôt à un petit estaminet à l'angle de Pigsnout Alley — un bouge sordide où les clients étaient assis sur des tabourets bancals et où des barriques de bière endommagées servaient de tables. Bernicia s'approcha du propriétaire à l'air prospère dans son justaucorps de cuir, ses chausses de laine brune et son tablier blanc immaculé. Elle comprit, à son air, qu'il la reconnaissait, mais le rituel restait le même.

— Que désirez-vous, madame ?

— Un gobelet de vin.

— Rouge ou blanc ?

— Les deux.

— Et plus précisément ?

Bernicia se souvint du mot de passe de la semaine.

— On dit que le jus de Bastogne est frais.

Le propriétaire lui fit signe de le suivre à travers une petite resserre et une cour pavée dans ce qui paraissait être un appentis. On y rangeait tables et sacs de grain. Des gerbes de foin et de paille dorés formaient un épais tapis sur le sol. Il écarta une petite charrette à bras, enleva la paille du bout de sa botte et dégagea une trappe. Il l'ouvrit d'un geste, sans aucun bruit. Bernicia sourit en voyant un flot de lumière, en entendant le bavardage de conversations polies, de notes de viole et de rires étouffés. Relevant sa jupe de sarcenet, elle descendit les marches avec précaution. La pièce, un grand entrepôt souterrain, était vaste ; les murs et les piliers avaient été nettoyés et peints en blanc. Pour donner lumière et chaleur, on avait soigneusement disposé des lumignons tout autour. Debout dans la pénombre au pied de l'escalier, Bernicia embrassa la scène de ses yeux soulignés de khôl. Elle identifia quelques-uns des clients ; c'était des créatures dans son genre qui menaient une vie secrète au milieu de ceux — clercs, marchands, et parfois même un grand seigneur — dont ils comblaient les appétits. Chaque table, avec ses deux chaises, était soigneusement placée pour offrir la plus grande intimité possible et pour que les participants puissent s'amuser sans cesser de surveiller avec attention les entrées et les sorties, qu'elles se fassent par l'escalier ou par le passage secret à l'autre bout de la pièce. L'air sentait bon ; chandelles et braseros étaient parfumés et leur odeur subtile se mêlait aux écœurants parfums dont quelques clients se servaient pour leur toilette. Mais Bernicia percevait pourtant un courant sous-jacent d'excitation, voire de danger. Tout le monde était aux aguets, en garde contre un traître, un informateur. Si les officiers de la Couronne faisaient une incursion en ces lieux, les délinquants seraient envoyés à l'échafaud, ou, pire, au poteau de Smithfield.

Un page, en chausses moulantes et chemise de lin largement ouverte, s'avança avec légèreté en balançant des hanches.

— Une table, madame ?

Bernicia sourit et embrassa le garçon sur les deux joues.

— Bien sûr.

Le page, se déplaçant à petits pas, conduisit Bernicia à sa place, entre deux piliers. Il disposa une petite bougie à abat-jour et, à la demande de la jeune femme, apporta un pichet de vin blanc frais et deux gobelets.

— Le capitaine Roffel viendra-t-il ?

— Ça m'étonnerait, ricana Bernicia, sauf s'il peut sortir de son cercueil !

Le jouvenceau fit une moue de fillette et s'éloigna. Bernicia se versa un gobelet de vin et attendit. Peut-être aurait-elle, ce soir, la chance de dénicher un nouveau protecteur, quelqu'un qui apprécierait les talents d'une courtisane. Elle tressaillit quand une silhouette encapuchonnée surgit à ses côtés.

— Bernicia, quel plaisir de vous voir céans !

L'homme, sans attendre d'y être invité, s'installa devant elle. Comme bien d'autres clients, il refusa de rabattre son capuchon mais Bernicia vit briller ses yeux dans son dur visage basané. Elle regarda les mains de l'étranger, tannées par les intempéries mais propres et aux ongles soigneusement taillés. Elle sourit *in petto*. « Un marin, pensa-t-elle, peut-être un capitaine, comme Roffel ? » Elle rapprocha sa chaise de lui.

— Voulez-vous un peu de vin ?

L'étranger mit une pièce d'argent sur la table. Bernicia écarquilla les yeux et se hâta d'emplir le gobelet de son hôte inattendu.

— Qui êtes-vous ?

— Nous avons une relation commune, répondit l'homme.

— Qui ?

— Le capitaine William Roffel, autrefois maître de la *Brillante-Lumière-de-Dieu*. Le coquin pourrit à présent dans sa tombe, au cimetière de St Mary Magdalene. Vous étiez sa catin ?

— J'étais son amie, rectifia-t-elle d'un ton pincé.

— Bon, mais j'aimerais que vous deveniez la mienne. Prenez cette pièce d'argent en gage de mon amitié.

L'argent disparut. Bernicia ne se rebiffa pas quand l'étranger glissa la main sous la table et entreprit de lui caresser la jambe.

— Comment connaissiez-vous le capitaine Roffel ?

La jeune femme embrassa la salle du regard et vit le page dans un coin.

— Allez, dit-elle avec une moue, allez, va chercher d'autre vin blanc et quelques doucettes[1] pour mon ami.

Elle attendit qu'il fût hors de portée de voix.

— Eh bien ? Qui êtes-vous ?

— J'ai servi jadis avec Roffel à bord de la *Brillante-Lumière-de-Dieu*.

Elle se cacha le visage dans les mains et pouffa de rire.

— Qu'y a-t-il là de si drôle ?

— Êtes-vous l'un des hommes de vigie ?

L'étranger rit doucement.

— Peut-être. Un homme censé être mort n'est plus dangereux pour personne, surtout s'il a une fortune en argent.

Bernicia humecta ses lèvres carmin, se pencha et effleura la joue de son compagnon.

— Aimiez-vous Roffel ? minauda la ribaude.

— C'était un vaurien, répondit l'homme, qui a reçu ce qu'il méritait. Comme moi. Connaissiez-vous l'équipage ?

Bernicia secoua la tête.

1. Pâtisserie au jaune d'œuf, fourrée de crème, parfumée au safran et sucrée au miel. *(N.d.T.)*

— Le capitaine Roffel me tenait soigneusement à l'écart de ce qu'il appelait son métier. Pourtant, ajouta-t-elle irritée, quelques-uns de ses hommes connaissaient mon existence.

Elle se rapprocha un peu.

— Je crois vous avoir déjà vu. N'êtes-vous pas Bracklebury, le second ?

Le matelot éclata de rire.

— Quelle importance ? Je crois que me verrez beaucoup, qui que je sois !

— C'est-à-dire ? minauda Bernicia.

Le page apporta un pichet de vin frais et la soirée continua. Finalement Bernicia et son nouveau protecteur s'en allèrent.

— Viens, chuchota Bernicia alors qu'ils se hâtaient dans les rues. Viens chez moi ce soir.

Ils parvinrent chez la jeune femme et la ribaude conduisit son invité au solar[1] où étaient entrés Athelstan et Cranston. Le feu fut ranimé, les chandelles allumées et le vin servi. Le marin enleva cape et capuchon et s'installa pour profiter de la chaleur pendant que Bernicia l'observait discrètement, remarquant ses riches bottes à haut talon, son justaucorps de cuir et sa chemise blanche de batiste ouverte au cou. Elle toucha sa ceinture où elle avait caché la pièce d'argent et eut un sourire secret.

— Que t'a raconté Roffel ? demanda tout d'un coup le matelot.

Bernicia se contenta de rire. L'étranger se pencha, le regard dur.

— Au sujet de son dernier voyage et de l'argent ?

Elle cilla et jeta un regard coquet à son hôte.

— Je ne trahis pas les secrets. Roffel est mort. Lui et

1. Pièce exposée généralement au sud, où se tenaient de préférence le maître de maison et sa famille. *(N.d.T.)*

son or peuvent bien aller au Diable. Bon ! je ne veux pas parler de ça. Encore un peu de vin ?

Se levant, elle prit le gobelet de l'homme et se dirigea vers la petite table pour le remplir. Elle souriait mais se retourna, inquiète, en entendant un bruit de pas. Le matelot traversait la pièce, poignard dégainé. Bernicia hurla et se précipita vers la porte. L'étranger l'attrapa par les cheveux — et jura quand la perruque lui resta entre les mains. La catin atteignit le loquet, pleurant et haletant ; elle tenta de le soulever, mais l'homme lui tira la tête en arrière et trancha sa douce gorge d'une oreille à l'autre.

Athelstan, reposé après une bonne nuit de sommeil, compta une assistance plus nombreuse que d'ordinaire à l'office du matin. Ashby, qui était profondément endormi quand le clerc était rentré la veille, assistait à nouveau Crim pour servir la messe. Rasé et lavé, il paraissait plus présentable. Le soir précédent, il s'était affairé pour aider les paroissiens à déplacer la lourde charrette dans l'un des croisillons du transept et, du chœur, il avait donné des instructions pour l'érection de la grande toile de fond.

Le dominicain eut un petit sourire en prononçant les derniers mots de la cérémonie : *Ite, Missa est* — Allez, la messe est dite. Il s'inclina, baisa l'autel et jeta un bref regard au groupe rassemblé dans le jubé. Aveline, le visage à demi dissimulé sous un voile, était là, assise sur un tabouret dans le coin et ne quittait pas son amoureux des yeux. Watkin, le ramasseur de crottin, assis sur ses talons, fixait Pike le fossier. Athelstan gémit : leur animosité s'était transmise à leurs épouses respectives qui s'épiaient aussi l'une l'autre. Huddle, l'imagier, se pencha en arrière pour contempler rêveusement le plafond qu'il avait peint. Mugwort, le carillonneur bossu et fou, donnait des signes d'impatience, pressé de descendre la nef à toutes jambes pour aller sonner la cloche indiquant la fin de la cérémonie. Ursula la porchère était présente, elle aussi, sa grosse truie apprivoisée étendue près d'elle. Athelstan pinça les lèvres : l'animal avait grogné avec vigueur pendant son court sermon. Près d'Ursula se trouvait Pernel la Flamande ; elle avait essayé de se teindre les cheveux qui pendaient, à présent, comme du lin blanc et orange, et faisaient le plus mauvais effet en soulignant le maquillage blanc de son visage.

Athelstan cacha sa déception. Il avait été distrait, pendant la cérémonie, par l'idée que Benedicta pourrait venir. La veuve à la peau mate et fraîche, aux jolis yeux et aux cheveux noir de jais, lui manquait. Il lui narrait souvent son travail avec Cranston et tenait compte de son avis. Benedicta, avec son intelligence et son esprit acerbe, montrait un sens de l'humour sardonique, solide atout pour apaiser les différentes factions qui se dessinaient au sein du conseil paroissial.

Athelstan soupira et se glissa dans la sacristie. Crim l'aida à se dévêtir pendant que ses ouailles filaient comme des flèches vers la grande carriole et reprenaient leurs discussions habituelles pour savoir qui serait quoi, quand, où et comment. Le prêtre prêta main-forte à Crim pour débarrasser l'autel du livre, de la clochette et des burettes, et remarqua que Lady Aveline et maître Ashby étaient plongés dans une profonde conversation. Il leur proposa un déjeuner mais ils refusèrent poliment, Ashby désignant le panier de provisions que Lady Aveline avait apporté. Athelstan, voyant ses paroissiens lancés dans leurs joutes verbales, quitta discrètement l'église pour s'assurer que Philomel ne manquait de rien. Puis il regagna le presbytère.

Il jeta un coup d'œil étonné autour de lui. La cuisine avait été nettoyée, la jonchée était fraîche et le feu prêt. Sur la table étaient disposés un bol de fromentée bouillante, une cuillère en corne, un tranchoir de pain, du beurre, du fromage et un pot de bière. Il entendit du bruit dans la resserre et eut un grand sourire quand Benedicta en sortit.

— Benedicta, je pensais que vous n'étiez pas revenue !

Il serra les mains chaudes de la veuve et l'embrassa doucement sur la joue. Elle rougit et fit un pas en arrière, mais ses yeux brillaient de joie.

— Je voulais vous faire une surprise, mon père. Eh bien, êtes-vous content ?

D'un geste, elle montra la pièce, l'air faussement inquiet.

— Il n'y avait plus que des cendres, la jonchée n'avait pas été changée, la table pas nettoyée et je ne pense pas que vous ayez eu de repas corrects.

— J'étais avec Sir John, murmura le dominicain.

Mais il ne put narrer ce qui s'était passé : Benedicta le poussa doucement dans la cuisine et lui suggéra de manger avant que la fromentée ne refroidisse. Il s'exécuta en tentant de dissimuler le véritable plaisir qu'il ressentait à retrouver son amie. Bonaventure, qui la veille était en maraude, chassant et courtisant les chattes, se faufila par la fenêtre ouverte et miaula plaintivement pour avoir son écuelle de lait. Il le lapa avec gourmandise et s'étendit devant la flambée rugissante tandis que Benedicta racontait sa visite et son voyage. Puis elle s'assit et écouta patiemment le prêtre lui décrire les mystères entourant la *Brillante-Lumière-de-Dieu*, la mort de William Roffel et le meurtre de Sir Henry Ospring.

— Une énigme, commenta la jeune femme. Hier soir, j'ai rencontré Lady Aveline. Elle était avec Ashby. J'ai aussi dit à cette fieffée brute, Marston, de quitter l'église. Aveline n'est pas une meurtrière, reprit-elle, mais comment prouver qu'elle a tué son beau-père en légitime défense ? Quant au reste... comme dirait Sir John : « Par les cornes du Diable, intrigues et contre-intrigues. »

Elle posa les coudes sur la table.

— Le pire reste pourtant à venir, ajouta-t-elle sombrement.

Athelstan posa sa cuillère et la regarda.

— Quoi ?

Benedicta dissimula un sourire.

— Vous êtes au courant du différend entre Watkin et Pike le fossier ?

Il acquiesça d'un air las.

— Eh bien, la femme de Watkin raconte à présent que l'épouse de Dieu le Père est, elle aussi, supérieure à celle de Dieu le Saint-Esprit.

Le dominicain se cacha le visage dans les mains.

— Plus jamais, jura-t-il, plus jamais je ne laisserai jouer un mystère dans cette paroisse !

Il leva les yeux en entendant frapper à la porte.

— Entrez ! cria-t-il.

Aveline pénétra dans la cuisine et adressa un timide sourire à Benedicta. Athelstan se leva.

— Qu'y a-t-il ?

— Mon père, la nuit dernière, j'ai inspecté les papiers de Sir Henry et...

Athelstan lui offrit un siège.

— ... j'ai découvert ceci.

Elle lui tendit un morceau de parchemin, gras et taché d'empreintes de doigts. Athelstan le lissa sur le dessus de la table. Il portait des dessins : deux lignes parallèles entourées de croix. Le clerc le regarda avec attention.

— Qu'a-t-il de si spécial ?

— Je ne sais pas, mon père. Ça ne veut peut-être rien dire, mais il était caché dans le coffre à double fond de mon beau-père. En l'ouvrant j'y ai trouvé ce dessin.

Athelstan examina le vélin.

— Pourquoi, demanda-t-il, Sir Henry aurait-il caché un document apparemment fort innocent si ce n'est parce qu'il était soit très précieux, soit dangereux ?

Il tambourina sur la table.

— J'ai déjà vu ça, précisa-t-il. Au dos du livre d'heures du capitaine Roffel. Les mêmes esquisses, les mêmes croix.

— Puis-je y jeter un coup d'œil ? intervint Benedicta.

Athelstan lui fit passer le parchemin. Benedicta l'étudia longuement, puis elle leva les yeux et sourit à Aveline.

— Mon époux, que Dieu l'ait en Sa sainte garde, était capitaine de marine. Athelstan, avez-vous pensé que ces lignes représentaient une carte ? Celle d'en haut est la côte française ou, plus précisément, une portion de côte entre Calais (elle désigna l'une des croix) et le port de Dieppe. Celle du bas est la côte anglaise. Les croix entre elles deux pourraient être des bateaux.

Le dominicain maîtrisa sa fébrilité.

— Pour la première fois, chuchota-t-il, les choses commencent à avoir un sens.

Il fixa Aveline.

— Votre beau-père était propriétaire et marchand. Et quoi encore, madame ?

La jeune fille fit une grimace.

— Il était chargé des troupes, de les lever dans le comté si les Français envahissaient le pays.

— Et quoi d'autre ?

— Il prêtait de l'argent à l'Échiquier.

— Oh, allons, Aveline, parlez !

Elle s'humecta nerveusement les lèvres.

— Des visiteurs venaient, le soir, au manoir. Des hommes, emmitouflés et encapuchonnés, qui se déplaçaient aussi silencieusement que des ombres. Je pense que c'étaient des espions. Parfois mon beau-père les aidait à gagner la France, non par Calais, mais par différents ports, ceux que tenaient les Français.

— Comment le savez-vous ?

— Mon beau-père les recevait toujours la nuit. Il m'arrivait de descendre et de m'approcher de sa chambre. C'était là qu'ils s'installaient en tournant toujours le dos à la porte. Ils échangeaient des lettres. Et j'entendais parfois tinter des pièces.

Elle secoua la tête.

— J'en sais si peu ! Mon beau-père ne pipait jamais mot sur ce genre d'affaires. Il avait des amis influents à la cour qui lui rendaient des services en récompense.

Athelstan, la tête entre les mains, regardait fixement les flammes.

— Ashby était-il parfois présent ?

— Jamais.

— Mais qui pourrait être au courant de tout cela hormis Sir Henry ?

Aveline sourit.

— Peut-être Marston. Il conduisait quelquefois ces gens à la côte.

— Puis-je garder cette carte ? demanda le clerc.

Elle acquiesça et fut sur le point de parler, mais Athelstan leva la main.

— Avant que vous n'ajoutiez quoi que ce soit, Lady Aveline, sachez que je ne vous ai pas oubliés, vous et maître Ashby.

La jeune fille sourit, se leva et sortit.

Athelstan se remit à contempler le feu.

— Qu'en pensez-vous, mon père ? s'enquit Benedicta.

— Que Sir Henry Ospring était un noble très puissant impliqué dans maintes affaires troubles. Nous savons, à présent, que Roffel a arrêté et coulé un bateau de pêche qui cabotait entre Dieppe et Calais. Nous savons aussi que le jeune Ashby a remis à Roffel un paquet scellé. Je suppose qu'il contenait une copie de cette carte et des instructions sur le lieu et le moment où il pourrait intercepter cette embarcation. Mais, dans l'ordre naturel des choses, il n'y a là rien d'étrange. Ospring a pu entendre des racontars à propos d'une précieuse cargaison.

Il tapota la rudimentaire esquisse.

— Toutefois, dans ce cas-là, le navire transportait des dépêches importantes et des espions anglais.

Il se leva et tendit les mains vers le feu pour les réchauffer.

— Il est urgent que je revoie Marston pour découvrir s'il sait quelque chose, mais cela peut inquiéter les gens. Benedicta, dit-il en souriant et en lui jetant un regard par-dessus son épaule, voudriez-vous me rendre service ?

— Très volontiers, mon père.

— Oubliez les querelles entre Pike et Watkin. J'aimerais que vous déposiez un court message dans le coffre cerclé de fer qui se trouve devant la statue de la Vierge à l'Enfant dans la cathédrale St Paul.

Il sourit encore plus largement devant l'air étonné de la veuve.

— Un simple message. Écrivez : « Saints Peter et Paul, intercédez pour nous » et signez : « Frère Athelstan. » Ne vous faites pas de souci, ajouta-t-il avec ironie, les saints apôtres n'interviendront pas, mais deux gentilshommes de l'Échiquier seront très heureux de renouer des liens avec moi.

Il alla décrocher sa chape pendue à une cheville au mur.

— Et à présent je dois aller m'occuper de construction.

Et, quittant une Benedicta médusée, il se rendit à l'écurie seller un Philomel récalcitrant. Quelques minutes plus tard il faisait route dans les ruelles de Southwark. Il aperçut Marston et les soudards sur le seuil d'une taverne, point stratégique pour surveiller les allées et venues autour de l'église. Il esquissa un signe de croix dans leur direction et sourit *in petto.* Si ses doutes s'avéraient, il donnerait à Marston d'autres raisons de s'inquiéter.

La journée était froide mais ensoleillée ; un gel épais recouvrait flaques et ornières. Philomel, que son maître estimait être le destrier le plus intelligent du monde, les contournait adroitement en passant devant les étals et les échoppes. Le dominicain finit par arriver à un endroit où des maçons bâtissaient une maison de deux étages pour le compte d'un marchand qui désirait se libérer des droits, impôts et taxes qui pesaient sur les demeures élevées de l'autre côté du fleuve. Il regarda les ouvriers suant et jurant qui transportaient des briques le long d'échelles improvisées. Leur haleine montait dans l'air glacé. Des charpentiers sciaient du bois et des apprentis sautaient de-ci de-là, comme des écureuils. Athelstan aimait regarder les ouvriers au travail et, quand ils le saluèrent, il agita la main dans leur direction. Il s'intéressa particulièrement au couvreur occupé sur le toit, admirant son adresse et son assurance. Puis, faisant faire demi-tour à sa monture, il prit la direction du Pont de Londres. Au moment où il passait devant St Erconwald, Crim, l'enfant de chœur, en sortit comme une flèche.

— Mon père ! Mon père !

Athelstan tira sur les rênes de Philomel. Craignant que Marston et ses acolytes n'aient perpétré quelque méfait, il jeta un regard inquiet vers l'église, mais tout était calme.

— Crim, qu'y a-t-il ?

— Mon père, bégaya l'enfant, c'est l'Écrabouilleur de chevaux !

— Tu veux parler de Sir John Cranston, coroner de cette ville ?

— Oui, mon père, le Gros Cul !

— Crim !

— Pardon, mon père, mais il a envoyé un messager. Vous savez, mon père, celui qui a un petit derrière, qui se dandine comme un canard et a l'air pincé comme s'il avait senti une mauvaise odeur.

— Et que voulait ce messager ? demanda Athelstan avec patience.

— Eh bien, Sir John veut vous voir de toute urgence à Cheapside. Lady Benedicta est déjà partie, reprit Crim hors d'haleine. Elle a dit qu'elle passerait annoncer à Sir John que vous étiez déjà en route.

Athelstan jeta au gamin une piécette et reprit son chemin. Pour la première fois depuis des semaines, il fit trotter Philomel et ne prit quasiment pas la peine de répondre aux salutations qu'on lui adressait. Il s'engagea sur le pont à grand bruit sans jeter un coup d'œil à droite ou à gauche, se demandant pourquoi le coroner exigeait tout d'un coup sa présence. Par courtoisie, il passa chez le magistrat à Cheapside, mais une Lady Maude renfrognée lui répondit que « l'oiseau s'était déjà envolé ».

— Il est allé à son cabinet au Guildhall, du moins c'est ce qu'il prétend, l'informa-t-elle avec humeur. Vous savez où ça se trouve, mon père ?

Athelstan sourit avec tact. Une fois la porte close, il mena un Philomel s'ébrouant, hennissant, et protestant encore contre le rude traitement qu'il avait subi, à travers la place animée du marché. Il jeta la bride à un palefrenier et pénétra dans la grand-salle de *l'Agneau de Dieu*. Sir John y était déjà installé, deux grandes coupes de vin vides et quelques miettes de tourte à la viande devant lui.

— Bonjour, Sir John.

Cranston rota doucement.

— En pleine forme, comme d'habitude, à ce que je vois, continua le dominicain en prenant place.

— Il y a eu un autre satané meurtre, annonça le magistrat. Vous souvenez-vous de Bernicia, la petite putain de Roffel ? Eh bien, lui ou elle est mort ! La gorge tranchée d'une oreille à l'autre et sa demeure saccagée.

Il frappa la table de la main.

— Dieu sait s'il faut dire il ou elle. En tout cas, Bernicia est morte.

— Elle vivait dans les ténèbres, répondit Athelstan.

— Je me moque comme d'une guigne de l'endroit où elle vivait, tonna Cranston. Que Dieu ait pitié de ce pauvre bâtard ! Mais écoutez bien, mon frère !

Il se rencogna sur sa chaise.

— Il n'y a pas beaucoup d'endroits, à Londres, où peuvent aller des gens comme Bernicia ! Trois ou quatre estaminets minables en tout et pour tout et ils sont tous proches les uns des autres.

Cranston fit une pause et commanda d'autre vin d'une voix de stentor.

— En temps ordinaire, je ne m'occupe pas de ces endroits. Je plains les pauvres gens qui les fréquentent. Mais, ce matin, j'y suis allé dès que j'ai vu le corps de Bernicia. Après les protestations d'usage, le propriétaire, discours fleuri aux lèvres, a fait venir un page qui a affirmé sous serment un certain nombre de choses. D'abord, que Bernicia était présente la veille. Ensuite qu'elle avait rencontré quelqu'un et était partie avec lui.

— Et... ? questionna Athelstan.

— Selon ce garçon, cet étranger aurait pu être Bracklebury. En tout cas, c'était un matelot qui connaissait Roffel et la *Brillante-Lumière-de-Dieu*.

Athelstan se rencogna et siffla entre ses dents.

— Bizarre ! chuchota-t-il. Fausse logique, Sir John.

J'ai toujours pensé que les vigies étaient mortes ou s'étaient enfuies.

— S'il faisait partie des gardiens, continua Cranston, nous devons envisager un autre tableau, et un tableau si simple qu'on se demande pourquoi nous n'y avons pas pensé plus tôt. Le second a assassiné ses deux compagnons puis a déserté le bateau. Pourquoi, et avec quoi, nous l'ignorons.

— Je crois que nous le savons, répliqua le clerc.

Il sortit la carte sommaire qu'Aveline lui avait donnée le matin même et fit brièvement part au magistrat de ses conclusions.

Cranston but une gorgée du gobelet que le propriétaire venait de déposer devant lui.

— Donc Ospring a ordonné à Roffel d'arraisonner et de couler ce bateau de pêche. Mais pourquoi ? Voulez-vous dire qu'Ospring et Roffel étaient des traîtres ?

— Tout dépend, expliqua Athelstan, de ce que transportait le bateau. Pour le découvrir j'ai expédié Benedicta avec une pétition à St Paul. Seuls les contrôleurs peuvent nous dire ce qu'il en est.

— Nous devons aussi interroger d'autres personnes, ajouta Cranston. C'est pourquoi j'ai invité tous les individus impliqués dans cette histoire — Sir Jacob Crawley, les autres officiers, sans oublier maîtresse Roffel — à nous rejoindre au Guildhall juste après midi. J'ai aussi demandé au clerc du navire, Coffrey, d'apporter le livre de bord.

Cranston claqua des lèvres et s'étira.

— Donc, mon frère, nous avons un peu de temps libre. Que pouvons-nous faire de plus ?

Athelstan regarda avec désespoir les chopes de vin vides.

— Il y a autre chose, Sir John, le bandit qui cambriole les maisons. Je crois que nous pourrions tendre un piège.

Cranston reposa bruyamment son gobelet.

— Non, ne me demandez pas comment ! sourit le clerc. Je vous connais, Sir John, vous avez un grand cœur mais une langue bien pendue. Je voudrais qu'un de vos riches amis marchands parte en voyage deux ou trois jours, qu'il emmène sa famille et le fasse publiquement savoir.

Cranston leva les yeux sur les chevrons.

— Je ne vois pas qui, dit-il. Ah, si, mon cher mire Theobald de Troyes. Il pourrait se rendre dans sa propriété, dans le Suffolk. Peut-être pourrais-je le persuader ?

— Occupez-vous-en tout de suite, le pressa son clerc, espérant mettre autant de distance que possible entre le magistrat et une coupe de vin. Mais dites-lui de ne pas partir avant deux ou trois jours.

— Et s'il n'accepte pas ? interrogea Cranston.

Le dominicain haussa les épaules.

— Alors il faudra trouver quelqu'un d'autre.

Maugréant et protestant, Cranston se traîna hors de la taverne. Athelstan soupira, se rencogna, ferma les yeux et se demanda si Benedicta avait remis son message.

— Mon père, voulez-vous boire ou manger ?

Athelstan se pencha et fixa le visage inquiet de la tavernière.

— Non, merci, sourit-il. Je pense que Sir John s'en est chargé pour deux.

Seul dans l'estaminet, il était mal à l'aise, aussi regagna-t-il Cheapside et entra-t-il à St Mary-le-Bow. Il s'agenouilla un moment devant l'autel et récita quelques prières, puis il admira le beau vitrail de la nef. Il ne se lassait jamais d'en contempler les vives couleurs et l'adresse de l'artiste. Ce dernier avait peint le Christ ressuscité, en gloire, libérant les âmes des patriarches et des prophètes qui attendaient sa venue, et avait adroitement rendu l'extase sur le visage des saints et la colère des démons noirs dardant des regards furieux derrière un mur de feu. Cranston avait promis que, dès que le beau temps le permettrait, il offrirait un vitrail semblable pour St Erconwald.

La cloche de l'église se mit à sonner l'heure, aussi le dominicain revint-il lentement vers la taverne. Il avait espéré y trouver Sir John. À sa place, il y avait les deux contrôleurs, souriant à l'unisson, presque comme s'ils n'avaient pas bougé depuis la veille.

— Nous avons reçu votre requête, frère Athelstan.

— Si toutes mes prières pouvaient être exaucées aussi promptement! railla le clerc.

— Et où est cet excellent coroner?

— Il s'occupe d'autre chose.

— Et qu'avez-vous, mon cher prêtre, à nous dire?

Athelstan répéta les conclusions qu'il avait tirées de sa conversation avec Lady Aveline et montra aux deux hommes la carte rudimentaire. Ils se rembrunirent.

— Très intelligent, commenta Peter, le plus grand. Très intelligent, vraiment. Ainsi, frère Athelstan, vous pensez que Sir Henry a signalé ce bateau à Roffel et que notre pirate de capitaine l'a coulé?

— En quelque sorte, oui. Ce qui nous intrigue, Sir John et moi, c'est la raison.

— Eh bien, c'est assez simple, répondit le contrôleur. Sir Henry n'était peut-être pas un félon, mais c'était certainement un voleur et un meurtrier. Vous comprenez, mon frère, nous étions persuadés que le bateau avait été envoyé par le fond à cause de nos agents et des dépêches qu'ils transportaient. Et j'avoue à présent qu'il a sombré à cause de la ceinture pleine de pièces d'argent que portait l'un de nos agents.

Il fit signe au clerc de s'approcher.

— Je vais vous expliquer. Vous savez que le Trésor est vide. Nous empruntons donc à un taux très élevé à des hommes comme Sir Henry. Nous lui faisions confiance. Il a souvent permis à des espions d'accoster en France. Une semaine avant que Roffel s'embarque, nous avons envoyé un de nos hommes, un jeune clerc, à Sir Henry, qui lui a remis sauf-conduits, papiers et une large ceinture de cuir dont les poches secrètes renfermaient une véritable fortune. Notre homme et un compagnon devaient se rendre à Calais puis, à un jour fixé, faire voile pour Dieppe. Ce bâtard d'Ospring...

Le contrôleur fit une pause pour reprendre haleine.

— Je suis navré, murmura-t-il, je perds mon calme.

— Il ne faut pas, lui fit remarquer Paul.

— Oui, oui, je ne devrais pas, mais il est clair que Sir Henry Ospring a prêté cet argent au Trésor et a veillé à l'expédition de notre agent. Puis il a informé Roffel, son compère en piraterie, que l'homme partirait de notre garnison de Calais pour Dieppe.

— Intelligent, ruse subtile, l'interrompit Paul. Sir Henry prête son argent avec un très fort intérêt. Le Trésor est obligé de le rendre pendant que Sir Henry vole le montant premier.

— Roffel et Ospring méritaient la mort, déclara son compagnon. Ce sont des voleurs et des meurtriers, surtout Ospring. Il a rencontré notre jeune espion et, au moment même où il lui remettait l'argent, il organisait son assassinat. Croyez-moi, mon frère, celui qui a tué Sir Henry Ospring est tout pardonné.

Il surprit le sourire d'Athelstan.

— Cela vous amuse, mon frère ?

— Non, messire, pas du tout. Mais bien des vérités se cachent sous la plaisanterie. Sir John et moi pouvons vous en remontrer beaucoup là-dessus.

— L'important, remarqua Peter, c'est de découvrir si Roffel avait des complices et de récupérer cet argent.

Les deux contrôleurs se levèrent.

— Nous remettons tout ceci entre vos habiles mains, frère Athelstan, annonça le plus grand. Quand le jeu sera fini et la vérité établie, revenez nous voir.

CHAPITRE IX

Sir John et frère Athelstan étaient installés au haut bout d'une table poussiéreuse dans une minable petite pièce au dernier étage du Guildhall. Ils dévisageaient tous les deux leurs belliqueux invités. Emma Roffel, pâle et anxieuse, semblait désireuse d'être ailleurs; Tabitha, sa servante, était assise près d'elle comme un petit chien terrifié. À l'autre bout de la pièce, Sir Jacob Crawley évitait leurs regards mais tambourinait sur la table, perdu dans ses pensées. Les hommes de la *Brillante-Lumière-de-Dieu* — Philip Cabe, Dido Coffrey, Vincent Minter et Tostig Peverill, le maître d'armes — semblaient mal à l'aise. Ils avaient récriminé devant une convocation si péremptoire, mais Cranston, qui sirotait à présent, au grand désespoir de son ami, de généreuses rasades de vin, leur avait imposé silence de sa voix de stentor. Il reboucha sa gourde et leur adressa à tous un grand sourire mielleux.

— Tout ce qu'on nous a raconté n'est qu'un tissu de mensonges, commença-t-il aimablement. Sauf que le capitaine William Roffel, que Dieu lui pardonne, était un pirate et un voleur, doublé d'un meurtrier.

Emma Roffel s'apprêtait à contester, mais elle se tut avec un pâle sourire.

— Je proteste, dit Cabe. Roffel peut aller au Diable et c'est sans doute ce qu'il a fait, mais vous n'avez aucune raison de nous insulter, Sir John.

Cranston claqua des doigts en direction de Coffrey, le clerc du bateau.

— Avez-vous apporté le livre de bord ?

— Sir John, geignit le scribe, vous l'avez déjà consulté quand vous êtes venu la première fois.

— Eh bien, je veux le revoir. J'ai aussi des questions à vous poser, à tous.

Coffrey poussa vers lui le volume relié en veau. Cranston, épiant à demi l'amiral de sous ses sourcils broussailleux, ouvrit le livre et feuilleta le parchemin taché d'eau. Les annotations étaient banales ; elles indiquaient la position quotidienne du navire, recensaient le butin et consignaient les alarmes occasionnelles et les événements du bord. Le coroner ferma le volume en marquant la page de son doigt boudiné et fixa Sir Jacob.

— Le capitaine Roffel était sous vos ordres ?

— En théorie, oui, admit Crawley. Mais ses instructions étaient tout à fait explicites. Il devait parcourir la Manche et la mer d'Irlande, attaquer les bâtiments ennemis et prêter main-forte à tout bateau anglais en difficulté. Cependant il était libre de chercher aventure et de saisir toutes les prises possibles.

Cranston sourit.

— Dans ce cas, pourquoi n'est-il pas fait mention ici d'un bateau de pêche, manifestement français, abordé devant Calais ? Le navire a été détruit et son équipage anéanti. Je crois savoir qu'il faisait route vers Dieppe.

— Roffel a capturé maints navires, gémit Coffrey.

— Oui, dit le magistrat, mais n'étiez-vous pas censé les inscrire dans le livre de bord ? Pourquoi celui-ci n'y est-il pas ?

— Ce n'était qu'un bateau de pêche, plaida Cabe. Rien de plus qu'un radeau flottant avec une voile en lambeaux.

Cranston, toutes griffes dehors, lui jeta un regard furieux.

— Vous n'êtes qu'un satané menteur ! tonna-t-il. Il y avait des hommes à bord de ce bateau et ce n'était pas des Français. Ou du moins, pas tous.

— Ce sont là actes de trahison, fit remarquer doucement le dominicain. Si nous ne découvrons pas la vérité, nous ne pouvons qu'en conclure que vous étiez complice des méfaits de Roffel.

Emma Roffel fit mine de se lever.

— Cela ne me concerne pas, déclara-t-elle en serrant le bord de sa pèlerine. Je vous en prie, Sir John, j'en ai assez enduré.

— Madame, répondit Athelstan avec tact, cela vous concerne tout à fait. Ne désirez-vous pas savoir qui a assassiné votre époux ?

Il sourit et elle se rassit.

— Il est vrai, avoua Tostig Peverill, que nous avons capturé une barque de pêche devant Calais.

Il cilla et se frotta les yeux.

— Calais est possession anglaise, mais nous avons cru que c'était un bateau français — parfois ils cabotent entre les villes de la côte.

Il désigna le livre de bord.

— Toute réflexion faite, pourtant, il est évident que Roffel le guettait. Vous comprenez, nous luttions contre un vent contraire, des rafales de noroît, et nous aurions dû l'éviter. Roffel, cependant, a insisté pour que nous gardions le cap sur la côte française devant nous. Le jour où nous avons pris cette embarcation, nous avons laissé s'enfuir des bâtiments plus importants. Quand celui-ci est apparu, Roffel s'est lancé à sa poursuite.

Peverill jeta un coup d'œil à ses compagnons.

— Allez, tenta-t-il de les convaincre, nous avons tous pensé qu'il y avait là quelque chose de bizarre. Bien que ce ne fût qu'un bateau de pêche, une fois que nous l'avons eu abordé, Roffel a ordonné à mes archers de se comporter comme s'il s'agissait d'un satané cogghe de guerre. Et il a dirigé l'abordage en personne.

— De combien d'hommes était composé l'équipage ? s'enquit Athelstan.

— Pas plus de six ou sept, répondit Peverill. Avant même que nous ayons mis les pieds sur le pont, ils étaient tous soit blessés soit morts. Le capitaine était comme un taureau furieux et s'est rendu directement dans la cabine.

Le maître d'armes fit une pause.

— Et... ? demanda Cranston.

— Aucun d'entre nous n'est monté à bord de ce navire, l'interrompit Cabe. Seul Peverill, le capitaine et quinze archers y sont allés.

— Mais il s'est passé quelque chose ? insista Athelstan. Maître Peverill ?

Ce dernier ferma les yeux avant de reprendre.

— Comme je vous l'ai dit, l'équipage était soit blessé soit mort. J'ai cru que c'était des Français, mais en en retournant un il m'a injurié en anglais. Puis j'ai entendu Roffel parler à quelqu'un dans la cabine. Je suis sûr que l'autre voix était anglaise. Il y a eu un cri et Roffel a surgi, souriant d'une oreille à l'autre et portant un tas de documents, sans doute le livre de bord du bateau et le manifeste. Nous avons pris un baril de vin découvert dans la cambuse. Roffel a ordonné que l'on brûle le bateau. Il a jeté les papiers qu'il tenait dans le feu et nous nous sommes éloignés.

— Est-ce tout ? questionna le clerc.

Peverill fit un geste d'impuissance.

— Que devrait-il y avoir d'autre, mon père ? Oh, je reconnais, en y repensant, que nous avons eu des soupçons, mais Roffel était un bâtard rusé et impitoyable, qui n'obéissait qu'à sa propre loi.

— C'était des Français, souligna Athelstan d'un ton songeur, mais il y avait des Anglais à bord. Ils devaient donc venir de notre garnison de Calais.

— Oui, oui, admit Coffrey en regardant d'un air gêné autour de lui, mais Roffel n'était pas homme à s'occuper de ces détails.

— Et comment...

Athelstan s'arrêta quand le coroner se laissa aller en arrière sur sa chaise et émit un bruyant ronflement. Il jeta un coup d'œil atterré à son corpulent ami, puis rougit en entendant un ricanement tout autour de la table.

— Le bonhomme est soûl ! chuchota Cabe.

— Sir John n'est pas ivre ! rétorqua sèchement le dominicain. Mais fatigué, épuisé après ses travaux. Donc, c'est à vous que je m'adresse, maître Cabe, et je n'irai pas par quatre chemins : savez-vous si on a pris autre chose sur ce navire qu'un baril de vin et des documents ?

Cabe eut un geste de dénégation.

— En êtes-vous certain ?

Le second leva la main droite.

— J'en jurerai. Comme l'a dit Peverill, toute l'affaire était bizarre. Roffel frétillait comme un gardon, mais le Diable seul sait pourquoi.

— Qui, céans, demanda le clerc, avait accès à la cabine de Roffel ? Ou, pour être plus clair, qui avait l'occasion de verser de l'arsenic dans la flasque qu'il portait ?

— Bracklebury seulement, répondit Cabe. Le capitaine tenait à cette flasque comme à la prunelle de ses yeux. Quand il ne l'avait pas sur lui, il la cachait.

Il eut un petit sourire.

— Peut-être devrions-nous demander à Bracklebury ?

— Oh, c'est ce que je ferai.

Cranston ouvrit les yeux et claqua des lèvres.

— Bracklebury est à présent un homme recherché, maître Cabe.

Le coroner sourit quand il vit la surprise peinte sur leurs visages.

— Oh, j'ai oublié de vous dire que la nuit dernière Bernicia, la catin de Roffel, a été sauvagement assassinée chez elle — ou devrais-je dire chez lui ? Quoi qu'il en soit, l'endroit a été fouillé de fond en comble comme si le meurtrier cherchait quelque chose. Nous avons des raisons de croire que, tôt dans la soirée, Bernicia a rencontré un marin, peut-être Hubert Bracklebury, dans un estaminet secret et qu'ils en sont partis ensemble.

— Bracklebury est encore vivant ? s'étonna Emma Roffel.

Au bout de la table, Crawley s'agita.

— Mais, Sir John, je le croyais soit mort soit en fuite. Pourquoi avoir déserté le bateau et se cacher à Londres ?

— Peut-être pourriez-vous nous aider sur ce point-là, Sir Jacob ? suggéra Cranston, sans manifester la moindre compassion pour son ancien ami.

— Que voulez-vous dire ? bégaya Crawley.

— Vous prétendez être resté à bord de votre vaisseau amiral, la *Sainte-Trinité,* la nuit où Bracklebury a disparu.

Crawley se leva brusquement.

— Sir John, frère Athelstan, puis-je vous parler en privé ?

Le clerc regarda le coroner qui haussa les épaules.

— Peut-être dehors, murmura Cranston.

Il se leva, ainsi que son clerc, et ils sortirent dans le couloir plein de courants d'air. Sir Jacob les rejoignit en fermant avec soin la porte derrière lui.

— Je sais ce que vous allez dire, bafouilla l'amiral. Mais, Sir John, faites-moi confiance. J'avouerai la vérité, mais je refuse d'être interrogé devant mes hommes.

Il s'agita.

— Pour l'amour de Dieu, j'ai mon honneur. Accepteriez-vous, vous et frère Athelstan, de venir souper sur la *Sainte-Trinité* ce soir ?

— Si la nourriture y est bonne, répondit Cranston. Nous viendrons pour les mets et pour savoir ce qu'il en est. Venez, maintenant, je dois encore interroger les autres.

Ils retournèrent dans la salle où leurs invités forcés attendaient dans un silence maussade. Athelstan comprenait le repli d'Emma Roffel, mais il se rendait compte aussi que les matelots avaient bien des choses à cacher.

— Nous savons, commença-t-il quand Sir Jacob et le coroner s'assirent, qu'il est arrivé un événement mystérieux à bord de la *Brillante-Lumière-de-Dieu*. L'histoire que raconte Peverill sur la peur des fantômes chez les hommes d'équipage peut être vraie. Bracklebury voulait qu'ils quittent le navire pour poursuivre ses propres desseins. En usant d'un falot, il a certainement envoyé des signaux à quelqu'un caché sur le quai. Et qui cela pouvait-il être ?

— C'est monstrueux ! s'insurgea Cabe. Bracklebury était le second ! Il nous a ordonné de descendre à terre et nous nous sommes exécutés. Demandez à mes compagnons. Nous avons festoyé ensemble toute la nuit. Je serai franc, nous avons fêté la mort de Roffel. Mais personne n'est revenu sur le quai.

— Bon, bon, bon, dit le coroner avec irritation. Mais l'énigme demeure, maître Cabe. Je crois que

Brackleburу est resté à bord pour chercher quelque chose.

— Quoi, par exemple ?

Vincent Minter, le chirurgien du bord, qui jusqu'alors avait gardé bouche close, se rebiffait à présent.

— Quoi, Sir John ? Manifestement vous détenez une information que nous n'avons pas, alors pourquoi ne pas nous en faire part au lieu d'essayer de nous tendre un piège ?

La moustache et la barbe blanches de Cranston semblèrent dotées d'une vie propre. Athelstan posa sa plume et donna une tape légère sur le poignet de son ami.

— Laissez-moi leur parler, dit-il.

Il jeta un regard autour de la table.

— Nous savons, par ailleurs, que le capitaine Roffel a volé beaucoup d'argent sur ce bateau de pêche. Ce trésor avait été expédié par l'Échiquier aux espions du roi à Calais, comme pots-de-vin ou salaires des agents qui travaillent dans les villes tenues par les Français. Roffel était au courant de cet envoi. C'est pour cela qu'il a attaqué le navire et tué son équipage, y compris deux bons serviteurs de la Couronne.

Athelstan observa avec attention les visages de l'assistance. Il sentait qu'il progressait peu à peu vers la vérité.

— Roffel n'éprouvait pas de remords devant ce crime, reprit-il. Il a rapporté l'argent à bord de son cogghe et l'y a caché. Nous pensons que c'était ça que cherchait Brackleburу, après la mort de Roffel.

Le dominicain reprit sa plume et en tapota son parchemin.

— Je croyais alors, étant donné ces faits — et ils sont avérés —, que Brackleburу avait pu s'emparer de l'argent et s'enfuir. Mais cela ne semble pas avoir été le cas. Apparemment Bracklebury n'a rien trouvé et a quitté le bateau, peut-être après avoir tué ses deux compagnons. Je pense qu'il a cru être joué et que ses soupçons ont porté sur la ribaude, Bernicia, d'où le meurtre et le saccage de sa maison.

Il écarta les mains et sourit.

— Ce ne sont sans doute que conjectures, mais je suis sûr que Roffel a volé l'argent.

Il haussa les épaules.

— Ensuite se posent certaines questions : Qui a tué Roffel ? Où est l'argent à présent ? Pourquoi Bracklebury s'est-il enfui ? Pourquoi a-t-il tué Bernicia ?

À travers la table, il dévisagea Emma Roffel.

— Maîtresse Roffel, vous comprenez maintenant pourquoi nous vous avons convoquée.

La femme jeta un regard dédaigneux aux compagnons de navigation de feu son époux.

— Frère Athelstan, je ne peux vous aider. Ces histoires me dépassent. Mon mari était un homme secret, si ce n'est dangereux, en ce qui concernait ses affaires. Pour ce que j'en sais, il se pourrait fort bien qu'il ait dissimulé une fortune à travers la ville.

Cranston se pencha.

— Bracklebury a ramené chez vous le corps du capitaine et ses biens personnels, n'est-ce pas ?

Elle acquiesça.

— Vous a-t-il dit quelque chose ?

— Non, il était silencieux, renfermé et plutôt insolent. Si Tabitha n'était pas intervenue, il aurait laissé cadavre et sac dans la rue.

Elle baissa la tête.

— En fait, je l'ai même vu cracher en direction du corps.

Elle lança au coroner un regard noir.

— Peut-être était-ce Bracklebury qui s'est introduit à St Mary Magdalene ?

Cranston se rencogna.

— Eaux troubles, maugréa-t-il. Et plus nous fouillons, plus la vase remonte à la surface.

Il les menaça du doigt.

— Mais laissez-moi vous affirmer ceci : Bracklebury se cache en ville. Et il croit qu'on l'a dupé.

Ses mots planèrent, de mauvais augure, dans l'air.

— Je pense, ajouta-t-il doucement, qu'il peut très bien tuer à nouveau. Maîtresse Roffel, messires, nous en avons fini. Sir Jacob, frère Athelstan et moi serons vos convives ce soir.

Il avala avec ostentation une autre rasade de sa gourde pour afficher son mépris des matelots qu'il tenait tous pour des menteurs. Il reboucha le flacon, ne prit pas la peine de saluer Crawley et ne bougea plus jusqu'à ce que l'huis se fût refermé derrière ses invités réticents.

— Eh bien, qu'en pensez-vous, mon frère ?

— Un bourbier de mensonges, répondit Athelstan en se levant. Nous avons bien fait d'accepter l'invitation de Sir Jacob. Oh, Sir John, vous êtes-vous occupé de l'autre affaire ?

— Oui.

Cranston tapota sa bedaine.

— Demain Theobald de Troyes part quelques jours à la campagne. Il laissera sa demeure aux bons soins de son intendant, de ses serviteurs et servantes.

— Parfait !

Athelstan se mordit les lèvres, contrarié.

— Ces mensonges et mystères commencent à me déplaire, Sir John. Je suggère que nous descendions au port à présent. Ce navire mal nommé la *Brillante-Lumière-de-Dieu* est la clé de tout.

— Que proposez-vous, mon frère ? Que nous montions à bord pour inventorier la cabine de Roffel ?

— Oui, et, si nécessaire, que nous la mettions en pièces !

— Vous voulez parler de l'argent ?

— Oui, Sir John, de l'argent.

— Mais nous savons, objecta Cranston, que la cabine n'était pas en désordre le matin où on a découvert la disparition de Bracklebury et des deux marins.

— Non, c'est ce qu'on nous a *dit*. Et nous devons partir du principe que tout ce qu'on nous a raconté peut être mensonge.

Ils quittèrent le Guildhall. Le ciel s'était couvert et une bruine froide tombait. Ils empruntèrent Bread Street en prenant garde aussi bien à l'eau qui coulait des gouttières brisées qu'aux flaques de boue glissantes à leurs pieds. Ce fut un trajet malaisé dans Trinity, Vintry et le long du quai. Curieusement, l'endroit bourdonnait d'activités. Des canots, chargés d'archers et d'hommes en armes, faisaient le va-et-vient avec les navires ancrés au milieu du fleuve. Un son de trompette s'élevait de la *Sainte-Trinité,* le vaisseau amiral. Le coroner interpella le capitaine des archers qui hurlait des ordres à ses hommes se hissant, emmitouflés et encapuchonnés, dans les barges qui les attendaient.

— Que se passe-t-il ? Pourquoi toute cette agitation ?

L'officier se retourna. Athelstan aperçut ses cheveux ras, ses yeux gris et un visage aux traits durs ruisselant de pluie. L'homme dévisagea le magistrat de la tête aux pieds.

— De quoi vous mêlez-vous, messire ?

— Je suis John Cranston, le coroner de la ville !

Le capitaine eut un sourire contraint.

— Alors, Sir John, vous apprendrez bientôt la nouvelle. Des galères françaises sont apparues dans l'embouchure de la Tamise. Elles ont déjà pris un bateau et brûlé un village sur l'île de Thanet.

Le coroner siffla entre ses dents et contempla les cogghes de guerre. Malgré la pluie, il constata que tous les navires étaient sous les armes.

— Les Français représentent-ils un danger sérieux ? demanda Athelstan.

Cranston ne répondit pas. Il scrutait le fleuve. Il se souvenait des galères ennemies au gréement bas qui pouvaient se faufiler comme des loups dans un petit port ou remonter une rivière ; chargées de l'élite des marins français et de mercenaires, elles avaient fait de terribles ravages dans les villes côtières de Rye et Winchelsea. Leurs équipages avaient pillé, brûlé et tué tous les habitants sur lesquels ils pouvaient mettre la main.

— Combien sont-elles ? demanda Cranston au capitaine.

— Dieu seul le sait, Sir John. Une bonne douzaine, sous les ordres du commandant Eustace le Moine.

Athelstan ferma les yeux et murmura une prière.

— Oh, mon Dieu, Sir John, comme si nous n'avions pas assez de soucis !

Cranston acquiesça. Eustace le Moine, un pirate français, avait été bénédictin jusqu'à ce qu'il s'enfuie du monastère pour prendre la mer. Il s'était révélé le fléau de la marine anglaise. La légende courait que des bandes de soldats anglais errant en France avaient brûlé la ferme de ses parents et massacré toute sa famille. Et Eustace avait juré de se venger de tous ces « porte-queues d'Angliches ». Excommunié par l'Église, publiquement condamné comme pirate, Eustace recevait le soutien secret de la Couronne française.

Athelstan scruta la bruine. Bien que l'on fût en train d'armer les navires, rien ne laissait prévoir qu'ils fussent prêts à prendre la mer.

— Que va-t-il se passer, Sir John ?

— Eh bien...

Le coroner fit une pause, le temps de remercier le capitaine des archers et de se diriger vers les marches du quai où une autre barge arrivait.

— Notre bon amiral a deux possibilités. Il peut descendre le fleuve et combattre, mais il aura un handicap : il ne pourra pas manœuvrer et il se peut que les galères lui échappent, déposent leurs hommes le long d'East Watergate, ou même ici, ravagent tout et s'enfuient.

— Ne pourrait-on bloquer la Tamise ?

Cranston sourit et secoua la tête.

— Le danger, c'est que notre cher Eustace saccage les environs et réussisse aussi à forcer le barrage.

— Et quel autre choix a l'amiral ?

— Transformer ses bateaux en forteresses et attendre de voir comment la situation évoluera. Crawley est un commandant raisonnable et je pense que c'est ce qu'il fera. Alors, si Eustace remonte le fleuve plus avant, notre flottille sera prête à le recevoir.

Le coroner prit le bras de son clerc et ils descendirent l'escalier glissant qui menait au bord de l'eau, se frayant un passage à coups d'épaule parmi les archers.

— Mais nous ne pouvons pas attendre, mon frère ! Il faut fouiller la *Brillante-Lumière-de-Dieu* et ce ne sera pas une cérémonie de pure forme.

Il s'effondra presque dans la barge qui attendait, dirigée par quatre rameurs qui le taquinèrent sur son poids. Cranston leur rendit leurs joviales plaisanteries et leur ordonna de les conduire à la *Brillante-Lumière-de-Dieu* tout en intimant aux archers « d'attendre la crénom de barge suivante ! ».

Leur barque s'éloigna sans que les rameurs se soucient de la pluie ; ils glissaient sans difficulté sur les eaux tumultueuses de la Tamise et pivotèrent pour accoster avec un petit choc le flanc du cogghe. Athelstan monta en premier l'échelle de corde, en essayant de ne pas entendre les encouragements que lui hurlait le magistrat. Il grimpa lentement et des bras puissants l'aidèrent à se hisser à bord. Il se pencha sur le bastingage et, haletant, remercia un matelot qui sourit d'une oreille à l'autre. Cranston atterrit près de lui, lourd comme une barrique de bière, jurant et envoyant au Diable tous les marins du monde. Le dominicain jeta un coup d'œil autour de lui. Depuis leur dernière visite, on avait nettoyé et rangé le navire, à présent envahi de matelots et d'archers qui s'affairaient sous les ordres des officiers. Des braseros couverts avaient été allumés et deux petites catapultes installées sur le pont. Un homme blond roux, plutôt jeune, sortit de la cabine du gaillard d'arrière et se dirigea vers eux. Il était vêtu sans recherche de chausses noires enfoncées dans des bottes de marin et d'une cape vert bouteille sur un justaucorps de cuir. Il interpella Sir John sans aménité :

— Qui êtes-vous ? Que faites-vous ici ?

— Je suis Sir John Cranston, coroner de la ville, et voici frère Athelstan. Et vous, qui êtes-vous ?

— David Southchurch, récemment nommé capitaine de ce cogghe.

Le jeune homme lissa sa moustache et sa barbe.

— Sir John, je suis très occupé. Avez-vous entendu les nouvelles ?

— Oui, maître Southchurch. Et vous êtes sans doute au courant des miennes.

Le capitaine haussa les épaules.

— Sir John, j'aimerais vous aider, mais cela ne me concerne pas. Roffel est mort, de même que son second et deux hommes d'équipage.

— Tout ce que nous voulons, c'est...

Athelstan prit posément la parole, se sentant mal à l'aise quand le pont se soulevait sous ses pieds.

— ... la permission de fouiller la cabine de Roffel, ou plutôt la vôtre, maître Southchurch. C'est très important que nous le fassions avant que le navire reparte.

Le jeune capitaine sourit.

— Bien sûr, acquiesça-t-il. La cabine est encore vide : mes biens personnels ne sont pas arrivés à bord. Sir John, frère Athelstan, considérez-vous comme mes hôtes.

Il leur fit signe et les conduisit à sa cabine en refermant la porte derrière eux.

La petite pièce était propre et ordonnée. Athelstan la balaya d'un regard désespéré. Au-dessus d'eux ils entendaient, le bâtiment se préparant à combattre, martèlements de pas et ordres multipliés des officiers. De temps à autre la cabine tremblait un peu quand la Tamise agitée faisait tanguer et rouler le cogghe qui tirait sur son ancre. Athelstan s'affala sur la petite couchette en se tenant le ventre. Cranston lui sourit, avala une généreuse rasade de sa gourde, rota et s'assit près de lui.

— On ne peut pas cacher grand-chose céans, murmura-t-il. Allez, mon frère, montrez un pied marin.

Athelstan soupira, se leva et fit le tour de la pièce.

— Si j'étais capitaine, chuchota-t-il entre ses dents, et si je voulais dissimuler quelque chose du volume d'une ceinture, que ferais-je ?

Il examina la petite cabine et se rendit compte combien elle était rudimentaire. Il n'y avait rien sous les planches du pont sauf la cale ; ce n'était pas une maison où l'on aurait pu creuser des tunnels secrets. Pas plus qu'il n'y avait des murs épais pouvant dissimuler des niches derrière les boiseries.

— Je suis navré, dit-il. Sir John, nous avons fait le trajet en vain. Même Bonaventure ne pourrait pas cacher une souris ici. La couchette est sommaire, la table et les tabourets sont fort simples. Il n'y a ni véritable mur, ni plafond, ni plancher.

Un ronflement sonore lui répondit. Il pivota sur ses

talons et faillit tomber quand le navire fit une nouvelle embardée.

— Oh, mon Dieu, non ! Oh, Sir John, pas maintenant ! gémit-il.

Mais le coroner, étendu de tout son long sur la couchette, jambes et bras écartés, tête renversée, bouche ouverte, ronflait comme l'un de ses marmousets.

Athelstan s'assit sur un tabouret et examina les lieux. Il s'habituait aux mouvements du bateau et ses paupières devenaient lourdes. Il avait juste envie d'être très loin de tout ça. Il devrait retourner à St Erconwald et à ses paroissiens — aux mesquines ambitions de Watkin, aux taquineries effrontées de Pike, aux tentatives infructueuses de Pernel la Flamande pour se teindre les cheveux et à l'amusement sardonique, mêlé d'autre chose, qu'il avait perçu dans les jolis yeux de Benedicta. Il se demanda comment Ashby se débrouillait avec Aveline. Il était plus rassuré sur le sort de la jeune fille, à présent. Lorsque Cranston aurait réglé cette affaire, Sir Henry Ospring aurait perdu tout prestige aux yeux du roi. Il se mit à penser au mystère et aux places que prendrait l'assemblée...

Ses yeux se fermèrent et il commença à s'assoupir. Il se réveilla en sursaut quand quelqu'un, sur le pont, laissa tomber quelque chose à grand bruit. La cabine s'obscurcissait. Il se demanda si Sir John avait une pierre à silex pour allumer la lanterne sourde qui pendait à l'un des épais poteaux de bois qui soutenaient le pont. Se levant, il ouvrit le devant de la lanterne et observa le solide crochet de bronze ou de cuivre où elle était accrochée. Ce dernier était fixé sur une plaque qui, elle-même, était vissée au poteau. Athelstan sentit un frisson d'excitation le parcourir. Pourquoi un crochet si résistant pour porter une lanterne plus légère que celles que les bons bourgeois suspendaient devant leur porte, la nuit? La plaque avait au moins neuf pouces de large. Le dominicain décrocha la lanterne et tira sur le crochet. Il ne se passa rien. Il essaya de le tordre de gauche à droite, mais il tint bon. Puis il tenta de le tourner dans l'autre sens et, cette fois, il le sentit bouger et la plaque eut un peu de jeu. Il tourna plus fort, comme pour le dévisser, la plaque se déplaça et finit par se détacher en révélant une niche dans le poteau. Athelstan y glissa la main. Ses doigts effleurèrent de souples copeaux de bois, puis un objet dur et froid. Il le saisit entre deux doigts et tira. Une pièce d'argent roula dans la paume de sa main.

Il entendit accoster un bateau ; il se hâta de remettre le crochet en place et alla secouer son ami.

— Sir John ! souffla-t-il. Pour l'amour de Dieu, réveillez-vous, Sir John !

Le magistrat ouvrit les yeux et claqua des lèvres.

— Un gobelet de clairet ! haleta-t-il. Une tourte au bœuf et à l'oignon, et je veux voir les marmousets sur-le-champ.

— Oh, pour l'amour de Dieu, Sir John, nous sommes sur un bateau !

Cranston se frotta le visage et se leva avec difficulté.

— Par le cul du Diable, qu'y a-t-il ?

Sa voix s'étrangla quand son clerc lui mit une pièce d'argent sous le nez.

— Quel furet de frère ! Quel bon petit furet de frère vous faites ! gloussa-t-il et, saisissant Athelstan par les épaules, il l'embrassa sur les deux joues.

Le dominicain, hésitant entre frotter ses épaules meurtries ou s'essuyer le visage, désigna la lanterne. Cranston traversa d'un pas lent la cabine, les yeux encore lourds de sommeil.

— Ici ? Drôle d'endroit !

— Non, Sir John, derrière la plaque du crochet il y

a une petite niche. Si Roffel s'est emparé de quoi que ce soit sur le bateau de pêche, c'est là qu'il l'a dissimulé. Mais à présent il n'y a plus rien.

— Ah ! s'exclama Cranston. Tout se tient !

Athelstan cacha la pièce quand on frappa à la porte. Southchurch entra.

— J'ai dit à Sir Jacob que vous étiez là et il a envoyé un messager. Bien que nous soyons sur le qui-vive, il désire que vous soyez ses invités sur la *Sainte-Trinité.*

Cranston jeta un coup d'œil sur ses habits.

— J'aurais aimé me changer mais, dit-il avec un large sourire, je suppose que je suis beau quoi que je porte.

Il effleura du doigt le menton du dominicain où poussait un poil dru.

— On ne peut pas en dire autant pour vous, mon petit frère ! Venez, je meurs de faim et Crawley sait bien recevoir.

Une brume épaisse enveloppait le fleuve et la frénétique activité commençait à ralentir. Les galères françaises avaient été signalées en ville et les cloches des églises sonnaient déjà le tocsin. Maintes tavernes étaient fermées. Même les ribaudes étaient parties à l'est de Southwark Bridge, persuadées que si les bâtiments entraient dans la Tamise, le Pont servirait de barrière naturelle aux envahisseurs. Un groupe de marchands s'était rendu à Westminster pour protester auprès du conseil royal face à ce signe supplémentaire du déclin des destinées du royaume. Les plus égoïstes entreprenaient de dissimuler leurs biens et de mettre leurs objets précieux dans des coffres renforcés. Le soir tombait ; personne sur les quais, à part le Pêcheur d'hommes et ses gargouilles. Ils commençaient à scruter ruelles obscures et rigoles nauséabondes qui se jetaient dans la Tamise. Les étranges yeux du Pêcheur d'hommes brillaient à la pensée de riches profits. S'il y avait une bataille sur le fleuve, des corps seraient repêchés, des escarcelles coupées et des récompenses réclamées aux autorités municipales. Lui et sa bande de silhouettes encapuchonnées se faufilèrent par Steelyard vers Queenshithe. Immobiles sur le quai, ils observèrent les navires. Le Pêcheur d'hommes se retourna.

— Bien ! Bien ! dit-il d'une voix rauque. Soyons prêts. Restez le long de la rive et surveillez l'eau.

Il eut un petit rire.

— Comme le dit la Bible, les profondeurs livreront leurs richesses.

Il redevint sérieux.

— Oh, oui, mes amis. La Tamise a bien des secrets.

Il cacha son agacement en apercevant les lumières de la *Brillante-Lumière-de-Dieu.* Il se sentait trompé. Trois marins avaient disparu de ce cogghe. Il savait, par la rumeur, que Bernicia avait été assassinée et que l'on recherchait Bracklebury, mais qu'était-il arrivé aux deux autres membres de vigie ? Pourquoi le fleuve ne lui livrait-il pas ce secret ?

CHAPITRE X

Sir Jacob Crawley reçut Cranston et son clerc avec empressement. Sir John titubait un peu, ce qui gênait Athelstan, mais l'amiral fit mine de ne rien voir et les emmena dans sa cabine. On avait dressé une petite table sur des tréteaux ; sur la nappe de lin blanc étaient disposés coupes d'argent, couverts et plats de l'étain le plus fin. On avait allumé des lanternes, et des chandeliers, solidement fixés sur la table, baignaient l'endroit d'une chaude et douce lumière. Comme les autres navires légèrement plus petits, la *Sainte-Trinité* était sous les armes. Athelstan s'en était aperçu quand ils étaient montés à bord. Le pont était encombré de seaux d'eau de mer pour lutter contre le feu et des archers apportaient des faisceaux de flèches qu'ils mettaient dans des tonnelets cerclés de fer posés au pied du mât. Quand Sir Jacob ferma la porte de la cabine derrière eux, le dominicain eut l'impression de pénétrer dans un autre monde. Crawley les fit asseoir. On leur offrit des mets qui venaient des rôtisseries et des pâtisseries de Vintry. La nourriture aurait pu être meilleure, mais elle était chaude et épicée : tourtes de venaison et de bœuf, bouillon chaud, tartes aux coings et pichets de vins divers. La conversation débuta par des échanges d'amabilités, interrompus de temps à autre par un coup à la porte quand un officier venait chercher conseils ou ordres.

— Croyez-vous qu'Eustace le Moine fera remonter la Tamise à ses galères ? s'inquiéta Athelstan.

Crawley fit signe que oui.

— Dans une heure, la brume sur le fleuve sera à couper au couteau et lui offrira la meilleure des protections.

L'amiral but une gorgée et s'assit.

— Il fallait s'y attendre. Voici des semaines que nous faisons des incursions dans les villes de la côte normande et Eustace est assez téméraire pour tenter un audacieux coup de main. Sa seule présence est déjà un grand danger.

Crawley se pencha en avant.

— Pourquoi, mon frère ? Désirez-vous aller à terre ? S'il vous plaît, répondez-moi en toute liberté.

— Non, répondit Cranston qui rota, claqua des lèvres et examina un morceau de velours damassé suspendu au mur de la cabine. Sir Jacob, frère Athelstan a combattu dans les armées du roi en France.

Le coroner ne s'étendit pas sur la brève carrière militaire de son clerc pendant laquelle son jeune frère avait été tué.

— Et le vieux John Cranston ne craint aucun pirate.

Le magistrat tambourina de ses gros doigts sur la table.

— Qui plus est, Sir Jacob, nous avons du travail.

Il se retourna et fit un bref clin d'œil à Athelstan pour lui signifier qu'ils ne parleraient pas à l'amiral de leur découverte à bord de la *Brillante-Lumière-de-Dieu*.

Crawley écarta les mains.

— Sir John, posez vos questions. Cette fois, je vous répondrai franchement.

— Bon. Vous n'aimiez guère Roffel, n'est-ce pas ?

— Non, Sir John, je le haïssais de toutes les fibres de mon corps : c'était un pirate, un tueur et un dégénéré. À mon avis, il n'a eu que ce qu'il méritait.

— Êtes-vous impliqué dans sa mort ?

— Non, par ma foi !

— Étiez-vous au courant de l'attaque du bateau de pêche entre Calais et Dieppe ?

— Non, Sir John, absolument pas. Une fois en mer, mes capitaines font ce qu'ils veulent. Leur tâche est des plus simples : poursuivre et détruire autant d'ennemis que possible. On ne pose pas de questions et, si on s'y risque, elles reçoivent rarement une réponse honnête.

— Et le jour où la *Brillante-Lumière-de-Dieu* a jeté l'ancre ?

Crawley haussa les épaules.

— Je suis monté à bord. J'ai vu le corps puant de Roffel. J'ai échangé quelques mots avec Bracklebury et suis revenu ici.

— N'avez-vous pas eu l'impression qu'il y avait quelque chose d'étrange ? demanda Athelstan.

— Si. Il y avait comme un malaise. Bracklebury évitait de croiser mon regard et avait l'air fort embarrassé par ma présence.

Cranston s'éclaircit la gorge et avala une large rasade de vin. Athelstan le surveillait de près. Sir John était déjà bien éméché, visage rubicond et belliqueux, moustaches en bataille.

— Sir Jacob, meugla-t-il, vous nous avez menti sur deux points.

Il leva la main quand l'amiral tressaillit sous l'insulte.

— Oui, messire, j'emploie le terme mentir parce que je suis votre ami et non parce que je suis le coroner. Vous avez affirmé n'être pas revenu sur la *Brillante-Lumière-de-Dieu* ce soir-là. Nous savons à présent que vous êtes, en fait, monté à bord, peu après minuit, et y avez passé un moment.

Crawley se mordit les lèvres. Il tripota une croûte de pain sur son tranchoir.

— Je suis l'amiral de cette flotte. La mort de Roffel m'a troublé et la conduite bizarre de Bracklebury n'a fait que renforcer ma défiance. J'ai vu l'équipage descendre à terre et je me suis inquiété que seuls Bracklebury et deux matelots soient de vigie.

Il s'agita avec embarras.

— Je l'ai d'abord toléré. Mots de passe et signaux lumineux étaient normalement échangés et tout semblait calme sur les bâtiments. Mais pendant que j'étais sur le pont, j'ai remarqué une lumière sur le quai dirigée vers la *Brillante-Lumière-de-Dieu*.

Il s'interrompit.

— Vous avez mentionné deux points ?

— Oui ! aboya Cranston. Bernicia, la ribaude, est allée sur le quai faire signe au cogghe. Brackleburу l'a renvoyée avec un torrent d'injures. Vous n'avez pas manqué d'entendre leur altercation ?

— Oui, oui, je l'ai entendue, répondit Crawley avec lassitude. Je l'ai entendue et j'ai aussi vu un fanal qui brillait sur le quai à travers la brume. J'ai commencé à avoir des soupçons et je suis donc allé voir. Une fois à bord, j'ai constaté que tout était en ordre. Les deux marins étaient à leur poste. Bracklebury, dans la cabine, mangeait des biscuits et buvait beaucoup, mais il n'était pas soûl. Je l'ai interrogé à propos du signal, mais il s'est contenté de sourire. Il a prétendu que ce n'était qu'une catin avec laquelle il s'était lié et que ça arrivait souvent quand il était de garde à bord. Il était poli mais plutôt désagréable, évasif comme s'il voulait cacher un secret.

— Dans quel état se trouvait la cabine ? s'enquit le dominicain. Avez-vous noté quelque chose d'anormal ?

— Non. Je suis remonté sur le pont. J'ai parlé avec les deux autres hommes.

Il haussa les épaules.

— Vous connaissez les marins, Sir John? Ils étaient éveillés et aux aguets, mais ils s'étaient installés confortablement. L'un jouait aux dés tout seul et l'autre plaisantait sur les différentes façons dont il prendrait la première ribaude qu'il rencontrerait une fois à terre.

— Donc tout allait bien? insista Athelstan.

— Non, quelque chose n'allait pas, mais je n'arrive pas à mettre le doigt dessus. Il y avait quelque chose de bizarre. D'étrange. Je suis descendu sous le pont. Tout était sombre et silencieux, mais je n'ai rien vu d'extraordinaire, alors je suis remonté.

L'amiral sirota son vin.

— Vous savez le reste.

Il eut un sourire d'excuse.

— À l'aube, quand le marin est rentré et a constaté que Bracklebury et les autres avaient disparu, j'ai pris peur. Il se passait quelque chose de très grave et je ne voulais pas en être accusé, d'où mes mensonges.

Athelstan se rencogna sur sa chaise, serrant son gobelet de vin entre ses mains. Il se souvint des annotations au dos du livre d'heures de Roffel.

— Dites-moi, Sir Jacob, les lettres *SL* ont-elles un sens pour vous?

L'amiral eut un geste de dénégation.

— Non, je vous ai dit la vérité. Je ne suis coupable d'aucun crime.

— Oh, mais si, rétorqua le dominicain.

Même le coroner lui jeta un regard surpris.

Sir Jacob blêmit.

— Que voulez-vous dire? bafouilla-t-il.

— Eh bien, une espèce de crime, reprit le clerc. Vous avez fait irruption à St Mary Magdalene. Vous avez sorti le corps de Roffel de son cercueil, lui avez tranché la gorge et épinglé sur la poitrine la proclamation ASSASSIN.

Athelstan observa Crawley avec attention. Il n'était arrivé à cette conclusion que lorsque Sir Jacob avait laissé libre cours à son ressentiment contre Roffel.

— Vous n'avez nulle preuve, remarqua l'amiral.

— Oh, allons, Sir Jacob, examinons la question logiquement. D'abord, si un membre de l'équipage de la *Brillante-Lumière-de-Dieu* avait voulu outrager la dépouille de feu son capitaine, il l'aurait fait pendant le voyage de retour. Mais une fois le cadavre ramené à terre, ils n'étaient tous que trop heureux de le voir disparaître. Ensuite, la personne qui a perpétré ce crime était forte et habile. Et où pourrions-nous trouver un individu de ce genre ?

Athelstan fixa Crawley dans les yeux.

— Emma Roffel haïssait son époux, mais elle n'avait ni l'adresse ni la force nécessaires pour escalader le mur de l'église, forcer une fenêtre, tirer le corps d'un homme de son cercueil et le mettre dans la cathèdre. Et, d'ailleurs, quel motif aurait-elle eu ? Enfin, vous, Sir Jacob, vous l'avez, ce mobile. Vous êtes le seul à accuser Roffel d'un crime précis : le meurtre d'un de vos parents.

Le dominicain sourit et se détendit.

— Il est certain que vous n'avez pas tué Roffel. Mais vous vous êtes senti frustré. Alors vous avez tenu votre propre tribunal et avez exécuté la sentence.

— Cela aurait pu être Bracklebury, dit Cranston en claquant des lèvres et en regardant son clerc d'un œil chassieux.

Athelstan fronça les sourcils avec sévérité.

— Sir John, maître Bracklebury a passé le plus clair de son temps à se cacher loin de tout le monde. Pourquoi aurait-il pris ce risque ? J'ai raison, n'est-ce pas, Sir Jacob ?

L'amiral prit son gobelet et jeta un coup d'œil de défi au dominicain.

— Oui, mon frère, vous avez raison. J'étais heureux que Roffel soit mort. C'était un assassin. Le jour où on a ramené son corps à terre, j'ai envoyé un membre de mon équipage s'enquérir de l'endroit où il était déposé. Il m'a appris qu'il était devant le maître-autel de St Mary Magdalene, mais que la veuve du capitaine y était aussi.

Il reposa bruyamment son gobelet.

— J'ai donc décidé d'attendre.

Il s'essuya les lèvres d'un revers de main.

— J'ai eu tort de faire cela. Mais Roffel le méritait amplement !

— Allons ! Allons ! intervint Cranston en posant la main sur celle de son ancien camarade. Sir Jacob, avez-vous dit la vérité ?

— Oui, John, je le jure !

La conversation fut interrompue par un choc le long de la coque et un bruit de voix. Des hommes couraient sur le pont puis la porte s'ouvrit à la volée et un officier fit irruption.

— Sir Jacob, veuillez m'excuser.

— Qu'y a-t-il ?

— Il vaudrait mieux que vous montiez sur le pont, messire.

Sir Jacob, suivi de Cranston et d'Athelstan, lui emboîta le pas. Le soir était tombé et les paroles de l'amiral s'étaient avérées prophétiques : la brume du fleuve montait à présent comme de la vapeur d'un chaudron et obscurcissait la proue des navires. Le fleuve lui-même n'était plus visible, presque comme si un lourd nuage était descendu et avait coupé le bateau des autres, l'enveloppant sous une épaisse chape de silence et de mystère. Athelstan scruta les ténèbres. Il apercevait, de temps à autre, les fanaux des autres bâtiments. Puis il entendit le bruit qui avait donné l'alarme.

— Par l'Enfer, bredouilla le coroner, qu'est-ce que c'est ?

Athelstan s'approcha avec précaution du bastingage.

— Des cloches, Sir John. Les cloches des églises qui sonnent le tocsin.

— Il y a aussi autre chose, cria de l'autre côté du bateau l'officier qui avait interrompu leur repas. Sir Jacob, il y a un batelier ici. Il s'appelle Moleskin !

Athelstan traversa la surface glissante du pont pour regarder par-dessus bord. Il distingua avec peine la face joviale de Moleskin à la lueur du falot que levait le marinier.

— Moleskin, que fais-tu ? s'exclama-t-il.

— Mon père, je savais que vous étiez céans. Je suis allé en ville et on m'a dit que vous étiez à bord de la *Sainte-Trinité.*

— Pour l'amour de Dieu, qu'y a-t-il de si urgent ? lui répondit Sir Jacob qui avait rejoint le clerc. N'avez-vous pas entendu les nouvelles, mon brave ?

— J'appartiens à la paroisse de frère Athelstan, rétorqua Moleskin. Il s'occupe de moi. Il est venu voir ma vieille mère.

— Doux Jésus ! chuchota Crawley. Le bonhomme est fou !

— Que veux-tu, Moleskin ? demanda Athelstan.

— Oh, rien, en fait, mon père. J'étais simplement inquiet. Vous comprenez, ces rusés bâtards à bord pensent que les galères françaises vont remonter la Tamise pour se battre. Eh bien, moi je les ai vues près de l'autre rive, du côté de Southwark. Je me moquais bien de ce qui arriverait aux autres bougres, mais votre sort et celui de messire l'Écrabouilleur de chevaux me préoccupaient !

— Du vent ! hurla Cranston.

— Bonne soirée à vous, Sir John ! répliqua Moleskin.

— Il vaut mieux que tu repartes, lui suggéra Athelstan.

— Ne vous faites pas de souci, mon père, aucun sacré Français ne m'attrapera ! Je travaillais déjà sur ce fleuve quand ils n'étaient encore que de petits têtards !

La voix de Moleskin montait en écho des profondeurs de la brume. Athelstan scruta l'ombre, la brume se dissipa quelques secondes, mais Moleskin et sa barque avaient disparu. Cranston, ivre, était accoté au bastingage et regardait Crawley. Sir Jacob, passant les doigts dans sa barbiche pointue, observait le brouillard.

— Que savez-vous de Moleskin, mon père ? demanda-t-il à Athelstan.

— Il est intelligent, honnête et sobre. C'est l'un des meilleurs bateliers de la Tamise, qu'il connaît comme le dos de sa main.

— Oh, mon Dieu ! murmura Cranston.

L'air froid de la nuit commençait à dissiper les vapeurs alcooliques de son esprit.

— Bâtards de Français ! jura-t-il violemment.

— Qu'y a-t-il ? s'enquit le clerc.

Sir Jacob se mit à distribuer des ordres et cria aux officiers d'envoyer un message aux navires voisins.

Athelstan saisit le bras de son ami.

— Sir John, qu'y a-t-il ?

Cranston l'attira dans un coin.

— Écoutez, mon frère, ce Français est un marin avisé. Il a sans doute remonté le fleuve, a suivi la rive nord, est passé devant Westminster et est arrivé jusqu'au Temple, Whitefriars et même Fleet Street. Il a agi pour susciter la consternation, ainsi chacun est sur ses gardes. Maintenant, nous attendons un ennemi venant d'amont, derrière nous, de l'ouest. Ce que ce rusé bâtard d'Eustace a fait, c'est de mener ses galères de l'autre côté, vers Southwark. Il fera demi-tour juste avant d'arriver au Pont de Londres et redescendra dans la direction opposée à celle où l'attend Sir Jacob.

— Et... ? s'inquiéta Athelstan.

— Oh, pour l'amour de Dieu, mon frère, cela créera un effet de surprise !

Les moustaches de Cranston se hérissèrent à la perspective de l'action.

— Vous ne comprenez pas ? C'est comme quand je m'attends à ce qu'un tueur surgisse sur ma gauche mais qu'il débouche sur ma droite. Voici ce qui va arriver. Eustace a fait pivoter ses galères. Il va revenir, faire le plus de ravages possible ici en jouant sur la surprise, puis se précipiter dans l'estuaire. Il ridiculisera la ville, sans mentionner l'amiral du roi. Mais il ne se moquera pas de Sir John Cranston ! mugit le coroner dans les ténèbres enveloppées de brume.

Il frappa sur l'épaule de son clerc.

— Grâce à vous, le plus favorisé des frères, et à ce bougre effronté de Moleskin, nous serons prêts à le recevoir !

Athelstan embrassa du regard le navire sur le pied de guerre. Les ponts étaient à présent chargés de matelots. Les braseros rougeoyaient sous leur couvercle de métal. Les archers tendaient leur arc et des gamins couraient de-ci de-là pour remplir les carquois. Crawley entra dans sa cabine et en ressortit portant son ceinturon de guerre, son haubert de mailles et un casque d'acier conique à nasal. D'autres officiers l'imitèrent. Un tambour se mit à battre, mais Crawley le fit rapidement taire. On roula de petites catapultes hors de leurs couvertures goudronnées. On dépêcha par la barque un dernier message aux autres navires pour confirmer le changement de plan et prévenir leurs capitaines de s'attendre à une attaque venant de l'est quand les galères françaises auraient fait demi-tour au Pont de Londres. Crawley cria aux vigies :

— Une pièce d'argent à qui verra le premier l'ennemi !

— Il fait noir comme dans un four ! cria une voix. On ne voit rien, Sir Jacob !

La peur et l'appréhension envahirent Athelstan. On remonta des cales de longues perches et des crochets. On fit jouer les épées dans leur fourreau. Un homme vint demander à Athelstan de l'absoudre. Le dominicain s'accroupit et écouta la confession hâtive que murmurait le pénitent. Il n'avait guère plus de dix-huit ou dix-neuf ans.

— Dans quelques minutes, chuchota-t-il, alors qu'ils étaient tapis dans un coin du pont entre le bastingage et le gaillard d'arrière, je tuerai peut-être des gens.

— Dieu te jugera, mon garçon, répondit Athelstan. Tout ce que je peux dire, c'est que tu dois faire ce qui te semble juste au moment où ça se présente.

D'autres marins voulurent aussi se confesser. Athelstan finit par prononcer une absolution collective. Pendant ce temps, le coroner arpentait le pont avec impatience en scrutant la brume.

— Sir John, cria Crawley, vous pouvez descendre ou, si vous préférez, nous pouvons vous conduire à terre !

— Va au diable, rugit ce dernier, il ne sera pas dit que John Cranston a reculé !

— Et frère Athelstan ?

Le coroner fixa son clerc.

— Mon frère, vous devez aller à terre.

Athelstan refusa d'un signe de tête.

— Je suis ici. C'est donc que Dieu le veut ainsi. De toute façon, Sir John, il faut que quelqu'un protège vos arrières.

Cranston s'avança.

— Du vent, petit frère !

— Sir John, répondit le dominicain sans broncher, que se passerait-il s'il vous arrivait quelque chose ? Votre visage est une merveilleuse cible, rouge comme un phare. Que pourrais-je dire à Lady Maude et aux marmousets ?

Cranston, par-dessus son épaule, jeta un regard à Crawley.

— Nous restons ici, brailla-t-il. Sir Jacob, un ceinturon, un poignard et un écu. Oh oui, un casque aussi.

— Si vous en avez un d'assez grand ! dit Athelstan entre ses dents.

Sir John s'arma, tout affairé, ses jurons et ses plaisanteries macabres allégeant la tension autour de lui. Une fois paré, il avait tout d'un vrai tonneau de guerre et son casque trop petit ne le rendait que plus ridicule.

Bavardages et rires moururent quand une vigie, sur le gaillard d'avant, cria :

— Je vois quelque chose ! Non, ça a disparu ! Ça a disparu !

Tout le monde se retournait maintenant pour regarder en amont. Athelstan se dirigea vers le bastingage. Qu'avait-il entendu ? Un craquement ?

— Seigneur ! jura Cranston à voix haute quand des flèches enflammées sifflèrent à travers la brume.

L'une toucha le pont ; une autre l'épaule d'un archer, qui tourbillonna comme un pantin en hurlant de douleur.

— Par tous les diables ! hurla le coroner. Ces bâtards sont là !

D'autres flèches enflammées tombèrent, suivies par une boule de poix embrasée qui s'écrasa sur le pont mais qui, aspergée, fut rapidement éteinte. Athelstan scruta la brume, l'estomac noué et la bouche sèche. De longues silhouettes basses surgirent ; leurs poupes décorées ressemblaient à des têtes de loups menaçants. Athelstan, terrorisé, recula. Trois ou quatre, non, cinq galères, toutes rames dehors, fondaient sur la *Sainte-Trinité* comme des lévriers bondissant sur leur proie. La rapidité et le silence de leur approche étaient déconcertants.

— Pourquoi ne tirez-vous pas ? cria le dominicain à Crawley.

L'amiral se tenait debout, une main levée. Une galère heurta à grand bruit la *Sainte-Trinité* à bâbord. Une autre, rentrant ses rames en un seul mouvement, glissa sous la poupe. Une troisième s'arrêta dans de grandes gerbes d'écume sous sa proue. Un crochet d'abordage serpenta dans l'air et se fixa au bastingage.

— Pour saint Georges ! hurla Crawley qui baissa la main.

Les grands arcs entonnèrent leur chant bas et musical quand les flèches empennées de plumes d'oie s'abattirent dans les ténèbres. Cris et hurlements déchirèrent l'air nocturne.

— Allez ! Tirez !

Un Français barbu au visage tanné, le premier homme à avoir atteint le pont de la *Sainte-Trinité,* fixa avec surprise Athelstan. Une flèche le frappa droit entre les yeux. Il tomba à la renverse.

— Allez ! Tirez ! ordonna l'amiral.

Athelstan sentit que Cranston le poussait en arrière et regarda les archers. C'était des soldats triés sur le volet qui lâchaient une flèche et en tenaient une autre entre leurs dents. Le clerc calcula que chacun devait en tirer au moins trois par minute. Ils s'activaient, silencieux et imperturbables. De temps à autre, un arbalétrier français répliquait et un archer s'écroulait en hurlant sur le pont. On l'emportait et on le remplaçait. D'autres, plus audacieux, montaient dans les gréements. Le dominicain se hâtait près des blessés. Le premier, un jouvenceau d'environ seize ans, crachait déjà du sang et ses yeux devenaient vitreux. Athelstan esquissa un signe de croix devant son visage, certain que le Christ comprendrait. Crawley faisait à présent donner les archers aux flèches enflammées, qu'il exposait en première ligne puisqu'ils se penchaient au-dessus du bastingage pour viser l'ennemi. Les Français répliquèrent à coups d'arbalète. Un homme tomba en criant par-dessus bord, la moitié du visage arraché. Athelstan, Crawley et un petit groupe d'officiers, debout au pied du mât, écoutaient le fracas du combat. Le clerc comprit à quel point ils avaient eu de la chance : sans l'avertissement de Moleskin, toute la flotte aurait été prise par surprise, s'attendant à une attaque dans une autre direction, quand les pirates d'Eustace le Moine avaient frappé.

— À tribord ! cria-t-on.

Crawley se retourna. Une galère venait du rivage pour boucler le cercle autour de la *Sainte-Trinité*. Athelstan aperçut le haut du mât où, en guise de pennon, flottait un capuchon de moine. Le danger se faisait plus pressant. Les archers se précipitèrent, mais on lança les cordes d'abordage qui s'agrippèrent dans les gréements et les bastingages du navire. Dans une folle ruée, les Français, portant la livrée du capuchon du moine sur leur cotte de mailles, mirent le pied sur le pont. Ils repoussèrent les hommes aux armes légères, si adroits avec leurs longs arcs et pourtant si mal protégés contre ces soldats vêtus d'acier.

— En avant ! rugit Cranston et, sans même attendre les ordres de l'amiral, le gros coroner se jeta à la tête des défenseurs du bateau contre les envahisseurs.

Athelstan l'aurait imité mais Crawley le repoussa. Cranston chargeait les Français comme un taureau furieux.

Pétrifié, son clerc le regardait. Cranston maniait sa grande épée comme une faux. Athelstan sentit une odeur de brûlé. Il se retourna et vit de la fumée monter de la galère proche de l'autre côté du navire. Les flèches enflammées avaient enfin commencé à faire leur effet. Crawley, le visage noirci par la fumée, abandonna le combat sur le pont pour se précipiter à bâbord et crier à ses hommes :

— Écartez-la ! Écartez-la !

Le bâtiment, en flammes de la poupe à la proue, fut repoussé dans la brume. Les hurlements des hommes sur la galère étaient terribles. Athelstan en distingua au moins trois, les vêtements enflammés, qui se jetaient dans les eaux glacées de la Tamise. Tout danger étant jugulé ici, des archers s'élancèrent à la rescousse de Cranston. Athelstan gagna l'abri du gaillard d'arrière. C'est alors qu'un Français se dégagea de la mêlée et se dirigea vers lui. Athelstan fit un écart pour l'éviter. Le bateau tangua. Le pont était glissant et l'eau qui le couvrait bordée d'une écume sanglante. Le clerc s'effondra, heurtant le pont du bras. Le Français leva son arme mais, se rendant sans doute compte qu'il avait affaire à un prêtre, il sourit, recula et disparut dans la cohue. Le dominicain, tenant son bras meurtri, se traîna vers la cabine. Dans son dos, il entendait rugir Cranston. Il ferma les yeux et pria le Christ de protéger le corpulent magistrat. Puis il entendit le son éclatant d'une trompette, une, deux, trois fois, et immédiatement la bataille commença à faiblir. Plus de pluie de flèches, plus d'ordres criés. Athelstan, appuyé contre la cabine, embrassa le bateau du regard et fit l'expérience du silence sinistre qui suit toujours la fin d'un combat. Même les blessés et les mourants se turent.

— Êtes-vous touché, mon frère ?

Cranston s'avança d'un pas martial sur le pont. Il était éclaboussé de sang et son épée était encore humide et poisseuse. Il semblait indemne, mis à part quelques écorchures à la main et une légère estafilade juste sous le coude. Il saisit Athelstan par l'épaule et approcha son visage, ses yeux d'un bleu de glace emplis d'inquiétude.

— Athelstan, ça va ?

— Dieu soit loué, oui, je vais bien !

— Bon ! dit le magistrat avec un large sourire. Ces maudits Français sont partis !

Il pivota, jambes écartées, bedaine et poitrine saillantes, et leva son arme.

— Nous avons vaincu ces bâtards, mes gaillards !

Des acclamations, reprises tout le long de la rangée de cogghes, s'élevèrent. Athelstan alla au bastingage. Un grand nombre de galères françaises flambaient et s'enfonçaient à présent dans l'eau, les flammes ronflantes les transformant en tisons flottants. Il n'y avait nul signe du bateau d'Eustace le Moine ni de sa flottille de pirates.

— Que va-t-il se passer, maintenant, Sir John ? demanda le clerc.

— Ces bougres-là vont se précipiter vers la mer, répondit le coroner. Il faut qu'ils l'aient regagnée avant l'aube, quand la brume se lèvera.

Cranston jeta son épée sur le pont, l'attention éveillée par les cris d'un groupe d'hommes au pied du mât. Avec Athelstan il se dirigea vers l'endroit où Sir Jacob Crawley gisait, un mire accroupi près de lui pansant son épaule blessée. L'amiral, grimaçant de douleur, saisit la main du coroner.

— Nous avons gagné, John !

Le visage de Crawley, blanc comme un linge, se fendit d'un léger sourire.

— Nous avons gagné, John, comme autrefois !

Cranston jeta un coup d'œil au mire.

— Est-il en danger ?

— Non, répliqua ce dernier. Rien dont un emplâtre frais et un bon bandage ne puissent venir à bout.

L'amiral fit un effort pour se concentrer et regarda Athelstan.

— Je sais, murmura-t-il. Je me souviens. Tout était si bien rangé, tellement, tellement bien rangé !

Puis il s'évanouit.

Athelstan et Cranston s'éloignèrent. Le navire devint une ruche bourdonnante d'activité et le dominicain tressaillit quand les archers, à l'aide de leur miséricorde[1], se mirent à égorger les blessés et à jeter sans cérémonie les cadavres dans le fleuve. On mit les barques à l'eau pour envoyer des consignes aux autres bâtiments quant aux blessés anglais, aux morts des deux côtés et aux prisonniers ennemis.

Athelstan, tenant son bras, s'assit dans la cabine tout en écoutant le coroner lui faire, entre de généreuses rasades de sa gourde, une description minutieuse de la bataille. Crawley, que l'on avait emmené à terre à l'hôpital de St Bartholomew, avait remporté une remarquable victoire. Quatre galères avaient sombré et il y avait maints prisonniers. La plupart, peut-être les plus chanceux, étaient déjà en chemin vers le navire amiral pour y être pendus.

Les nouvelles avaient maintenant atteint la ville. À travers le brouillard montait le son des cloches et les matelots racontaient que, en dépit des ténèbres et de la brume, des foules commençaient à se rassembler le long du quai.

— Sir John, chuchota Athelstan, nous devrions

1. Dague de guerre. *(N.d.T.)*

descendre à terre. Nous avons fait tout ce que nous pouvions ici.

Cranston, qui se préparait pour une troisième description de ses magistrales prouesses, se frotta les yeux et sourit.

— Vous avez raison.

Il alla à la porte de la cabine et regarda un prisonnier français, nœud coulant au cou, qu'on poussait par-dessus bord pour qu'il s'étrangle lentement.

— Vous avez raison, mon frère, nous devrions partir. Pas de charge de chevaliers, pas de destriers caparaçonnés de soie, seulement un carnage et des morts violentes.

Ils traversèrent le pont sous les vivats et les acclamations des matelots et des soldats. Athelstan aperçut les corps qui se balançaient.

— Sir John, ne peut-on faire cesser cela ?

— Ce sont les lois de la guerre, répondit Cranston. Les lois de la guerre. Eustace le Moine est un pirate. Et les pirates sont pendus sur-le-champ.

Le lieutenant de Crawley leur avait fait préparer une embarcation. Cranston et Athelstan descendirent avec précaution l'échelle de corde, cris et hurlements de l'équipage résonnant encore à leurs oreilles.

— Où allons-nous, Sir John ? s'enquit le rameur.

Cranston jeta un coup d'œil à Athelstan.

— Vous êtes le bienvenu à Cheapside.

Athelstan refusa d'un signe de tête. Il gardait les yeux baissés. Il ne voulait pas voir les terribles exécutions qui se déroulaient sur le vaisseau amiral et les cadavres pendant comme des rats sur les flancs du bateau.

— Non, Sir John, je vous remercie. Demandez au batelier de me conduire à Southwark.

Souriant, il tapota le bras de son ami.

— Vous êtes un héros, Sir John. Un cœur brave et courageux. Lady Maude sera fière de vous.

Athelstan eut un grand sourire.

— Et je raconterai aux deux marmousets que leur père est un véritable Hector !

Le Pêcheur d'hommes était accroupi sur le quai. Il aperçut l'embarcation transportant le clerc à Southwark qui s'éloignait de la *Sainte-Trinité*. Il distingua les contours du vaisseau amiral et vit les macabres fardeaux se convulser au bout de leur corde. Il adressa un sourire aux gargouilles groupées autour de lui.

— Le temps de la moisson, mes jolis !

Il tourna la tête et tendit l'oreille dans les ténèbres.

— Dans le fleuve, il y a des morts et des vivants. Quand ils s'approcheront du rivage, proposez-leur votre aide. S'ils répondent en français, tuez-les ! S'ils sont anglais, secourez-les. Mais n'oubliez pas de chercher les cadavres.

L'une des gargouilles le tirailla par sa manche et désigna le fleuve, où un corps en chemise blanche et en chausses noires, le visage dans l'eau, dansait sur les flots et arrivait vers eux.

— Oui, oui, dit le Pêcheur d'hommes avec un rictus, voici venu le temps de la moisson.

CHAPITRE XI

Athelstan se leva tard le lendemain. Il était éveillé à l'aube, tout courbatu, bien que son bras soit moins endolori. La brume s'élevait encore en volutes. De la fenêtre de sa chambre, à l'étage, il ne pouvait même pas distinguer l'église.

— Que Dieu me pardonne, chuchota-t-il, mais je me sens vraiment mal !

Il descendit, prépara le feu, but un peu de vin et retourna se coucher. Cette fois il dormit pendant des heures et ne s'éveilla que lorsque Watkin tambourina à l'huis une heure avant midi. Le dominicain s'enroula dans sa mince couverture et se hâta d'aller ouvrir. Il déverrouilla la porte et sourit devant l'air éberlué du ramasseur de crottin.

— Vous dormiez, mon père ?

Athelstan le conduisit à la cuisine. Suivant Watkin, d'autres paroissiens se rassemblaient sur les marches de l'église. Même Marston était là et regardait avec appréhension le presbytère. Le clerc s'affala à la table.

— Mon père, ça ne va pas ? Vous êtes toujours levé, d'ordinaire. Rasé, lavé, messe dite et église propre.

Watkin cachait son affection pour cet aimable prêtre derrière ses fanfaronnades habituelles.

Athelstan esquissa un sourire.

— Watkin, j'étais sur le fleuve, hier soir, avec Sir John.

— Vous y étiez, mon père ?

— J'étais, que Dieu me protège, sur la *Sainte-Trinité* quand les Français ont attaqué.

Le ramasseur de crottin se dirigea à grands pas vers la porte qu'il ouvrit à la volée.

— Notre père est un héros ! rugit-il à l'intention des autres paroissiens. Lui et Gros Cul, je veux dire lui et Sir John Cranston, ont combattu ces satanés Français sur la Tamise hier soir !

Athelstan se cacha le visage dans les mains.

— Notre prêtre est un véritable héros ! brailla Watkin. Ce que Moleskin nous a dit est donc bien vrai. Crim, va au fleuve présenter mes excuses à Moleskin pour l'avoir traité de sacré menteur !

— Le père a besoin de moi ici, geignit le gamin.

— Fous le camp, insolent petit galopin !

Watkin claqua la porte dans le dos de Crim et s'approcha en se dandinant du dominicain.

— Mon père, vous êtes pâle et vous avez l'air tout retourné.

— Pourtant, Watkin, je me sens beaucoup mieux. Au fait, je ne me suis pas conduit en héros, mais en prêtre terrorisé.

— Modeste comme toujours, modeste comme toujours !

Watkin tapota paternellement l'épaule d'Athelstan.

— Nous demanderons à Huddle de faire un tableau, dépeignant le rôle capital qu'a joué frère Athelstan dans la grande bataille navale, et de le placer dans l'église. Tout Southwark sera au courant.

Il inspira bruyamment par ses narines velues.

— On poursuit les Français dans les marais. Le gibet croule et on expose les têtes des pirates sur le Pont de Londres.

Athelstan se croisa les bras sur l'estomac.

— Que Dieu ait pitié d'eux ! chuchota-t-il.

La porte s'ouvrit.

Les ouailles du dominicain entrèrent en foule, cou tendu pour apercevoir leur prêtre devenu un héros.

— Sortez ! Sortez ! ordonna Watkin, grandiloquent. Frère Athelstan a besoin de réconfort et de consolation. Moi, le chef de votre conseil paroissial, vous transmettrai les nouvelles plus tard.

Il claqua la porte.

— Du vent ! hurla-t-il alors que l'huis se rouvrait.

Benedicta s'avança dans la pièce. Watkin perdit de sa superbe et resta là, bras ballants, tête basse, comme un gamin penaud.

— Maîtresse Benedicta ! souffla-t-il en grattant le sol de ses grosses bottes boueuses. Je ne parlais pas pour vous.

La veuve sourit, jeta un coup d'œil au visage pâle et mal rasé du prêtre, puis prit une clé pendue à un crochet près de l'huis.

— Watkin, ouvrez l'église et reprenez votre travail : il faut préparer l'estrade pour le mystère. Dites-leur que frère Athelstan viendra bientôt. Allez !

Le ramasseur de crottin s'esquiva. Une fois dehors, il proclama solennellement qu'il était chargé de l'église, qu'il tairait les secrets du père Athelstan et qu'ils devaient exécuter ce qu'il leur demanderait. Pike le fossier éleva immédiatement des objections. Athelstan sourit quand éclatèrent les querelles habituelles et que les voix s'estompèrent au loin. Benedicta s'accroupit près de lui.

— Vous n'avez point l'air si mal en point pour un héros, remarqua-t-elle à voix basse.

— Je ne suis pas un héros, Benedicta. J'avais peur. Je me suis contenté de déraper sur le pont. Un Français allait me tuer, mais il a souri et tourné les talons.

Le dominicain fixa les flammes mourantes.

— J'espère qu'il a pu fuir. J'espère qu'il est revenu près des siens. Je me souviendrai de lui pendant la messe.

— Et Sir John ?

Athelstan secoua la tête.

— Cet homme est une légende vivante. Il rote comme un porc et boit comme un trou, mais il a un cœur de lion.

Il décrivit brièvement les exploits de son ami à Benedicta.

— Oh, mon Dieu ! s'exclama-t-elle quand il eut terminé. Sir John doit être fier comme un paon !

— Il le peut, commenta Athelstan. Et rappelez-moi de lui faire souvenir, Benedicta, qu'il faut récompenser Moleskin. Sans lui les Français nous auraient pris par surprise.

— Qu'allez-vous faire à présent, mon père ?

— Je vais monter faire mes ablutions, me raser, me changer et dire la messe. Oh, au fait, où est Bonaventure ?

— Avec Ashby, répondit la jeune femme. Lady Aveline a apporté à son soupirant tout le confort possible, y compris un pichet de lait froid. Bonaventure n'en croyait pas sa chance !

— Cranston a raison, dit le clerc, ce chat n'est qu'un vaurien de petit mercenaire !

Il contempla Benedicta.

— Vous ne devriez pas rester ici, remarqua-t-il. Il y aura des commérages.

— À votre sujet ? sourit Benedicta.

— Peu me chaut ! répliqua-t-il. C'est à vous que je pensais !

Benedicta rit, se retourna et alla s'agenouiller près du feu. Elle éparpilla un peu de petit bois sur lequel elle posa une nouvelle bûche et lui sourit par-dessus son épaule.

— Ils peuvent raconter ce qu'ils veulent, mais ils ne vous croiront jamais coupable de quelque chose de mal, mon père. Comme Pike le fossier le dit avec tant de pertinence : « Mettez frère Athelstan dans une chambre pleine de catins, et il ne saura que faire ! »

Le dominicain rougit et s'en fut à l'étage. Benedicta, riant toujours sous cape, se rendit dans la resserre pour préparer un déjeuner.

Une heure plus tard, Athelstan, rasé et plus dispos, pénétra dans l'église pour célébrer la messe. Attirés par les rumeurs narrant les exploits héroïques de leur pasteur, les paroissiens se pressaient en foule dans le chœur. Mais le dominicain s'était promis de ne piper mot. Il s'apprêtait à lever la main pour les congédier quand il vit la déception sur le visage de Watkin. Il baissa la main et sourit.

— Je suis désolé, dit-il, de m'être réveillé si tard. J'ai participé à la bataille sur la Tamise hier. Pourtant, je ne me suis pas conduit en héros.

— Absurde ! cria Tab le chaudronnier.

— Mais Sir John, si, reprit Athelstan.

— Ce brave vieux Gros Cul ! s'exclama une voix.

— Bravo pour l'Écrabouilleur de chevaux ! piailla Crim.

Le clerc les regarda sévèrement.

— Vous êtes dans la maison de Dieu. Sir John est un homme très courageux et Moleskin aussi. Il pourrait bien recevoir une missive du lord-maire, sans compter une récompense bien méritée.

Il lança un regard vers l'endroit, au bord du chœur, où était assis Ashby. Ce dernier, rasé de frais et proprement vêtu, était entouré d'oreillers et de couvertures. Athelstan aperçut un livre, une coupe de fruits et un gros pichet que Bonaventure, tapi dans un coin, surveillait avec attention. Aveline était aussi présente, pieusement agenouillée, mains croisées dans son giron, tête baissée.

— Je vous remercie aussi, continua le dominicain en essayant de parler d'un ton uni, de vous être occupés de notre frère Ashby dont les soucis pourraient sous peu se dissiper. Et maintenant...

Traversant le jubé, ses yeux se posèrent sur l'estrade improvisée et il leva la main.

— La messe est dite, nous avons du travail.

Il regagna la sacristie et ôta ses vêtements sacerdotaux. Puis il aida Crim et Ashby à nettoyer les candélabres et les linges d'autel, suspendit une nouvelle lampe au-dessus du tabernacle et alla rejoindre Ashby et Aveline. Comme d'habitude, assis dans un coin du chœur, ils chuchotaient, tête contre tête. Athelstan rapprocha le tabouret que Crim utilisait quand il servait la messe.

— Lady Aveline, commença-t-il, j'ai de très tristes nouvelles à vous annoncer au sujet de votre beau-père.

Il lui fit brièvement part des conclusions qu'il avait tirées des activités illégales de Sir Henry Ospring. Ashby en eut le souffle coupé et le visage de Lady Aveline devint encore plus pâle qu'à l'ordinaire pendant que ses yeux se remplissaient de larmes.

— Mon père, murmura-t-elle quand Athelstan se tut, vous prétendez donc que mon beau-père était un traître et un meurtrier.

— C'est vous qui le dites, madame, mais, que Dieu me pardonne, tout s'est bien passé comme je vous l'ai dit.

— La Couronne saisira-t-elle ses biens ? intervint Ashby.

— J'en doute, répondit le clerc. Sir Henry est mort avant qu'on ait pu l'accuser et il n'est plus ici pour se défendre.

Il haussa les épaules.

— Pourtant la Couronne demandera sans aucun doute, par le biais de l'Échiquier, qu'on lui restitue son argent.

Athelstan eut un petit sourire en se remémorant les impitoyables contrôleurs, Peter et Paul.

— Je recommande vivement, Lady Aveline, que vous ou les hommes d'affaires de votre beau-père doubliez la somme en guise de cadeau.

Le dominicain tourna les yeux vers le jeune homme.

— Mais vous, qui étiez son écuyer, il est fort possible que l'on vous questionne.

— Je prêterai serment, rétorqua Ashby, et je produirai des témoins pour affirmer que je n'étais nullement impliqué dans les affaires de Sir Henry.

Il fit une grimace.

— Certainement pas dans celles qui mettent en cause les hommes qui lui rendaient visite au plus noir de la nuit.

Il se mordilla les lèvres et eut un grand sourire.

— Je ne suis pas sûr que Marston puisse en dire autant.

Athelstan acquiesça.

— Cependant, comme le répète Sir John, après la pluie, le beau temps. Que Dieu me pardonne, Lady Aveline, mais je ne pense pas que quelqu'un, et certainement pas le roi, pleurera votre beau-père. Par conséquent, Sir John et moi-même pensons qu'un pardon pourra vous être librement accordé à tous deux pour le meurtre de Sir Henry.

Il apaisa leurs cris de joie en levant la main.

— Quoi qu'il en soit, maître Ashby, vous êtes encore un félon et un homme recherché.

Il enleva une goutte de suif sur le revers de sa main.

— Mais ne vous faites pas de souci, sous peu je donnerai à Marston matière à réflexion.

— Pouvons-nous faire quelque chose de plus ? demanda le jeune écuyer.

— Connaissiez-vous Bracklebury ?

Ashby hocha la tête.

— C'était un homme secret et violent, mon père. Habile à manier le couteau. Comme le capitaine, il ne craignait ni Dieu ni Diable. Pourquoi ?

— Nous avons établi, expliqua le dominicain, que Roffel a pris l'argent et l'a caché à bord de la *Brillante-Lumière-de-Dieu*. Pour résumer, Bracklebury a pu renvoyer l'équipage en gardant deux hommes à bord pour pouvoir fouiller le bâtiment.

Il fit une pause en choisissant de laisser de côté les questions sans réponse qui lui hantaient encore l'esprit.

— Dieu seul sait ce qui s'est passé alors. Bracklebury a peut-être tué les deux vigies et rejoint la terre ferme. Le seul problème, c'est que la *Brillante-Lumière-de-Dieu* a continué à envoyer des signaux et que personne n'a vu de barque s'éloigner du navire.

— Bracklebury aurait pu plonger par-dessus bord, suggéra Lady Aveline, et nager jusqu'au quai.

— Non, non, c'est impossible, rétorqua Ashby.

Athelstan le regarda fixement.

— Pourquoi ?

— Mon père, savez-vous nager ?

Le clerc se souvint des jours heureux de son enfance, quand lui et son frère Francis sautaient dans la rivière, nus comme au jour de leur naissance.

— Oui, dit-il avec un peu d'embarras. Comme un poisson. Mes parents possédaient une ferme où une rivière coulait à travers les pâturages. Pourquoi ?

— Vous comprenez, mon père, les hommes du genre de Bracklebury ont sans doute grandi dans les quartiers misérables de Londres ou de Bristol. Bien des gens croient que tous les marins savent nager, mais c'est faux. Ils montent à bord quand ils sont jeunes. S'ils survivent jusqu'à l'âge adulte, ils craignent la mer, mon père, beaucoup plus que nous. Ils ont constaté qu'elle pouvait être dangereuse.

Il haussa les épaules.

— Pour le dire sans plus de façon, Brackleburry, comme les gens de son acabit, ne savait pas nager.

— En êtes-vous sûr ? demanda Athelstan. Est-ce un fait ou une supposition ?

— Oh, c'est un fait, mon père. Il me l'a avoué lui-même. Je pense que c'est la même chose pour Cabe, Coffrey et même pour ce pauvre diable de Roffel. Demandez à la plupart des marins, vous verrez que s'ils doivent abandonner le navire, ils prennent toujours quelque chose à quoi s'accrocher.

Athelstan scruta la nef où ses ouailles, diligentes comme des abeilles, s'étaient regroupées autour de l'estrade improvisée.

— Que Dieu nous aide ! murmura-t-il. Alors, comment, par l'Enfer, ce maudit Bracklebury, pour citer le célèbre Cranston, a-t-il pu quitter ce sacré bateau ?

— Et s'il avait eu un complice ? avança Ashby. Quelqu'un qui aurait amené une petite embarcation près du cogghe ?

— Sans qu'on l'ait aperçu ? objecta Athelstan.

— S'il était venu de Southwark ?

Athelstan acquiesça et se leva.

— Oui, et si les poules avaient des dents ? Feriez-vous confiance à Cabe ?

— À peu près autant qu'au Diable. Il est de la même farine que Bracklebury ! Ces deux-là et les autres officiers s'entendaient comme larrons en foire. Ce sont des hommes durs, mon père. Ils ont tous des passés troubles qu'ils préfèrent cacher.

Le dominicain le remercia, fit ses recommandations aux tourtereaux et regagna la nef. Il admira quelques instants la charrette qui se transformait peu à peu en estrade. La grande pièce de toile qui servirait de fond et de coulisses avait été attachée sur des poteaux disposés tout autour. Elle pendait lamentablement.

Huddle mettait la touche finale à sa peinture de la bouche béante de l'Enfer, sourd, dans son enthousiasme, aux avis et commentaires du reste du conseil paroissial. Le clerc sourit et se faufila dehors. Il était à mi-chemin de l'écurie de Philomel quand il se souvint, penaud, qu'il avait laissé le vieux destrier à *l'Agneau de Dieu*.

— Oh, il doit y être très bien, se consola-t-il.

Il savait que le propriétaire était un homme généreux et, tant que Philomel était au chaud, au sec et avait à portée de son museau grisonnant abondance de picotin, peu lui importait l'endroit où il se trouvait.

Il retourna au presbytère que Benedicta et Cecily la ribaude avaient nettoyé et balayé. Il prit pain et fromage dans la resserre et s'assit à table, réfléchissant tristement à la bataille de la veille.

— Que voulait dire Crawley en remarquant que tout était tellement en ordre? demanda-t-il aux flammes.

Il hocha la tête et prit un autre morceau de fromage. Qu'avait fait Bracklebury des deux autres membres de l'équipage? Comment avait-il quitté le bateau? Et, s'il détenait l'argent, pourquoi avoir tué Bernicia? Un coup à l'huis interrompit le cours de ses pensées. Bladdersniff le bailli entra, l'air avantageux, si pénétré de son importance que ses bajoues en tremblotaient.

— J'apporte un message, mon père, de Sir John Cranston. L'un des serviteurs du Guildhall me l'a remis.

Il pinça les lèvres avec affectation.

— Sir John Cranston, coroner de la ville, désire vous rencontrer à *l'Agneau de Dieu*.

Il toussa.

— Il a aussi mentionné la maison du mire.

Athelstan gémit. Bladdersniff lui jeta un regard suspicieux.

— Qu'est-ce que cela signifie, mon père ?

— Rien, maître Bladdersniff, répondit le clerc.

Il attendit le départ du bailli.

— Rien, murmura-t-il entre ses dents, si ce n'est une autre nuit loin de ma paroisse !

Soupirant, il monta dans sa chambre, quitta ses sandales, enfila des chausses de laine sous sa robe et une paire de vieilles bottes éculées. Puis il recouvrit le feu, ferma les fenêtres, prit sa cape et son gourdin et descendit sur le parvis devant l'église. Crim et ses compagnons jouaient avec des jetons sur les marches du porche.

— Crim ! Viens ici !

Le gamin se précipita en criant à ses amis que c'était à lui de jouer.

— Crim, va dire à Benedicta que je ne rentrerai peut-être pas ce soir.

— Les pirates français sont-ils revenus, mon père ?

— Non. Mais dis pourtant à ton père de fermer l'église à clé, bien qu'il doive y laisser entrer Lady Aveline.

— Ils s'aiment, n'est-ce pas, mon père ? Je les ai vus s'embrasser ! C'est un péché, dans une église, n'est-ce pas, mon père ?

Athelstan sourit au petit visage crasseux.

— Non, dit-il solennellement. Mais c'est un péché, Crim, d'espionner ce qui se passe dans une église.

— Je n'espionnais pas, mon père. Je me cachais seulement de ma sœur derrière un pilier.

Le dominicain ébouriffa les cheveux du gamin et lui glissa un farthing dans la main.

— Va acheter du massepain chez dame Merrylegs. Donnes-en un peu à ta sœur et à tes camarades — même si, ajouta-t-il l'air sombre, ils déplacent tes jetons !

Crim fit demi-tour et revint au jeu, à toutes jambes, en piaillant à tue-tête.

— N'oublie pas de transmettre le message à ton père, Crim ! lui cria le dominicain.

Il s'engagea dans la rue. Marston et deux de ses tueurs étaient installés au seuil de la taverne du *Cheval Pie*. Marston l'aperçut, se racla la gorge et cracha. Athelstan, agitant son épais gourdin, cadeau du coroner, traversa la rue et le défia.

— Vous feriez mieux de partir, Marston, le prévint-il.

— Je peux fichtrement rester là où je veux, mon père ! répondit Marston avec un petit sourire fielleux. Ce n'est pas votre église !

— C'est vrai, remarqua le clerc. Je m'inquiète seulement pour votre bien.

— Pourquoi ? demanda l'homme qui se rembrunit.

— Eh bien, chuchota Athelstan en tenant fermement son gourdin et en se penchant, nous savons à présent que Sir Henry Ospring n'était point ce qu'il prétendait être. Certains allèguent que c'était un voleur. D'autres que c'était un traître. Les commérages vont même jusqu'à affirmer qu'il n'était pas seul à être impliqué dans ces crimes et que ses complices devraient être pendus.

Marston pâlit.

— Que racontez-vous là, mon père ?

Athelstan haussa les épaules.

— Ce ne sont que ragots. Peut-être feriez-vous mieux de retourner dans le Kent, de réclamer ce qui vous appartient et de mettre le plus de distance possible entre vous et l'œil d'aigle de Sir John Cranston.

Le dominicain reprit sa route. À mi-chemin, il s'arrêta chez Basil le forgeron. Aidé par son fils aîné, un garçon noiraud, Basil travaillait dans le vaste abri ouvert aménagé sur le côté de sa chaumière. Un apprenti au nez camus, le visage couvert de suie, activait le soufflet et ranimait le feu brillant de la forge.

Basil donnait des coups de marteau, son énorme corps caché derrière un tablier en cuir, ses jambes velues protégées de guêtres de cuir contre les étincelles. Il se retourna et aperçut le prêtre.

— Bonjour, mon père. En quoi puis-je vous être utile ?

— Nous avons besoin de toi à l'église, Basil, pour poser les clous de métal qui maintiendront la toile autour de l'estrade pendant le mystère.

Le forgeron s'essuya le front d'un revers de poignet.

— J'avais bien dit à ce bâtard prétentieux de Watkin qu'il faudrait des attaches métalliques pour des poteaux aussi longs !

Il pointa son marteau vers Athelstan.

— Mon père, votre conduite sur la Tamise a été héroïque, je travaillerai donc gratuitement. Je fixerai des clous sur vos poteaux.

Il baissa la voix quand le prêtre eut fait demi-tour.

— J'en planterai même un dans la tête de ce bougre d'imbécile de Watkin !

Athelstan, tout sourire, s'éloigna. Le jour gris commençait à mourir, mais les pauvres étals et les marchés à la sauvette battaient encore leur plein et les estaminets étaient bondés de fêtards célébrant la victoire de la veille. Discrètement, Athelstan se dirigea vers le Pont de Londres où, au poste de garde, le combat lui fut brutalement remis à l'esprit. Quelques pirates français avaient été décapités et leurs têtes étaient exposées sur des piquets érigés près du corps de garde. Robert Burdon, le gardien nabot, caracolait en surveillant ce spectacle macabre.

— Mets celle-là ici ! brailla-t-il à l'un de ses aides. Non, crétin, tourne-la de façon qu'elle voie nos bateaux !

Il aperçut le dominicain.

— Dure journée, dure journée, mon père ! On dit qu'on a tué une centaine de Français. Une centaine, mon père, mais moi j'en ai combien ? Douze ou treize, guère plus ! C'est terrible, non ? Maudits officiers municipaux ! Les têtes doivent être là où elles doivent être ! Pour servir d'avertissement aux autres !

Athelstan ferma les yeux, esquissa un signe de croix et se hâta de passer outre. Il parvint à l'autre rive, heureux à présent d'être loin de Southwark, et se fraya un chemin parmi la foule. Quand il arriva à *l'Agneau de Dieu,* à Cheapside, il constata que la taverne était pleine à craquer. Cranston, resplendissant dans son meilleur justaucorps pourpre, sa chemise blanche de batiste et ses chausses bigarrées, trônait à sa place favorite où, entouré de toute une cour, il faisait une description imagée du combat naval.

— Et vous vous êtes battu contre Eustace le Moine ? demanda Leif le mendiant, chargé du rôle de faire-valoir.

— Oh, oui ! Un géant, expliqua le coroner, de six pieds six pouces de haut, avec des yeux ardents comme des braises et un visage noir comme celui de Satan ! Nous avons lutté épée contre épée !

— Et alors ? souffla Leif haletant.

— Le mouvement de la bataille nous a séparés.

Cranston, qui en était à son quatrième gobelet de clairet et qui fixait la porte d'un regard circonspect de peur de voir apparaître Lady Maude, vit son clerc assis sur un tabouret derrière la foule.

— Et il faut rendre hommage à qui de droit, meugla-t-il. À mon secrétaire et clerc, frère Athelstan, un homme d'une valeur exceptionnelle !

Toutes les têtes se tournèrent. Athelstan rougit comme une pivoine.

— Il se battait, reprit le magistrat, comme un lion et le voilà à terre. Un Français se précipite, épée levée...

— Et... ? le pressa Leif.

— L'homme recule, incapable de porter le coup fatal.

— C'est un miracle ! s'exclama le mendiant.

— Oui.

Sir John baissa la voix et reprit dans un chuchotement théâtral.

— L'ange de Dieu est descendu et a arrêté son bras, comme il a arrêté celui de David quand il était sur le point d'occire ce bâtard de Judas l'Iscariote !

Athelstan se mordit les lèvres pour refréner son fou rire ; Cranston, comme d'habitude, mélangeait les textes bibliques.

— Buvons ! cria Leif. Buvons, n'est-ce pas, Sir John, à la santé de frère Athelstan ?

Cranston acquiesça avec empressement et tendit une pièce. Le mendiant s'en empara et la jeta dans la main du tavernier.

— Vous avez entendu messire le coroner. Nous célébrons sa victoire.

Le magistrat, saisissant le regard d'avertissement de son clerc, frappa des mains.

— Mais assez pour aujourd'hui. Trop, c'est trop ! Allez, allez vider vos gobelets. Laissez-moi tranquille.

Il se leva péniblement.

— Le travail m'attend !

Le groupe se dispersa à contrecœur et Athelstan se glissa près de Cranston.

— Belle victoire, Sir John.

Cranston lui jeta un regard à la dérobée.

— Oui, mon frère. Cinq galères seulement ont atteint la haute mer. Nous avons donné à Eustace le Moine un coup de pied au cul qu'il n'oubliera pas de si tôt !

— Mais à présent, il faut que nous capturions un coquin, lui rappela le dominicain.

— Oui, murmura Cranston. Notre célèbre mire Theobald est parti et la nouvelle s'en est répandue.

Il plissa les yeux.

— Pensez-vous que le bandit frappera cette nuit, mon frère ?

Le clerc acquiesça.

— Oui, Sir John. Voici déjà quelque temps qu'il n'y a pas eu de crime en ville et Londres ne pense qu'au combat sur le fleuve. Comment se porte Crawley ?

— Il boit comme un porc à St Bartholomew.

— Et Lady Maude et les marmousets ?

— Fiers comme des paons ! Fiers comme des paons ! s'exclama le magistrat en plongeant ses lèvres dans le gobelet rempli à ras bord de clairet. Bizarre ! murmura-t-il en claquant des lèvres.

— Quoi, Sir John ?

— Eh bien, le shérif adjoint assure, comme nous nous y attendions, que personne n'a loué de barque pour aller à bord de la *Brillante-Lumière-de-Dieu,* mais ce bougre de fou de Pêcheur d'hommes m'a envoyé un message.

— Que voulait-il ?

— Me voir, mais il faudra qu'il attende.

Athelstan remercia le tavernier qui déposait une chope de bière devant lui.

— Sir John, êtes-vous certain qu'aucune embarcation ne s'est approchée de la *Brillante-Lumière-de-Dieu* le soir de la disparition de Bracklebury ?

Cranston fit signe que oui.

— D'abord, avant que vous ne posiez la question, mon frère, j'ai déjà pris des dispositions pour que la ville récompense Moleskin. Mais, pour répondre à votre vraie question, oui, j'en suis certain.

— Alors, comment Bracklebury est-il parti ? insista Athelstan. N'oubliez pas le poids de l'argent qu'il portait.

— En nageant, sans doute.

— Il ne savait pas nager. Ashby me l'a confirmé.

Cranston se rembrunit.

— Par le cul du Diable, jura-t-il, je n'y avais pas pensé ! J'ai proclamé un avis par toute la ville : Brackleburg est recherché et doit être pris vivant, si possible.

Ils discutèrent un moment en élaborant des plans et en échafaudant des hypothèses pendant que la journée touchait à sa fin. Cranston commanda et obtint une tourte et un plat de légumes qu'il partagea avec son clerc.

Puis ils partirent, traversèrent une Cheapside sombre, froide et déserte et empruntèrent un labyrinthe de ruelles pour se rendre chez Theobald de Troyes. Un intendant les fit entrer, l'air surpris.

— Sir John, maître Theobald est absent !

— Je sais, rétorqua Cranston. Et quand le chat n'est pas là, les souris dansent, n'est-ce pas ?

L'homme eut l'air abasourdi.

— Où est la valetaille ? reprit le coroner.

L'intendant désigna le couloir menant à la cuisine.

— Nous sommes en train de souper.

Le nez charnu du magistrat frémit en humant les odeurs alléchantes.

— Qu'est-ce que c'est ?

— Du chapon, Sir John, mariné dans du vin blanc et des herbes.

— J'en prendrai deux écuelles, répondit Cranston du tac au tac. Avec deux miches de pain. Apportez-les dans le grenier. Personne, céans, ne doit quitter la maison, y compris vous ! Et personne ne doit monter jusqu'à ce que je le permette. Allez, du vent, faites ce que je dis !

L'intendant s'éloigna en hâte. Athelstan et Cranston traversèrent la demeure richement meublée pour gagner le morne grenier. L'intendant, à présent totalement subjugué par le magistrat, les rejoignit avec la nourriture. Cranston lui ordonna d'apporter des chandelles et les couvertures de laine les plus épaisses qu'il pourrait trouver. On exécuta ses ordres sur-le-champ et les deux amis s'installèrent de leur mieux.

Tout d'abord, Cranston voulut absolument rapporter chaque péripétie de la bataille navale, et fit des références anecdotiques à ses jours de gloire, quand il servait avec le prince Édouard contre Philippe de France. Ensuite, l'estomac plein et après de généreuses gorgées prises à sa gourde, il commença à s'assoupir. Athelstan resta assis dans les ténèbres un long moment et se remémora la période qu'il avait lui-même passée en France en compagnie de son frère Francis qui y était mort. Il secoua la tête pour chasser ces souvenirs douloureux et se concentra, à la place, sur sa paroisse. Il pria pour que Basil le forgeron et Watkin, le ramasseur de crottin, n'en viennent pas aux mains. Ses paupières s'alourdirent et lui aussi dormit quelques instants. Puis le coroner, son épais visage à quelques pouces du sien, un doigt sur les lèvres, le secoua vigoureusement pour le réveiller. Athelstan avait froid et était ankylosé ; son bras le faisait un peu souffrir. Il tendit l'oreille. Il entendit des bruits accidentels qui montaient du bas de la maison et le cri du veilleur de nuit.

— Il est minuit ! Il fait froid, mais tout va bien !

— Ce doit être Trumpington ! chuchota le magistrat.

Athelstan était sur le point de se rendormir quand il ouït un mouvement, un simple frottement sur les tuiles, au-dessus de leurs têtes. Cranston lui agrippa le bras en sifflant :

— Éteignez les chandelles ! Ne bougez pas !

Le clerc scruta le toit entre les chevrons. N'était-ce

qu'un matou ? Son estomac se noua quand on déplaça une tuile. Puis une autre, une autre encore ; en quelques minutes on découvrit un espace qui révéla le ciel étoilé. Athelstan vit l'étoile du berger et se demanda vaguement pourquoi elle était là avant qu'une forme sombre se penche et dépose un sac. Cranston entendit un cliquètement, vit une corde que l'on glissait par le trou et une silhouette sombre descendre avec légèreté, silencieuse comme un chat. Il attendit. L'homme se tapit dans le grenier. Ses bottes étaient enveloppées de chiffons de laine. Il se dirigeait vers la porte quand le coroner bondit avec une agilité qui surprit même son secrétaire.

Le coquin, souffle coupé, s'écrasa sur le sol sous le poids du corps massif du magistrat.

— Je vous arrête ! mugit Cranston, penché sur son prisonnier qu'il serrait par le cou. Moi, John Cranston, coroner, je vous tiens !

L'homme tenta de se libérer, mais le magistrat repoussa son capuchon et lui saisit les cheveux à pleine main.

— Vous êtes fait, mon bel ami ! meugla-t-il.

Il cogna la tête du captif sur le plancher.

— Voilà pour moi !

Il la cogna une seconde fois.

— Voilà pour frère Athelstan !

Une troisième fois.

— Et voilà pour cette pauvre fille que vous avez tuée, bâtard sans cœur !

Puis il releva l'individu. Il délesta adroitement le voleur de son poignard, lui fit franchir la porte du grenier, descendre sans ménagement l'escalier, pour se retrouver dans le couloir de l'étage au-dessous. Athelstan alluma une chandelle et les suivit. Il leva la flamme vers le visage meurtri et ahuri du maraudeur.

— Je ne l'ai jamais vu auparavant.

— Non, c'est vrai, dit le coroner. Mais vous avez raison, mon frère, je parie que ce bougre-là est couvreur.

Des bruits de portes qu'on ouvrait et des cris prouvèrent que la maisonnée s'était réveillée. Cranston s'avança en haut de l'escalier et cria pour réclamer le silence.

— Vos gueules! rugit-il, en agrippant le voleur d'une seule main et en le secouant comme un chat secouerait un rat. Nous avons encore du travail, n'est-ce pas?

L'homme ne put que geindre pour toute réponse. Le magistrat descendit l'escalier en tirant son prisonnier. Athelstan suivit, en implorant Sir John d'être prudent.

— Je serai sacrément prudent! brailla ce dernier.

Les serviteurs s'étaient rassemblés, le visage pâle à la lueur des chandelles. Cranston secoua l'homme à nouveau, mit un doigt sur ses lèvres pour réclamer le silence et se posta près de la porte d'entrée. Il devait attendre depuis cinq minutes environ quand Athelstan entendit un craquement de bottes et la voix du dizainier Trumpington.

— Minuit passé! Il fait froid, mais tout va bien!

Cranston ouvrit la porte à la volée, tirant toujours son captif.

— Oh, non, mon ami! Il est fichtrement temps de dire à quel point tout va mal!

CHAPITRE XII

Sir John Cranston tendit ses grands pieds dans leurs bas-de-chausses vers la flambée. Il adressa un sourire radieux à Maude, son épouse, qui, subjuguée, s'était installée à côté de lui, mains croisées sur les genoux, sourire béat sur son visage juvénile, tresses dorées comme les blés. Son mari était triomphalement rentré chez lui et l'avait tirée du lit. Le coroner, son gobelet à vin favori en main, se délectait. Il étira ses jambes puissantes jusqu'à faire craquer ses articulations et menaça de l'index Shawditch, le shérif adjoint tout étonné, qu'il avait aussi convoqué. Athelstan ne pouvait que contempler les flammes et prier en silence de ne pas éclater de rire.

— Vous comprenez, expliqua Cranston pour la troisième fois, mon secrétaire et moi avions notre petite idée.

Il menaça Shawditch du doigt.

— N'oubliez jamais, Shawditch, la célèbre maxime de Cranston : « Si un problème existe, alors il doit aussi exister une solution. »

Il adressa un clin d'œil à Lady Maude.

— Et nous connaissions le problème. La demeure d'un marchand — vide, mis à part les serviteurs qui occupent le rez-de-chaussée — est visitée sans qu'il y ait signe d'effraction, et pillée. Le malfaiteur disparaît.

Il tambourina sur son énorme genou.

— Ce mystère aurait embarrassé tout officier de loi. Mais, quand Athelstan et moi-même nous sommes rendus dans la dernière maison cambriolée, là où cette pauvre fille a été assassinée, nous avons constaté que la paille sous le toit du grenier était un peu humide. Eh bien...

Le magistrat se pencha pour saisir la main de son clerc.

— ... en temps normal, un officier aurait pensé : « Ah, je comprends comment le voleur est entré : par le toit de tuiles. Il en a enlevé quelques-unes, s'est glissé dans le grenier, a pillé la maison, puis est reparti par le même chemin en replaçant les tuiles derrière lui. Chose plutôt facile pour un couvreur professionnel. L'inconvénient avec cette théorie, cependant, c'est qu'un autre couvreur se serait sans peine rendu compte de ce qui s'était passé.

Il lança un regard sévère au shérif adjoint.

— Est-ce clair ?

L'homme acquiesça avec vigueur.

— Nous avons donc demandé à Trumpington si on avait fait appel à un couvreur, et quand il a répondu que oui, nous avons cru à son histoire.

Cranston se pencha pour que Lady Maude remplisse son gobelet.

— Et si le dizainier avait fait examiner le toit par un professionnel qui n'avait rien trouvé de suspect, alors le voleur n'avait pu s'introduire par cette voie dans la demeure. Mais...

Il agita la main avec désinvolture.

— ... c'est là qu'intervient notre logique. Frère Athelstan et moi avons étudié l'hypothèse suivante : qu'en aurait-il été si Trumpington, le dizainier, était impliqué dans le vol, tout comme le couvreur qui avait vérifié l'état du toit ?

Il avala une grande gorgée de vin.

— Une subtile petite ruse qui aurait bien pu nous induire en erreur si nous n'avions pas remarqué que la paille était humide.

Il s'humecta les lèvres.

— N'est-ce pas, frère Athelstan ?

— Sir John, le félicita le clerc, votre logique est imparable. Trumpington et le couvreur travaillaient main dans la main. Le dizainier se renseignait pour savoir quelle maison serait désertée et comment elle était constituée. Puis, pendant qu'il faisait sa ronde, en criant que tout allait bien, son complice s'occupait à dévaliser la demeure.

— Ont-ils avoué ? s'enquit Shawditch.

— Oh, oui, et on a découvert une partie du butin chez eux, répondit le coroner. Ils sont à présent à Newgate où ils attendent d'être jugés. Pour le meurtre de la servante, ils seront pendus tous les deux.

Il se leva et réchauffa son large dos devant l'âtre.

— Maître Shawditch, dit-il avec magnanimité, prenez donc cette arrestation à votre compte.

— Sir John, je vous en remercie.

— Bagatelles ! rétorqua Cranston. Et maintenant, disparaissez. Allez vous assurer que tout ce qui a été dérobé a bien été rendu à qui de droit.

Après le départ du shérif adjoint, Cranston s'apprêtait à continuer de narrer son triomphe, et menaçait même d'en revenir à sa grande victoire sur le fleuve, quand Athelstan bâilla et s'étira.

— Sir John, je vous remercie pour votre hospitalité, mais il se fait tard et demain nous avons du travail.

— Je sais, je sais, répondit le coroner de mauvaise grâce. Ce damné Pêcheur d'hommes continue à m'envoyer des messages. Il veut sans doute être payé pour les cadavres qu'il a retirés de la Tamise.

Lady Maude se leva et désigna un coin de la pièce.

— Frère Athelstan, je vous ai préparé un lit confortable.

Athelstan remercia, se leva aussi et s'étira derechef.

— Allez, venez, Sir John.

Lady Maude prit son époux par le coude.

— Venez. Les marmousets se réveilleront tôt et vous savez qu'ils réclament toujours leur papa.

Sir John, calmé, se dirigea vers la porte et l'escalier qui menait à sa chambre. Il pivota et menaça son clerc du doigt.

— Dormez bien, mon frère, et ne vous souciez pas de Gog et Magog. Ils sont tous les deux enfermés dans la cuisine. Ils n'en sortiront pas pour vous dévorer !

Athelstan poussa un soupir de soulagement : les nouveaux protégés de Cranston, deux énormes lévriers irlandais, étaient plutôt inoffensifs mais si démonstratifs dans leurs effusions de joie qu'ils pouvaient facilement couper le souffle au visiteur non prévenu.

Sir John et sa femme quittèrent la pièce. Athelstan éteignit les chandelles et s'agenouilla près de sa couche pour dire ses prières, mais son esprit ne cessait de se remémorer Crawley gisant sur le pont et les mots qu'il avait chuchotés avant de se pâmer.

La porte s'ouvrit dans son dos.

— Mon frère ?

— Oui, Sir John ? répondit-il sans se retourner.

— Vous savez que je suis un merveilleux menteur ?

Athelstan sourit.

— Vous êtes un grand homme, Sir John !

— Non, mon frère, c'est à vous que revient tout le mérite. Au nom de cette petite servante assassinée, je vous remercie. Vous avez vu le vieux John rendre la justice.

La porte se referma. Le prêtre acheva ses prières, se signa et se coucha. Il avait eu l'intention de rester éveillé un moment pour réfléchir, mais à peine sa tête avait-elle touché l'oreiller qu'il sombra dans le sommeil.

Son réveil le lendemain matin fut cependant loin d'être paisible. Quand il ouvrit les yeux, l'un des grands lévriers s'était couché sur lui. Les marmousets, qui considéraient Athelstan comme un oncle favori, titubaient sur leurs petites jambes en brandissant des morceaux de pain enduits de miel. Avec force éclats de rire, ils essayaient de lui en faire avaler un. Athelstan, encore à moitié endormi, sortit du lit dans un tourbillon de membres agités, de petits corps tendres et de morceaux de pain poisseux. Magog, l'autre lévrier, surgit lui aussi et prit part au vacarme grandissant. Si le clerc dédaignait le pain et le miel, les chiens, eux, ne l'entendaient pas de cette oreille et ils se mirent à donner de petits coups de tête dans le ventre grassouillet des bébés.

Lady Maude surgit et ses quelques mots prononcés avec calme eurent l'effet désiré. Les chiens disparurent sous la table. Les marmousets les y auraient volontiers rejoints, mais leur mère les attrapa et les entraîna vers leur toilette matinale. Boscombe, le petit intendant rondouillard de Cranston, modèle de courtoisie raffinée, apparut avec du savon, une toaille et un rasoir.

Athelstan fit ses ablutions et se rasa devant le feu puis alla retrouver Sir John, vêtu plus sobrement, pour partager son petit déjeuner dans la cuisine. Leif le mendiant arriva également. L'appétit de ce dernier, pourtant maigre comme un clou, ne cessait de surprendre Athelstan : on aurait dit qu'il était toujours sur le point de mourir d'inanition. Leif était accompagné de son compagnon Picknose[1] — surnommé ainsi à

1. *Pick* : gratter. *Nose* : nez. *(N.d.T.)*

cause d'une dégoûtante manie. Éperdus d'admiration, ils buvaient les paroles de Sir John qui, s'aidant de couteaux et de morceaux de pain, leur décrivait l'attaque d'Eustace le Moine sur la Tamise. Athelstan, sans leur prêter attention, avala rapidement son repas et sortit. La matinée, malgré un ciel clair, était glaciale. Il se dirigea vers St Mary-le-Bow, où l'affable desservant lui permit de célébrer la messe dans une chapelle particulière.

Quand le clerc quitta l'église, Cranston l'attendait. Il lui tendit sa chape et son gourdin.

— Je suis allé rendre visite à cette vieille rosse que vous avez, dit-il.

— Philomel n'est pas une vieille rosse, Sir John. Il vous ressemble un peu : c'est un solide destrier qui a connu des jours meilleurs.

Cranston hurla de rire. Ils descendirent Bread Street et traversèrent Old Fish Street et Trinity pour se rendre sur le quai. La ville s'éveillait. Des carrioles passaient à grand fracas, tirées par de puissants chevaux aux crinières hérissées ; des nuages de vapeur s'élevaient de leurs flancs dans l'air froid du matin. Des colporteurs poussaient leur voiture à bras. Des apprentis, les yeux lourds de sommeil, trop peu alertes encore pour comploter quelque méfait, déployaient les éventaires et éteignaient les lampes suspendues devant la maison de leur patron. Par les fenêtres des étages on vidait les pots de chambre et un marchand au visage carré, couvert de déjections nocturnes, trépignait de colère. Les ramasseurs d'ordures étaient au travail, grattant la boue dans les caniveaux et enlevant les détritus de la veille, détritus comprenant les chats morts et un chien à l'échine rompue par un chariot. Un groupe de moines bénédictins escortait un cercueil vers l'une des églises. Un chanteur des rues distrayait la foule matinale en racontant comment il avait été transporté comme par sorcellerie dans une fabuleuse ville enchantée, sous la montagne vers Dublin. Quelques fêtards ivres, corde au cou, chausses sur les chevilles, étaient conduits à la Tun où ils passeraient la matinée enfermés dans une grande cage. À l'entrée de Vintry, deux pieux plantés dans le sol portaient les têtes des pirates français exécutés, les traits méconnaissables sous les ordures et les déchets qu'on leur avait lancés.

Cranston et Athelstan parvinrent au quai, encombré de vaisseaux marchands ; le ciel était presque obscurci par une forêt de mâts, d'espars et de d'élingues. Ils passèrent devant *l'Alep*, le *Georges*, le *Christophe* et le *Coq-Noir*, cales grandes ouvertes pour recevoir des ballots de laine anglaise, de fer, de sel, de viande et de tissus venus des villes des Midlands. Athelstan, jetant un coup d'œil entre les bateaux, aperçut les cogghes de guerre à l'ancre. Cranston le conduisit jusqu'à l'estaminet où ils avaient précédemment rencontré le Pêcheur d'hommes. Il demanda à voix basse au cabaretier d'aller chercher le bonhomme, commanda deux chopes de bière et s'installa dans le même coin de la taverne que la dernière fois. Le Pêcheur d'hommes ne tarda guère. Son étroit visage de squelette rayonnait de plaisir à l'idée des profits qu'il avait moissonnés en détroussant les cadavres et en repêchant les corps dans le fleuve. Ses gargouilles dans l'expectative se pressaient sur le seuil. L'homme déclina la proposition de rafraîchissement de Cranston, mais claqua des mains et fit un salut moqueur aux deux compagnons.

— Monseigneur, Votre Sainteté ! Vous daignez enfin nous honorer de votre présence !

— Allez vous faire foutre ! aboya Sir John. Vous nous faites perdre notre temps !

— Oserais-je gaspiller le temps du puissant Cranston ? Non, accompagnez-moi, messire le coroner, et je vous montrerai un grand mystère.

Cranston haussa les épaules. Lui et son clerc suivirent la sinistre silhouette et sa bande disparate dans la ruelle, puis dans un labyrinthe de venelles qui sentaient l'urine, jusqu'à un grand entrepôt délabré.

— Oh, mon Dieu ! haleta Cranston. Par les tétons du Diable ! Il va nous montrer ses marchandises !

Le Pêcheur d'hommes sortit une clé, ouvrit l'huis et les fit pénétrer dans les ténèbres. Athelstan fut immédiatement pris de haut-le-cœur devant l'odeur de poisson et d'eau croupie mêlée à la puanteur écœurante de la corruption. Les gargouilles se rassemblèrent autour de lui.

— Des lumières ! réclama le Pêcheur d'hommes. Que la lumière soit, car la lumière ne luit pas dans les ténèbres !

Athelstan tendit la main pour chercher un point d'appui et sentit quelque chose de froid, d'humide et de spongieux. Il baissa les yeux et ravala son cri en voyant que c'était le visage gris et gonflé d'un cadavre. Il s'essuya les doigts sur sa robe et attendit qu'on allume torches et chandelles.

— Oh, pour l'amour de Dieu ! souffla Cranston, Mon frère, regardez ça !

L'entrepôt ressemblait à une vaste grange. De-ci de-là, dans des caisses de fortune que le Pêcheur d'hommes avait dû dérober un peu partout, se trouvaient les dépouilles de ceux qu'on avait retirés de la Tamise ; il y en avait bien quarante ou cinquante. Athelstan aperçut une jeune femme au visage mince, un archer dont la poitrine était barrée d'une blessure sanglante, une vieille femme gisant sur des loques jaunes trempées et même un petit chien qui avait dû tomber des bras de quelqu'un.

— Par ici ! Par ici !

Le Pêcheur d'hommes les amena à l'autre bout du local, où une caisse à flèches était appuyée contre le mur. Elle contenait le corps d'un homme. Le clerc, sentant qu'il allait vomir, détourna le regard. Cranston, lui, examina le cadavre avec grand soin. C'était celui d'un homme de haute taille, bien bâti, aux cheveux noirs et aux traits fins ; le visage sans yeux avait été rongé par les poissons et la chair en était bouffie et délavée comme de la vieille laine blanche que l'on aurait plongée dans de l'eau sale. L'homme n'avait plus ses bottes — elles faisaient partie, comme les autres possessions du défunt, du butin du Pêcheur d'hommes. La mince chemise de lin était ouverte et le coroner distingua une ecchymose rouge sombre sur la poitrine et des marques sur le cou. Le Pêcheur d'hommes cabriolait devant la dépouille.

— Regardez, regardez, regardez, de qui il s'agit !

— Je ne vois qu'un cadavre, répondit Sir John d'une voix sèche. Sans doute celui d'un matelot.

— C'est vrai ! C'est vrai ! Mais de quel matelot ?

Cranston lui lança un regard mauvais.

— L'un de ceux tués dans la bataille ?

— Oh, non, non ! C'est Bracklebury !

Athelstan écarquilla les yeux de surprise. Cranston observa de plus près le cadavre.

— Cela correspond à votre description, messire le coroner, bien que rien sur lui ne permette de l'identifier.

Cranston jura entre ses dents.

— Par le cul du Diable, c'est bien ça ! Cheveux bruns, une cicatrice sous l'œil gauche, la trentaine un peu passée, mais...

— Il est resté dans l'eau au moins, oh, cinq ou six jours, précisa le Pêcheur d'hommes.

Athelstan secoua la tête.

— Mais Bracklebury était encore vivant il y a deux jours ! Il a assassiné Bernicia !

Les gargouilles, près de lui, pouffèrent de rire.

— Impossible ! cria le Pêcheur d'hommes en tendant la main vers Cranston. Comment un homme pourrait-il être noyé et, en même temps, déambuler pour tuer les gens ?

Athelstan négligea son ton dédaigneux et s'approcha.

— Y a-t-il des blessures ? s'enquit-il.

— Aucune, répondit le bonhomme. Pas une égratignure. Seulement celles-ci.

Il désigna la contusion rouge sur la poitrine et les légères écorchures de chaque côté de la gorge.

— On lui a passé quelque chose autour du cou.

Le coroner recula en secouant la tête.

— Ce n'est pas possible, murmura-t-il. Bracklebury est encore vivant.

— Je réclame ma récompense, intervint le Pêcheur d'hommes.

— Sir John, sortons d'ici, chuchota Athelstan.

Ils regagnèrent la venelle, le Pêcheur d'hommes et ses gargouilles s'agglutinant à leurs côtés.

— Écoutez, mugit Cranston, je veux des preuves !

Il tapa des pieds et jeta un regard autour de lui.

— Je veux la preuve qu'il s'agit bien de Bracklebury !

Il menaça du doigt le Pêcheur d'hommes.

— Vous avez des espions par toute la ville. Dites-leur de me retrouver au cabaret.

Il énuméra la liste des individus qu'il désirait voir — les officiers du bateau comme Emma Roffel.

— J'exige qu'ils me rejoignent à la taverne dans moins d'une heure. Je me moque comme d'une guigne de ce qu'ils sont en train de faire !

Le Pêcheur d'hommes parut ravi à l'idée de disposer d'un tel pouvoir. Il était rare qu'il puisse donner des ordres aux habitants de la cité dans laquelle il se tapissait. Lui et ses gargouilles se dispersèrent dans la ruelle, pendant que Cranston leur hurlait encore une fois qu'ils devaient rassembler tout le monde à l'estaminet. Il y ramena Athelstan et s'effondra sur un tabouret. Appuyant son large dos dans le coin du mur, il rugit pour qu'on lui apporte de quoi se restaurer jusqu'à ce que toutes les souillons de l'établissement sautent comme des puces sur un chien folâtre.

— Ce ne peut pas être Bracklebury, dit-il à mi-voix. Et pourtant ce doit être lui.

Athelstan remercia le tavernier et poussa la nourriture et le gobelet de clairet qu'il venait d'apporter vers son ami.

— Si ce n'est pas le corps de Bracklebury, remarqua-t-il, il reste notre principal suspect. Mais si c'est lui, alors, pour citer un célèbre coroner de ma connaissance : « Par le cul du Diable ! »

— Ou les tétons du Diable ! sourit Cranston.

— Oui, ça aussi, Sir John !

Athelstan sirota une gorgée de sa chope de bière.

— S'il s'agit de Bracklebury, alors qui a tué Bernicia ? Et, plus important, qui a tué Bracklebury ? Pourquoi et comment ?

Cranston se frotta les joues.

— Vous savez, mon frère, mon cauchemar c'est que, en nous concentrant sur Bracklebury, nous avons oublié les deux autres marins. Nous ignorons même leurs noms. Et si c'était eux les coquins de l'histoire ?

Les hypothèses se bousculaient dans l'esprit d'Athelstan.

— Les cogghes de guerre vont bientôt prendre la mer, observa Cranston. Et les officiers de la *Brillante-Lumière-de-Dieu* partiront avec eux. Rien ne sera élucidé.

— Avez-vous récupéré l'argent, Sir John ?

Athelstan se retourna tout à trac et le coroner leva les yeux sur les deux contrôleurs qui, ayant surgi tout d'un coup, se tenaient en silence près d'eux, leur sourire faux sur leur visage rond démenti par leur regard implacable.

— L'Échiquier réclame son argent, insista Peter.

— Et sans plus tarder ! précisa Paul.

Sans qu'on les y ait invités, ils avancèrent des tabourets mais refusèrent d'un signe de tête quand Cranston leur proposa de se restaurer.

— Non, Sir John, nous ne sommes point venus pour manger et boire. Nous sommes céans pour l'argent du roi. Votre enquête a-t-elle progressé ?

Le coroner leur résuma leurs découvertes à bord de la *Brillante-Lumière-de-Dieu*.

— Vous avez donc trouvé la cachette, mais pas l'argent ? conclut Paul.

Cranston acquiesça.

— Les trésoriers nous ont accompagnés, ajouta Peter. Vous comprenez, cet argent avait été récemment frappé.

Il eut un sourire mauvais.

— Quand on achète espions et traîtres, ils commencent toujours par mordre les pièces !

— Mais comment aurait-il pu être battu depuis peu ? objecta le coroner. C'est Sir Henry qui l'a envoyé à l'Échiquier !

— Le lingot d'argent qu'il a expédié a été fondu et on en a tiré des pièces frappées du sceau à la Tour.

— Et ce sont ces pièces que vous cherchez ? demanda Athelstan.

— Oui.

— Vous n'en avez trouvé nulle trace ?

— Je n'ai pas dit ça. Un orfèvre de Candlewick Street a reçu la visite d'un de nos trésoriers. Quelques-unes de ces pièces circulent déjà.

— Combien transportait votre espion quand Roffel a attaqué le bateau ?

— Cent groats, répondit Peter.

— Cent groats en pièces fraîchement battues sur le marché ! s'exclama Cranston.

Athelstan leva la main.

— Et vous avez interrogé l'orfèvre, bien entendu ?

— Oh, certes ! Nous l'avons même menacé d'un court séjour dans le cul-de-basse-fosse le plus profond de la Tour.

— Et que vous a-t-il raconté ?

— Peu de chose. Mais il a décrit un homme, un marin fort et bien bâti, vêtu d'un justaucorps de cuir usé, les cheveux attachés sur la nuque. Du moins c'est ce dont il se souvient.

— Et son visage ?

— Il avait rabattu son capuchon. L'orfèvre n'a rien trouvé de suspect. L'homme a déclaré que l'argent était son salaire pour avoir ramené du butin à la Couronne. Bien sûr la cupidité du marchand l'a dispensé de toutes autres questions.

— Et quelle somme a-t-il échangée ?

— Dix groats. Ce qui nous inquiète, c'est qu'il est facile de retrouver de l'argent à Londres, mais que se passera-t-il si ce matelot se rend à Norwich, Lincoln, Ipswich ou Gloucester ?

Cranston mit un doigt sur les lèvres quand les officiers de la *Brillante-Lumière-de-Dieu*, conduits par Cabe, entrèrent dans la taverne. Ils avaient, pour la plupart, l'air las et plutôt furieux d'avoir été interrompus dans leurs occupations pour subir un autre interrogatoire. L'un des contrôleurs jeta un coup d'œil par-dessus son épaule ; il donna une tape sur le bras de son compagnon et tous deux se levèrent.

— Nous reviendrons, Sir John.

Ils remontèrent leur capuchon et se glissèrent sans bruit hors de la taverne. Cabe, Coffrey, Minter et Peverill étaient à présent près de Cranston, les pouces passés dans leurs larges ceinturons de cuir, leurs justaucorps tachés de sel retroussés pour arborer poignards et courtes épées. Athelstan se demanda en passant ce qui arriverait si les quatre hommes étaient amenés chez l'orfèvre. Mais cela ne prouverait pas grand-chose et ne pourrait que donner l'alerte. L'orfèvre craindrait de tremper dans cette affaire. De plus, le mystérieux matelot qui avait apporté l'argent pouvait n'être qu'une tierce personne innocente dont s'était servi le voleur et meurtrier pour cette transaction particulière. Le dominicain cligna des yeux quand Cabe, se penchant, chuchota quelque chose à l'oreille du coroner. Ce dernier se contenta de lui renvoyer un regard noir.

— Je suis heureux que vous soyez venus, mentit le magistrat. Mon excuse pour vous avoir convoqués, c'est que j'ai pensé que vous aimeriez revoir un vieil ami.

— Fichtre, que voulez-vous dire ? demanda Peverill.

Cabe recula.

— Roffel n'est pas sorti de sa tombe ?

Cranston eut un geste de dénégation, un grand sourire et avala une gorgée de vin.

— Non, mais c'est peut-être le cas de Bracklebury.

— Bracklebury ! s'écria Coffrey. Vous l'avez capturé ?

— D'une certaine façon, oui.

— De quoi s'agit-il ? gronda Cabe. Qu'est-ce que cela signifie, Sir John, que d'être arrachés par un ruffian loqueteux à notre travail sur le quai ?

Cranston regarda le seuil par-dessus la tête de Cabe. Emma Roffel se tenait près de la porte, traînant à sa remorque l'omniprésente Tabitha. Le Pêcheur d'hommes au visage maigre et aux cheveux roux la suivait.

Emma s'avança avec majesté vers le coroner.

— Vous feriez mieux de ne pas me faire perdre mon temps, Sir John !

Elle jeta un regard de dédain aux officiers de son défunt mari.

— Qu'y a-t-il, à présent ?

— Venez voir ! Venez voir ! cria le Pêcheur d'hommes sur le seuil. Une pantomime va commencer. Les acteurs sont prêts.

— Venez, Sir John, chuchota Athelstan.

Cranston comprit que les officiers et Emma Roffel étaient sur le point de partir en protestant ; il se leva donc avec peine.

— Ce n'est pas une amusette, les prévint-il. Vous feriez tous mieux de m'accompagner.

Ils repartirent à l'entrepôt, sur les talons des gargouilles et du Pêcheur d'hommes. Ce dernier ouvrit la porte et les fit entrer. Pendant que les autres allumaient chandelles et torches, il les fit passer devant les sinistres cadavres en décomposition qui gisaient sur le sol ou sur les tables improvisées.

Athelstan jeta un coup d'œil à ses compagnons. Emma Roffel, pâle devant ce spectacle, soutenait Tabitha. La servante, yeux mi-clos, avait agrippé le bras de sa maîtresse et détourné le visage pour ne pas voir les têtes livides et les yeux grands ouverts et fixes. Même les marins, pourtant habitués aux batailles et à la mort soudaine, avaient perdu de leur superbe. Coffrey était à l'évidence nerveux et, à un moment, se retourna avec des haut-le-cœur tant l'odeur était insupportable. Ils parvinrent enfin devant la caisse de flèches. Le Pêcheur d'hommes leva une torche, ce qui fit émaner du visage de la dépouille une inquiétante lumière.

— Oh, mon Dieu ! souffla Minter, le chirurgien du bateau, en s'accroupissant.

Coffrey se détourna. Peverill écarquilla les yeux. Cabe, qui paraissait stupéfait, s'approcha et fixa le visage du défunt.

— Est-ce Bracklebury ? questionna Cranston.

— Que Dieu l'ait en Sa sainte garde ! chuchota Minter. Oui, bien sûr que c'est lui !

— Le reconnaissez-vous tous ?

Un chœur de « oui » lui répondit.

— Maîtresse Roffel, est-ce l'homme qui vous a ramené le corps de votre époux ?

— Oui, dit-elle dans un souffle, c'est bien lui.

— Alors je proclame et déclare, dit Cranston avec solennité, que ci-gît la dépouille de Bracklebury, second à bord de la *Brillante-Lumière-de-Dieu*, assassiné par un ou des inconnus. Dieu fasse qu'ils soient rapidement jugés !

Le coroner désigna le Pêcheur d'hommes.

— Vous pouvez solliciter votre récompense.

Il se tourna vers le chirurgien.

— Pouvez-vous nous dire comment cet homme est mort ?

Minter, surmontant son dégoût, tira le cadavre gonflé d'eau de la caisse et le coucha sur le sol.

— Avez-vous encore besoin de moi, Sir John ? demanda Emma Roffel.

— Non, non, bien sûr que non. Je vous remercie d'être venue.

Minter déshabillait le corps et l'examinait avec grand soin, en le manipulant comme s'il s'agissait d'un poisson mort sur le quai.

— Eh bien ? questionna sèchement le coroner.

— Pas de signe de coup sur la tête ou de coups de poignard. Pas de marques de violence, sauf ceci...

Il retourna le sinistre cadavre et montra les écorchures sur les côtés du cou et la large zébrure sur la poitrine.

Emma Roffel, faisant demi-tour et soutenant toujours une Tabitha éplorée, dérapa sur le sol. Athelstan la retint par la main.

— Courage ! murmura-t-il.

— Merci, répondit-elle. Si vous pouviez m'aider, mon frère.

Le dominicain escorta les deux femmes jusqu'à l'air frais et froid. Emma Roffel écarta Tabitha.

— Allons ! la réprimanda-t-elle. Pour l'amour de Dieu, ce n'est pas toi qui es au fond d'une boîte comme un poisson !

Tabitha gémit et s'approcha de sa maîtresse. Emma jeta un coup d'œil au clerc.

— Quand tout cela se terminera-t-il ? questionna-t-elle. Ne voyez-vous pas, mon frère, que ces pirates là-bas ne valent pas mieux que mon époux ? Ils connaissent la vérité !

Et, pivotant sur ses talons, elle entraîna une Tabitha sanglotante.

Athelstan regagna l'entrepôt où Cranston et les autres étaient encore penchés sur le corps de Bracklebury.

— Pourquoi ? s'inquiéta tout à coup le coroner.

— Pourquoi quoi, Sir John ?

— Eh bien, Bracklebury a apparemment séjourné dans l'eau quelque temps. Mais tout le monde ignore pourquoi et ce qui a causé ces marques sur sa poitrine et son cou. Pourtant ce qui m'intrigue vraiment, c'est ceci : pourquoi son corps réapparaît-il maintenant ?

Cranston regarda Cabe, adossé à un pilier de bois. Encore choqué, le lieutenant fixait son camarade mort.

— Maître Cabe, qui étaient les deux autres matelots ? Comment s'appelaient-ils ?

Cabe ne pipa mot.

— Maître Cabe, le nom des deux autres marins ?

— Hein ?

Le second se frotta les joues.

— Clement et Alain. Ils étaient de Londres, du moins je crois.

Athelstan ne quittait pas des yeux le Pêcheur d'hommes, qui s'aperçut de son insistance.

— Qu'y a-t-il, mon frère ?

— Pouvez-vous expliquer pourquoi la dépouille de Brackleburry a subitement réapparu ?

— Non, mon frère, je ne peux pas.

Le dominicain se remémora le combat naval. Les images envahirent son esprit : les catapultes que l'on chargeait de boulets, les galères s'écrasant contre le cogghe pour l'envoyer se balancer au mitan tumultueux du fleuve. Il adressa un sourire au cadavre.

— Bien sûr ! chuchota-t-il en tapant du pied dans son excitation. Sir John ! s'exclama-t-il. Je crois que nous devrions retourner sur la *Brillante-Lumière-de-Dieu*. Notre bon ami, ici présent, le Pêcheur d'hommes, pourrait nous aider.

— Comment ? s'enquit l'étrange bonhomme.

— Connaissez-vous un bon nageur ? reprit Athelstan en faisant signe au coroner de garder le silence. Quelqu'un qui ne craint pas les courants de la Tamise ?

Le Pêcheur d'hommes eut un triste sourire, porta un doigt à ses lèvres et siffla longuement.

— Icthus !

Une des gargouilles encapuchonnées se détacha du groupe et se précipita.

— Voici Icthus, dit le Pêcheur d'hommes. Nous l'appelons ainsi parce que c'est le mot grec qui signifie poisson. Là où ils vont, il peut les suivre, n'est-ce pas, Icthus ?

Celui-ci repoussa son capuchon. Athelstan le contempla, partagé entre la stupéfaction, la révulsion et la compassion. Soit il était défiguré de naissance, soit il avait été victime d'une terrible maladie. Il était émacié, et bien qu'il ne fût encore qu'un enfant, complètement chauve. Mais ce qui retenait l'attention horrifiée de chacun, c'était son visage. Il avait la tête d'un poisson : peau écailleuse, petit nez plat, bouche de morue et yeux si écartés qu'ils semblaient être de chaque côté de sa figure.

— Voici Icthus, répéta le Pêcheur d'hommes. Il ne prend qu'une pièce d'argent.

Athelstan s'obligea à regarder le garçon.

— Veux-tu nager pour nous ?

La bouche de morue s'ouvrit. Icthus n'avait ni dents ni langue, juste des gencives rouge sombre. Il ne pouvait répondre que par un bruit guttural et étouffé. Mais il acquiesça vigoureusement en réponse à Athelstan.

— Bien, dit ce dernier. Retournons à ce bateau oublié de Dieu.

Il sourit au coroner.

— Et sans poser de questions, s'il vous plaît.

CHAPITRE XIII

La *Brillante-Lumière-de-Dieu* se préparait à prendre la mer quand Cranston, Athelstan et leurs deux étranges compagnons montèrent à bord. Le jeune capitaine reçut chaleureusement le prêtre qu'il écouta avec attention, tout en observant le Pêcheur d'hommes et Icthus. Puis il acquiesça.

— Tout ce que vous voulez, mon père, mais la Tamise est large.

Athelstan jeta un coup d'œil autour de lui. Tout signe de bataille avait été effacé. Grâce à Dieu, même les corps des Français avaient disparu. Il se dirigea vers le bastingage et scruta Queenshithe en tentant d'imaginer cette sombre nuit et le va-et-vient des lanternes clignotantes. Qui, se demandait-il, avait été le guetteur, sur le rivage ? Qui avait tué Bracklebury ? Il recula. On aurait pu l'apercevoir de la rive. Mais la nuit où Brackleebury avait disparu, une épaisse brume marine s'élevait sur le fleuve. Le clerc fit signe à Cranston de le rejoindre et, épié par un équipage curieux, le Pêcheur d'hommes attrapa le maigre bras d'Icthus et entraîna le jeune garçon vers le bastingage. Le dominicain s'approcha et désigna un endroit à tribord, près de la poupe.

— Plonge ici ! dit-il.

— Pour l'amour de Dieu, mon père, haleta le capitaine, en êtes-vous sûr ? Aucun cadavre n'a pu résister aux courants.

Même Cranston semblait sceptique.

— Veux-tu plonger, Icthus ? demanda le dominicain avec douceur en tapotant la joue du jeune garçon. Ne te crois pas obligé, mais tu pourrais nous aider à découvrir la vérité.

L'étrange bouche d'Icthus se fendit d'un grand sourire. Il ôta sa robe qu'il jeta en boule sur le pont et se dressa, son corps maigrelet revêtu en tout et pour tout d'un pagne de laine. Ignorant les quolibets des marins devant sa maigreur, il monta sur le bastingage, sourit à Athelstan en découvrant largement ses gencives et glissa dans le fleuve. Il y eut quelques bulles à la surface, puis il disparut. Le dominicain scrutait l'eau, espérant voir resurgir le garçon, mais le temps passait et son estomac se noua de terreur. Il jeta un coup d'œil au Pêcheur d'hommes.

— Est-il en sécurité ?

— Autant que s'il était ici, répondit le bonhomme d'un ton mordant en adressant un regard noir aux matelots qui ricanaient sous cape.

Cranston sortit sa gourde. Il la proposa au capitaine qui refusa d'un geste. Le coroner but donc une large rasade, rota et s'avança d'un pas lourd vers le bord du navire.

— Allez ! rugit-il, penché sur l'eau. Par le Diable, où es-tu passé ?

L'eau se rida et, comme en réponse aux cris de Sir John, Icthus émergea. Il crachota, sourit bizarrement, ferma la bouche, prit une inspiration par le nez et disparut à nouveau. Cette fois, il mit un peu moins de temps pour remonter à la surface, frappa des mains et agita les pieds, puis fit mine de donner un coup de poignard tout en levant un doigt.

— Il veut une dague ! s'exclama le Pêcheur d'hommes. Sir John !

Cranston tira son long poignard acéré et le lança à Icthus qui le saisit avec adresse avant de replonger. Lorsqu'il réapparut, il tenait un sinistre fardeau.

— Que Dieu soit loué ! souffla Cranston. Si je ne l'avais pas vu de mes propres yeux, je ne l'aurais jamais cru !

On largua cordes et filets et les hommes d'équipage se hâtèrent de prêter main-forte. Ils agrippèrent le corps qu'Icthus avait ramené à la surface et firent basculer à bord le nageur et le cadavre alourdi d'eau.

— C'est Alain ! déclara Peverill en s'avançant. Par tous les diables, qu'est ceci ?

Icthus avait renfilé sa robe et, accroupi auprès de la dépouille, tenait en main une corde à laquelle était attaché un boulet de métal. Il gesticula pour signifier qu'elle avait été liée au cou du cadavre. Athelstan scruta le visage émacié du mort, qui avait tourné au vert pâle et portait les mêmes marques violettes que celui de Bracklebury. Le cadavre était gonflé d'eau, ce qui altérait à la fois les traits du visage et le corps. Le dominicain remarqua les taches rouge sombre de chaque côté du cou et la marque de contusion à l'endroit où le boulet avait frappé la poitrine de l'homme.

— Eh bien, mon frère ? interrogea Cranston en titubant plutôt dangereusement sur ses jambes.

Le clerc souleva la lourde boule de métal et constata que la corde était passée dans un petit anneau.

— Capitaine, cela fait-il partie de l'armement du navire ?

Le marin acquiesça et montra des caisses de boulets en métal entassées un peu plus loin sur le pont.

— Nous en chargeons les catapultes, expliqua-t-il. La corde est parfois durcie de poix enflammée afin que le boulet non seulement cause des dommages mais aussi mette le feu.

Il regarda la dépouille avec dégoût. Un des yeux avait été mangé et le capitaine s'éloigna à grands pas.

Minter, le chirurgien, s'accroupit alors près du corps qu'il commença à examiner avec grand soin.

— L'assassin de Bracklebury et d'Alain, quel qu'il soit, précisa Athelstan, les a rendus inconscients puis leur a fixé ces poids autour du cou pour qu'ils coulent.

— Pour autant que j'en puisse voir, mis à part ces lacérations sur le cou et la marque sur la poitrine, il n'y a point d'autre blessure, commenta Minter.

Cranston claqua des doigts pour inviter le Pêcheur d'hommes et son étrange compagnon à les rejoindre. Il déposa une pièce d'argent dans la main d'Icthus.

— Y a-t-il un autre cadavre au fond ?

Icthus eut un geste de dénégation.

— En es-tu sûr ? insista le magistrat.

Icthus acquiesça.

Cranston piaffa de colère et leva les yeux sur le ciel qui s'assombrissait.

— Par les cornes du Diable, mon frère, qu'allons-nous faire ?

Le dominicain, lui aussi, regarda le ciel ; idées, sensations et impressions multiples se bousculaient dans son esprit. Il avait envie de retourner à St Erconwald, de s'installer devant le feu et de mettre de l'ordre dans le chaos de son esprit.

— Mon frère, l'interpella Cranston avec méfiance, est-ce que ça va ?

Athelstan, souriant, se tourna vers le capitaine.

— Dites-moi, messire, les étoiles se déplacent-elles dans le ciel ?

Southchurch haussa les épaules.

— C'est ce que prétendent bien des gens, mon père.

— Et qu'en pensez-vous ?

— J'ai servi autrefois en Méditerranée. J'y ai rencontré un capitaine égyptien qui affirmait que les étoiles ne bougeaient pas, mais que la terre était une sphère qui tournoyait dans l'espace.

Athelstan observa les nuages sombres. Il avait déjà entendu énoncer ces théories.

— Athelstan ! appela sèchement le coroner.

Le dominicain lui fit un clin d'œil. Il jeta un regard aux officiers et observa Cabe avec circonspection. Ce dernier semblait encore sous le coup de ce qu'il avait vu dans l'après-midi.

— Nous avons retrouvé Bracklebury, déclara Athelstan, et nous avons retrouvé Alain, mais où est le corps du pauvre Clement ?

Il fouilla dans son escarcelle et tendit des pièces à Icthus et au Pêcheur d'hommes. Puis il remercia le capitaine et prit Cranston par le coude.

— Venez, Sir John, cela suffit. Dieu sait que j'ai mon content de la méchanceté humaine.

Une barque les ramena sur la berge. Ils regagnèrent sans un mot, à travers un dédale de rues, *l'Agneau de Dieu,* où le dominicain pourrait reprendre sa monture.

Le mutisme prolongé de son compagnon ne fit qu'accroître la colère du coroner. Athelstan, grommelant qu'il devait retourner à St Erconwald, refusa même de se restaurer.

— Mon frère, rugit Cranston, exaspéré, quand son ami fut sur le point de le quitter, que pensez-vous de toute cette histoire ?

Le dominicain secoua la tête.

— Je ne le sais pas moi-même, Sir John.

— Dois-je diffuser une description de Clement ? demanda le coroner en se raclant la gorge et en crachant. Si ça continue, je vais avoir l'air d'une fieffée dupe. Chaque fois que je cherche quelqu'un, on le retrouve noyé !

Il lorgna son clerc du coin de l'œil.

— Vous ne m'avez toujours pas dit comment Bracklebury et Alain ont été tués.

Athelstan s'arrêta dans la cour de l'écurie pour attendre qu'on ait sellé Philomel.

— Bracklebury, Alain et Clement ont tous été drogués.

Il hocha la tête.

— J'ignore comment et par qui, mais quand j'ai examiné le corps de Bracklebury j'ai présumé que quelqu'un lui avait attaché un poids autour du cou et l'avait jeté par-dessus bord. C'était un homme vigoureux, il a donc fallu qu'il soit inconscient pour ne pas résister. Mais comme il n'y avait ni trace de contusion sur le crâne ni blessure sur le corps, ma conclusion est qu'il a été drogué.

Il fit une pause pour flatter Philomel.

— Alain et Clement ont subi le même sort. On les a sans doute tous jetés par-dessus bord depuis le pont, près du gaillard d'arrière ; cela, plus l'épaisse brume, a assuré la protection de l'assassin.

— Mais alors, pourquoi le corps de Bracklebury a-t-il refait surface ?

Athelstan sourit.

— Il nous faut en remercier Eustace le Moine.

Il saisit le bras plantureux du coroner.

— Imaginez, Sir John, les rames des galères qui plongent dans l'eau, les navires qui se heurtent, les corps tombant dans le fleuve en provoquant des tourbillons et des remous.

Il se gratta la tête.

— L'assassin a dû agir à la hâte. La corde autour du cou de Bracklebury était sans doute mal fixée et a pris du jeu, aidée, probablement, par le combat. Le lest a glissé et le corps a refait surface.

Le dominicain haussa les épaules.

— Et les profondeurs nous ont rendu leur mort. La découverte du corps d'Alain justifie simplement ma...

Il sourit.

— Notre théorie.

Il tapota l'épaule de son ami.

— Alors, oubliez Clement, Dieu seul sait où se trouve sa malheureuse dépouille.

— Et le meurtrier? aboya Cranston.

Athelstan prit les rênes de Philomel, l'enfourcha et fixa son ami.

— Sir John, rentrez chez vous, embrassez Lady Maude, jouez avec les marmousets. Reposez-vous et réfléchissez.

Il talonna son cheval en abandonnant un Cranston encore plus furieux bouche bée derrière lui.

St Erconwald était calme. Marston avait disparu depuis longtemps, ainsi que les paroissiens qui avaient travaillé sur l'estrade. La toile de fond peinte par Huddle était enfin presque achevée et, un instant, le dominicain admira en silence la vaste gueule de l'Enfer, d'où jaillissaient des démons noirs aux visages rouges de singes. Derrière la toile, il trouva les casseroles de métal et les cuveaux de bois dont Crim et les autres gamins useraient pour faire du bruit. Il ramassa la trompette d'argent dont on soufflerait avant que Dieu prenne la parole. Il la porta à ses lèvres et souffla un petit coup, puis rougit d'embarras quand Ashby surgit de derrière le jubé.

— Mon père, que se passe-t-il?

— Nicholas, j'avais oublié que vous étiez encore céans. Comment allez-vous?

— Bien. Aveline vient de partir. Elle dit que Marston s'est enfui.

— Avez-vous besoin de quelque chose? demanda Athelstan, en espérant que le jeune homme ne l'entraînerait pas dans une conversation.

— Non, mon père.

Ashby s'adossa au jubé.

— Je ne me suis jamais reposé ni n'ai jamais mangé et bu aussi bien de toute ma vie.

Il montra du doigt estrade et toile de fond.

— Ce sera un spectacle splendide, mon père !

Le clerc sourit.

— Oui, Nicholas, si mes ouailles ne s'étripent pas mutuellement d'abord !

Ashby se mit à rire.

— Benedicta les a tous chassés quand Watkin le ramasseur de crottin a commencé une querelle. Il prétendait que Dieu le Père devait être assis plus haut que Dieu le Saint-Esprit. Vous imaginez la réaction de Pike !

Athelstan acquiesça.

— Et Bonaventure ?

— Oh, il est dans le chœur.

— Bien sûr ! murmura Athelstan entre ses dents. Quel petit mercenaire !

Il salua Ashby, quitta l'église et se dirigea vers l'écurie où Philomel mâchonnait une maigre botte de foin suspendue au-dessus de la porte. Athelstan ôta sa selle usagée, changea l'eau du vieux destrier et retourna chez lui. Benedicta avait préparé de quoi allumer du feu et laissé une tourte sur la sellette près de l'âtre.

« J'ai bien droit à une récompense ! » se dit le clerc.

Il alla à la resserre quérir un flacon de vin que Cranston lui avait offert à Pâques. « Le meilleur des bordeaux », avait affirmé Sir John. Athelstan décacheta la bouteille, se versa une grande rasade et la dégusta. Puis il se lava mains et visage dans une cuvette d'eau de rose, prit sa cuillère de corne et s'installa pour savourer la tourte de Benedicta.

— Grâces soient rendues à Dieu pour cette nourriture ! murmura-t-il. Et grâces soient rendues à Dieu que je n'aie pas eu à la préparer !

Il termina son repas, s'essuya la bouche et les doigts et se rendit à l'étage. Il dormit une heure sur son lit étroit. Il s'éveilla reposé, redescendit et nettoya la table mais sans en enlever son gobelet. Puis il sortit un grand morceau de parchemin et commença à noter ce qu'il savait au sujet des étranges événements qui s'étaient déroulés sur la *Brillante-Lumière-de-Dieu*. Il marqua tout — chaque idée, chaque impression. De temps à autre il devait s'interrompre pour régler de futiles détails : Mugwort, le carillonneur, prétendait que la corde de la cloche s'effilochait et devait être remplacée. Ranulf le preneur de rats aurait aimé que le dominicain dise une autre messe pour la guilde récemment constituée de preneurs de rats. Crim voulait s'assurer que ce serait bien lui qui battrait du tambour pendant le mystère. Pernel la Flamande se demandait si manger de la viande le vendredi était un grave péché.

Athelstan retourna à l'église pour vérifier si Ashby avait le nécessaire et, comme c'était le cas, il ferma l'édifice pour la nuit. Il reprit ses écritures. Le tapage des ruelles et des rues alentour diminua jusqu'à ce qu'on n'entende plus que le hululement des chouettes en chasse sur l'herbe haute du cimetière. Athelstan persévérait. Il continuait à écrire et, usant de morceaux de bois, il fabriqua même de petites reproductions des cogghes de guerre ancrés à Queenshithe. Ce ne fut que lorsqu'il fut sûr d'avoir pris acte de toutes les informations dont il se souvenait qu'il essaya d'en tirer des conclusions. Son dépit ne fit qu'augmenter. De temps en temps il tentait d'avancer une hypothèse mais elle ne convenait jamais, comme un syllogisme infirmé par la logique. Il prit un autre morceau de parchemin et inscrivit soigneusement, en haut : « *Si autem ?* » — Que se passerait-il si ? » Il entreprit alors de répertorier ses doutes et, quand il en eut terminé, se frotta les mains. Il les contempla, doigts déployés.

— Tu n'es qu'un benêt, Athelstan, chuchota-t-il. Tu as des mains de paresseux.

Il se replongea dans ses notes et une idée lui traversa l'esprit.

— Et s'il y avait deux meurtriers ? Ou trois ? Ou n'y en a-t-il qu'un seul qui tire les ficelles ?

Il recommença à écrire, en prenant un fait central comme si c'était une vérité révélée et en y étayant son hypothèse. Enfin, bien après minuit, il en termina et rejeta sa plume.

— Que se passerait-il si... ? dit-il entre ses dents. Que se passerait-il si... ? Mais comment vais-je le prouver ?

Athelstan posa la tête sur ses bras, et, avant d'en avoir conscience, sombra dans l'un de ses cauchemars. Il se trouvait à bord d'une embarcation guidée par un rameur masqué sur une Tamise brumeuse. La brume se dissipait et il distinguait, à la proue, une silhouette encapuchonnée et masquée. Il savait qu'il s'agissait sans doute du meurtrier. Le bateau heurtait un obstacle. Le dominicain s'éveilla en sursaut et comprit qu'il venait de faire tomber son gobelet. Il bâilla, s'étira, se leva et, laissant les manuscrits là où ils se trouvaient, couvrit le feu et monta lentement l'escalier pour aller se coucher.

Le lendemain Crim, qui tambourinait à l'huis, l'éveilla plus tard qu'il n'en avait eu l'intention.

— Allons, mon père, criait l'enfant, c'est l'heure de la messe !

Athelstan décida de descendre sur-le-champ et de remettre à plus tard ablutions et vêtements propres. Il emboîta le pas à Crim dans les volutes de brume jusqu'à la porte de l'église. Quelques-unes de ses ouailles l'attendaient déjà.

— Vous êtes en retard, mon père ! l'accusa Tiptoe, le tavernier.

— Et je ne peux pas sonner la cloche! annonça Mugwort d'un ton maussade.

— J'étais fatigué, rétorqua le dominicain avec impatience. Mais venez!

Il ouvrit la porte et Ashby se glissa dehors pour aller se soulager. Ursula la porchère fit le guet pour s'assurer que ni Marston ni un de ses hommes de main n'étaient revenus. Athelstan enfila en hâte ses vêtements sacerdotaux en essayant d'ignorer Bonaventure qui ne cessait de se frotter contre sa jambe.

— Va-t'en, chat! murmura-t-il. Tu n'es qu'un mercenaire et un traître!

Le matou ne se frotta que de plus belle et Crim dut le mettre dehors. Athelstan alluma les cierges, célébra la messe et, quand il eut achevé, encore sous le coup des conclusions auxquelles il était parvenu la nuit dernière, donna un penny à Crim ainsi qu'un message pour Cranston. Puis il regagna bien vite le presbytère pour faire sa toilette et se raser. Il avala pain et fromage, confia l'église à Mugwort jusqu'à l'arrivée de Benedicta ou de Watkin, sella Philomel et partit vers le Pont de Londres.

Le trajet lui parut long. Son cheval manquait d'entrain et le pont était encombré de brouettes, carrioles, chevaux de bât et d'une foule qui se battait pour traverser le fleuve avant l'ouverture des marchés. Il fit halte devant la chapelle de St Thomas Becket, à mi-parcours. Il récita une prière et alluma un cierge devant la statue de la Vierge pour lui demander assistance et sagesse dans l'établissement de la vérité. Une fois dans la cité, il dut affronter de nouveaux délais. Dans Bridge Street, une maison était en flammes et, un peu plus loin, un groupe d'hommes d'Abraham[1] se livraient à

1. Mendiants errants ou simulateurs qui feignaient souvent la folie. *(N.d.T.)*

l'une de leurs danses folles au grand amusement de quelques spectateurs et à l'exaspération de certains autres. Avant d'avoir atteint Cheapside, Athelstan, que sa selle blessait, maudissait amèrement un trajet qui lui avait pris plus d'une heure. Il trouva le coroner confortablement installé à *l'Agneau de Dieu*. Assis à sa table préférée, il regardait le tavernier, son épouse et leur armée de valets préparer les feux et allumer les fours. Comme il était tôt, le corpulent coroner se contentait, une fois n'est pas coutume, de rester assis et de savourer les odeurs délicieuses qui s'échappaient de la cuisine.

Il sourit à son clerc.

— Moine, vous avez l'air fâché !

— Sir John, je suis un frère et je suis tourmenté.

Il s'installa avec précaution et lorgna la chope de son ami.

— C'est de la bière coupée d'eau ! précisa Cranston. Mais j'ai commandé une tourte au bœuf, aux oignons et aux poireaux avec une pincée d'ail et de romarin.

Il ferma les yeux.

— Pensez-y, mon frère, une viande riche et savoureuse mijotant sous une épaisse croûte dorée. Au fait, je l'ai envoyé quérir.

Cranston ouvrit un œil et glissa un regard vers la bougie des heures sur son support métallique près de la porte.

— Alors vous feriez mieux de me dire ce que vous envisagez.

Athelstan s'exécuta, hésitant au début, mais gagnant en conviction au fur et à mesure que ses conclusions lui paraissaient plus claires. Cranston commença par hurler de rire.

— Par les cornes et les tétons du Diable ! railla-t-il.

— J'en ai autant à votre service, mon fils ! répliqua Athelstan.

Sir John se calma. Athelstan, une fois encore, exposa ses conclusions, faisant appel à la raison et à l'évidence pour étayer chaque point et l'amusement du coroner commença à se dissiper. Le dominicain fit une pause quand la tavernière, qui dorlotait toujours Cranston, apporta une chope de bière et une tourte brûlante sur un large tranchoir. La vue du mets réveilla l'appétit du clerc et elle lui en découpa un morceau. Les deux hommes mangèrent en silence. Une fois que Cranston eut achevé, Athelstan esquissa les grandes lignes de sa stratégie. Le coroner le bombarda de questions auxquelles Athelstan répondit. Sir John finit par acquiescer.

— J'accepte ce que vous dites, mon frère ! Peut-être juste au bon moment, le voilà !

Philip Cabe venait de franchir le seuil. Apercevant Cranston et Athelstan, il traversa la pièce à grands pas et se laissa tomber sur le tabouret que le dominicain lui avait avancé.

— Sir John, il est encore tôt !

— Maître Cabe, l'affaire est urgente.

Athelstan examina le marin avec attention. Cabe paraissait mal en point — il n'était pas rasé et ses yeux gris larmoyaient après une longue nuit de beuverie.

— Qu'est-ce qui vous préoccupe, maître Cabe ? demanda le dominicain avec douceur.

— Rien, mon père.

— Désirez-vous boire quelque chose ?

Le matelot haussa les épaules.

— Peut-être de la bière coupée d'eau ?

Cranston cria l'ordre et ils attendirent d'être servis. Cabe sirota lentement sa boisson.

— Que voulez-vous ? demanda-t-il.

— La vérité, répondit Athelstan.

— Je vous l'ai déjà dite.

Cranston se pencha et serra le poignet de son vis-à-vis.

— C'est faux. Vous êtes un menteur, un voleur et un assassin ! Et si vous ne me dites pas la vérité, j'irai vous voir pendre !

Il eut un sourire sinistre.

— Et à présent, tenez-vous tranquille : mettez vos deux mains sur la table, bien loin du poignard caché dans votre ceinturon. Allez !

Cabe s'exécuta.

Cranston sourit.

— Vous pouvez prendre votre chope, mais rien d'autre. Mon secrétaire va vous décrire les événements tels qu'ils se sont déroulés.

Athelstan rapprocha son tabouret.

— Vous étiez lieutenant sur la *Brillante-Lumière-de-Dieu*, commença-t-il, quand elle a attaqué et coulé un bateau de pêche au large de la côte française, tuant tout l'équipage. Mais ce n'était pas une attaque fortuite. Roffel savait qu'il y avait de l'argent à bord. Il l'a trouvé et rapporté dans son cogghe. Pourtant Roffel, comme dirait Sir John, était un ladre de bâtard. Il aurait dû partager son butin avec son équipage, spécialement avec ses officiers et avec la Couronne. Au lieu de cela, il le cacha en un endroit secret. Vous et Bracklebury l'avez découvert par hasard.

Cabe fixait sa chope sans piper mot.

— Or Roffel est tombé malade et est mort. En fait, il a été empoisonné.

— Ce n'est pas moi, murmura Cabe.

— Je n'ai pas prétendu que c'était vous, mais la disparition de Roffel vous a offert, à vous et à Bracklebury, une excellente occasion de fouiller le bateau. Vous n'avez rien découvert. Cependant, une fois la *Brillante-Lumière-de-Dieu* ancrée dans la Tamise, vous pouviez, tous les deux, reprendre des recherches plus approfondies. Vous avez tiré vos plans. L'équipage, à l'exception d'une petite garde, serait expédié à terre et

Bracklebury en profiterait pour passer le navire au crible de la poupe à la proue.

Cranston but une gorgée de sa chope.

— Si vous étiez restés tous les deux, cela aurait pu faire naître des soupçons : après tout, aucun marin n'a envie de demeurer à bord quand le navire rentre au port après avoir passé un certain temps en mer.

Athelstan reposa sa chope.

— Bracklebury avait fait ramener le corps du capitaine à terre. Les ribaudes sont montées à bord, puis vous et la plupart des hommes êtes partis. Pourtant, vous ne faisiez pas entièrement confiance à Bracklebury, aussi avez-vous insisté pour qu'il garde un contact avec vous. Vous avez inventé un système de signaux. Bracklebury se servirait d'une lanterne à partir du bateau et vous répondriez d'un coin discret sur le quai.

» Tout se déroula comme prévu jusqu'à ce que le matelot et sa catin reviennent, juste avant l'aube, et trouvent le navire complètement déserté. Maître Cabe, je ne peux qu'imaginer votre rage et vos soupçons quant à ce qui s'était passé. Cette disparition a dû vous laisser perplexe ! Comment cela était-il possible ? Où était Bracklebury et, surtout, où était l'argent ?

— C'est un conte de fées ! se moqua Cabe.

— Oh, non ! persista Athelstan. Sir John, ici présent, sait que je dis la vérité. Vous, maître Cabe, vous avez commencé à croire que vous aviez été dupé. Et à vous demander par qui. Mais, pendant que vous vous dissimuliez dans l'ombre, vous aviez aperçu Bernicia qui descendait vers Queenshithe. Peut-être avez-vous cru qu'elle et Bracklebury avaient comploté de dérober l'argent et de vous berner ?

— Comment Bracklebury aurait-il connu Bernicia ? objecta Cabe à voix basse.

Le dominicain haussa les épaules.

— Oh, on ne sait jamais, maître Cabe, dans ce monde de mensonges, la convoitise trouve d'étranges alliés. En tout cas, d'une façon ou d'une autre, vous vous êtes convaincu que Bernicia savait où était l'argent. Vous avez donc prévu de la rencontrer et vous vous êtes servi du nom de Bracklebury.

Cabe but une gorgée et ricana.

— Mais s'il était son complice, comment pouvais-je me faire passer pour lui ?

— Je l'ignore, avoua sans ambages Athelstan. Quelque chose vous a fait changer d'avis et vous en avez conclu que Bracklebury ne vous avait peut-être pas trompé, mais Bernicia si. Quoi qu'il en soit, reprit le clerc, vous avez emmené Bernicia dans un estaminet secret, l'avez raccompagnée chez elle, lui avez tranché la gorge et avez mis sa demeure à sac.

— Quelles sont vos preuves ? demanda sèchement Cabe.

Cranston se pencha et tapa sur la table.

— Je serai honnête, nous n'en avons guère, mon gaillard. Mais, là encore, peut-être que si nous vous ramenions dans cet estaminet secret, qui sait si on ne vous reconnaîtrait pas ?

Cabe devint encore plus pâle.

— Allez, le pressa doucement le coroner. Tôt ou tard, la vérité éclatera.

— Que se passera-t-il, demanda Cabe en levant les yeux, que se passera-t-il si je raconte tout, tel que je l'ai vu ?

Cranston eut un grand geste.

— Le meurtre est le meurtre, maître Cabe, et les meurtriers sont pendus. Mais ceux qui témoignent contre leur complice peuvent obtenir le pardon royal et le droit de quitter l'Angleterre...

Le coroner plissa les yeux et jeta un coup d'œil vers la porte de la taverne.

— ... pendant, disons, trois ans ?

Athelstan agrippa le bras du marin.

— Pour l'amour de Dieu, maître Cabe, dites-nous la vérité !

— Puis-je avoir du vin, mon père ?

Cranston lui commanda un gobelet de clairet que Cabe se mit à boire lentement.

— Voici les faits, commença-t-il d'une voix blanche. Roffel était un bâtard de meurtrier. Que Dieu nous pardonne, ce n'était pas la première fois qu'il attaquait un bâtiment et tuait les prisonniers, mais cette fois c'était spécial. Il cherchait quelque chose.

Cabe haussa les épaules.

— Bon, vous savez ce qui s'est passé. Ensuite Bracklebury et moi avons décidé de l'affronter. Peut-être Roffel avait-il eu l'intention de fermer la porte de la cabine, mais il ne l'a pas fait ; en tout cas, il était extrêmement rare que nous y pénétrions. Ce matin-là, pourtant, nous l'avons osé ; Roffel était assis à sa table, la ceinture contenant l'argent devant lui et les pièces éparpillées. Nous avons tout de suite compris ce qui était arrivé. Roffel nous a hurlé de sortir et a menacé de nous pendre si nous recommencions.

Cabe se frotta le visage.

— Bracklebury et moi étions furieux. Roffel, par le passé, nous avait déjà dépouillés de notre part.

Il jeta un regard à Athelstan.

— Quelle que soit votre opinion sur moi, mon père, je suis un bon marin et rien de ce qui se déplace sur terre ne me fait peur. Mon corps n'est que cicatrice, des pieds à la tête. Et tout ça pour quoi ? Du vin aigre, des catins bon marché, une paillasse humide dans une taverne miteuse !

Il prit son gobelet et avala une gorgée de vin.

— Bracklebury et moi avons dressé nos plans, mais c'est alors que Roffel est tombé malade et est mort.

— L'avez-vous tué ? l'interrompit Cranston.

Cabe leva la main.

— Dieu m'en soit témoin, je n'ai pas trempé dans sa mort !

— Et Bracklebury ?

— Dieu seul le sait ! Quoi qu'il en soit, reprit-il, le décès du capitaine nous a donné l'occasion de fouiller sa cabine. Nous avons tout vérifié, mais il n'y avait nulle trace d'une ceinture pleine de pièces d'argent. Le bateau a jeté l'ancre sur la Tamise, Bracklebury a descendu le corps de Roffel à terre et, pendant un moment, nous avons joué nos rôles. Nous avons autorisé les matelots à amener leurs putains à bord puis, comme vous l'avez dit, Bracklebury a fait évacuer le navire. C'était un bon second mais je n'avais pas entièrement confiance en lui ; nous avons donc décidé que, chaque heure, il enverrait vers la rive un signal lumineux auquel je répondrais.

Il s'humecta les lèvres.

— Les autres officiers étaient trop ivres pour se souvenir où chacun s'était rendu. J'ai passé presque toute cette satanée nuit sur ce quai, en ayant peur de tout. Qu'arriverait-il si Bracklebury ne trouvait pas l'argent ? Et s'il le faisait et décidait de s'enfuir ? C'est alors que j'ai aperçu la putain Bernicia sur le quai ; elle observait le navire. J'ai entendu Bracklebury l'injurier et cette bâtarde a disparu.

Cabe but à grand bruit.

— La brume se déplaçait ; elle enveloppait parfois complètement la *Brillante-Lumière-de-Dieu* et parfois se dissipait. J'ai vu les signaux que l'on envoyait et le vaisseau amiral s'approcher. Nous nous y attendions, mais Bracklebury avait dit qu'il lui donnerait le change.

Cabe posa ses mains, doigts écartés, sur la table.

— Le lendemain matin, j'ai cru vivre un cauchemar. La *Brillante-Lumière-de-Dieu* était déserte. Pas trace de

Bracklebury ni des autres. J'en ai aussitôt conclu qu'il avait découvert l'argent et qu'il avait soit tué les deux matelots et pris la fuite, soit partagé avec eux et déserté.

Il adressa un petit sourire à Cranston.

— Mais ce n'était pas aussi simple, hein, Sir John ? Il restait des mystères : qui avait continué à échanger les signaux entre les bateaux ? Pourquoi moi-même ni personne d'autre n'avions-nous vu quelqu'un approcher ou quitter la *Brillante-Lumière-de-Dieu* ?

Il frappa sur la table à petits coups.

— Cela m'intriguait parce que Bracklebury ne savait pas nager.

Il prit une rasade et jeta un regard implorant au coroner.

— Vous me promettez que je ne serai pas pendu ?

— Je le promets.

— Eh bien, il y a deux jours, j'ai reçu une note. Elle était rédigée par la main d'un scribe mais portait la marque de Bracklebury : un cercle avec un point au centre. Elle disait qu'il avait sauté du navire et se cachait de la justice. Le message prétendait aussi que, par un moyen ou un autre, Bernicia s'était emparée de l'argent. La catin avait dupé tout le monde !

— Savez-vous que Bernicia était un homme ? demanda Athelstan.

— Oui, je l'ai découvert quand j'ai tué cette gueuse.

— C'est donc bien vous qui l'avez tuée ?

— Oh, oui, répondit Cabe. Je l'ai suivie jusqu'à l'estaminet.

— Vous ne vous êtes pas demandé comment elle avait pu trouver les pièces d'argent ?

— Au début, si. Mais ensuite je me suis rappelé que Bernicia était montée à bord, juste après notre arrivée à quai, et j'ai pensé qu'elle les avait peut-être découvertes.

— Pourquoi vous être servi du nom de Bracklebury ?

— Dans son message, il disait qu'il se cachait parce que vous, Sir John, aviez fait circuler sa description le long de la Tamise et en ville. Mais j'avais encore des soupçons. Je me suis dit que Brackelbury pouvait bien avoir préparé une ruse.

Il haussa les épaules.

— Je suis donc allé dans cet estaminet et ai rencontré Bernicia. Je n'ai pas clairement dit que j'étais Brackelbury, mais je l'ai laissé entendre.

Il fit la moue.

— Bernicia n'a pas paru se rendre compte de la différence et j'ai pensé que cela prouvait que la note disait vrai — Bernicia devait avoir l'argent. Alors je l'ai tuée. J'ai ensuite saccagé la maison mais n'ai rien trouvé.

Cabe eut un rire étouffé.

— Vous savez, je croyais encore que Brackelbury était vivant et que j'étais tombé dans un piège subtil. Je n'ai renoncé à cette idée que lorsqu'on a repêché son corps.

Il fit une pause et regarda Athelstan.

— Vous n'avez jamais expliqué comment cela s'était passé ?

Le dominicain haussa les épaules.

— C'était peut-être dû à la bataille sur le fleuve ou peut-être parce que la corde s'est desserrée !

— Quand j'ai vu son cadavre, reprit Cabe d'une voix blanche, je n'ai plus rien compris.

Il gonfla les joues.

— Je vous ai tout raconté.

— Savez-vous qui a envoyé le message ? s'enquit Cranston.

— Non, mais...

— Mais quoi ? insista le coroner.

— Et si Brackelbury était encore vivant ? Si le cadavre était simplement celui de quelqu'un qui lui ressemble ? Où est Clement, l'autre membre du quart ?

Qui d'autre était au courant pour l'argent ? Qui connaissait la marque personnelle de Brackleburry ?

Cabe se pencha sur la table.

— Sir John, pour l'amour de Dieu, que s'est-il passé ?

— Pour l'amour de Dieu, répondit lentement Cranston, nous ne le savons pas vraiment.

— Que vais-je devenir ? demanda Cabe.

— Quand la *Brillante-Lumière-de-Dieu* reprend-elle la mer ?

— Dans deux jours.

— Soyez-y ! ordonna Cranston. Et je veillerai à ce qu'avant son départ vous receviez le pardon royal. Il ne sera effectif que si on ne vous aperçoit pas dans Londres, et je dis bien Londres, pendant trois ans !

Cabe se leva. Il se retourna pour s'éloigner, s'arrêta et jeta un coup d'œil autour de lui.

— J'espère que vous capturerez ce bâtard ! siffla-t-il. J'espère que vous le pendrez haut et court !

Athelstan regarda partir le marin.

— Savez-vous que faire, à présent, Sir John ?

— Oui, mon frère, je le sais, répondit Cranston. Mais il y a quelque chose, pourtant, qui m'intrigue : comment Roffel et Ospring espéraient-ils voler cet argent et échapper aux contrôleurs ?

Athelstan soupira.

— Ils auraient tous les deux menti et peut-être même accusé l'espion. Sir Henry était assez puissant pour acheter les représentants du pouvoir.

Il vida sa chope.

— Sir Jacob est-il encore à St Bartholomew ?

— Oui, et frais comme un gardon.

— Bon ! Alors que la danse commence !

CHAPITRE XIV

Tabitha Velour ouvrit la porte, son visage s'éclaira d'un sourire et elle fit entrer Athelstan.

— Bonjour, mon père ; vous ne venez pas nous poser encore des questions, n'est-ce pas ?

Elle introduisit le dominicain dans la petite pièce où Emma Roffel, un livre de comptes sur les genoux, était assise près de l'âtre. Elle accueillit le clerc de façon affable.

— Pourquoi êtes-vous céans, mon père ? Asseyez-vous.

Elle se tourna vers Tabitha.

— Apporte de la bière à frère Athelstan !

Athelstan s'installa. Tabitha revint avec la bière et un plat de panade fraîche qu'elle posa au coin de la cheminée.

— Eh bien, mon père, que puis-je pour vous ?

Emma Roffel semblait apaisée et plus calme.

Athelstan sourit.

— J'allais voir Sir Jacob Crawley à l'hôpital de St Bartholomew et je me suis arrêté pour savoir si vous pouviez recoudre ça...

Il montra une déchirure dans la manche de sa bure.

— ... et aussi pour vous poser quelques questions avant que l'affaire ne soit close.

— Close ?

Elle se redressa sur sa chaire.

Le dominicain acquiesça.

— Je dois retrouver Sir John à St Bartholomew. Il y sera avec baillis et sergents pour arrêter Sir Jacob Crawley, accusé du meurtre de votre époux, de celui de Brackiebury et des deux autres matelots.

Emma Roffel ferma les paupières.

— Que Dieu nous protège ! chuchota-t-elle.

Elle se pencha et saisit la manche de la robe d'Athelstan.

— Comme vous le savez, Tabitha est bonne couturière. Elle peut raccommoder cela.

Elle claqua des doigts.

— Allez, occupe-toi de cela !

Tabitha se hâta vers la petite arche, sous la fenêtre, en sortit un coffret et s'assit près du dominicain. Ce dernier sursauta quand on frappa violemment à l'huis.

— Je vais voir de quoi il s'agit ! déclara Emma Roffel.

Athelstan l'entendit s'éloigner dans le couloir, ouvrir la porte, dire quelques mots et la refermer.

Il ne leva pas les yeux quand elle rentra dans la pièce.

— Qui était-ce ? s'enquit Tabitha.

Emma ne répondit pas. Elle se dirigea vers la cuisine d'où elle revint, les mains croisées sur les manches de sa large robe. Elle se rassit, les yeux fixés sur le feu.

— Notre petit prêtre ici présent est intelligent, très intelligent, Tabitha !

Athelstan la regarda. Le visage d'Emma, pâle, lèvres serrées et yeux ardents flamboyants, était un masque de rage.

— Maîtresse Roffel ? s'étonna-t-il.

— Laisse cette bure, Tabitha, et viens t'asseoir près de moi !

La servante se précipita. Le dominicain croisa les bras dans son giron en espérant que sa peur n'était pas perceptible. Emma se pencha en avant.

— Un prêtre rusé et conspirateur, qui ne se rend pas du tout à St Bartholomew ! cracha-t-elle. Sais-tu qui a frappé à l'huis, Tabitha ?

Elle ne quittait pas Athelstan des yeux.

— Un autre prêtre, ce stupide vieillard égrotant de père Stephen, de l'église de St Mary Magdalene.

— En quoi cela devrait-il vous inquiéter, maîtresse Roffel ? demanda Athelstan en jouant les innocents.

Emma s'agita sur sa chaire. Elle aussi sourit, comme si elle appréciait le heurt de leurs deux esprits.

— Vous le savez fort bien, mon père, mais dites-le-moi tout de même !

— Oh, oui, madame. Je vais vous narrer l'histoire d'une jeune Écossaise née dans un village de pêcheurs près d'Édimbourg. Elle épousa un prêtre défroqué, mais ce mariage qu'elle croyait scellé au ciel devint de la haine forgée en Enfer. Vous, maîtresse Roffel, vous détestiez votre mari. Vos deux âmes en furent glacées. Roffel se tourna vers son mignon, Bernicia, et vous vers votre amour, Tabitha.

Athelstan jeta un coup d'œil vers celle-ci qui lui rendit froidement son regard.

— Vous avez décidé de tuer votre époux, reprit-il, en empoisonnant sa flasque d'usquebaugh. Vous pensiez que si on le découvrait, on accuserait certainement quelqu'un de la *Brillante-Lumière-de-Dieu,* car votre mari était haï de l'équipage.

— Mais, mon père, objecta Emma d'une voix mielleuse, William gardait toujours sa flasque sur lui. C'est lui, et non moi, qui l'a emportée à la taverne de Richard Crawley, pour la remplir.

Elle serra un peu plus ses bras.

— Je suis sûre que si vous et ce gros coroner

enquêtez, vous découvririez que mon mari a bu à sa flasque sans être malade. De plus, comme vous le savez, j'en ai bu moi-même. Il n'y avait nul poison.

— Ne vous moquez point, madame, dit Athelstan d'un ton sec. Je vais vous raconter ce qui s'est passé. Vous avez pris la flasque quand elle était vide et y avez mis de l'arsenic. Le capitaine William l'a remplie d'usquebaugh. Il faudrait plus d'une rasade pour que le poison, au fond, se mélange et fasse sentir ses effets. Comme vous l'aviez prévu, cela a fini par se produire, mais seulement quand il était déjà en mer. N'importe quel apothicaire vous dirait que l'arsenic blanc ne tue pas sur-le-champ. Il lui faut un certain temps pour agir sur le corps de la victime.

Athelstan haussa les épaules.

— Quand on a rapporté la flasque ici, vous l'avez lavée et récurée. Ensuite vous avez trouvé de l'usquebaugh et l'avez remplie à nouveau, puis replacée parmi les biens de votre époux comme si on ne l'en avait jamais enlevée.

Emma Roffel se contenta de le regarder sans broncher.

— La mort de votre mari, continua Athelstan, était une récompense suffisante pour vous, mais quand Bracklebury a ramené son corps vous avez remarqué quelque chose d'étrange. Peut-être Bracklebury avait-il fouillé le cadavre une dernière fois ? Ou avez-vous étudié les pages à la fin du livre d'heures de votre époux et compris que « in S.L. » signifiait *in secreto loco,* « en un lieu secret ». La dernière notation était fraîche et vous avez donc su que Roffel avait récemment mis la main sur quelque chose de précieux qu'il avait caché.

Athelstan fit une pause pour s'humecter les lèvres.

— Ce ne dut pas être difficile de faire parler Bracklebury : son seul but était de retrouver les pièces d'argent.

— Et... ? demanda Emma Roffel en feignant l'innocence.

— Vous connaissiez, Dieu sait comment, ce fameux endroit secret et vous vous êtes donc diaboliquement alliée avec Bracklebury. Vous retrouveriez l'argent et le partageriez avec lui. Puis vous joueriez les veuves éplorées, en maintenant vos froides relations de maîtresse à servante avec Tabitha jusqu'à ce que vous puissiez toutes les deux disparaître et vous rendre dans une autre ville d'Angleterre ou d'Écosse en changeant de noms.

— Mais je ne me suis pas rendue sur la *Brillante-Lumière-de-Dieu* cette nuit-là, railla Emma Roffel. J'étais à St Mary Magdalene où je pleurais mon époux.

— Sottises ! répliqua le dominicain. Vous êtes bel et bien montée à bord ce jour-là. Vous vous êtes déguisée en catin et Bracklebury vous a dissimulée dans la cabine afin que vous puissiez commencer les recherches, ou, du moins, faire semblant, car vous saviez déjà où était la cachette. Bracklebury vous avait parlé de son arrangement avec Cabe et des signaux qu'il fallait envoyer entre les navires et entre lui et Cabe qui se tenait sur le quai.

— Mais comment aurais-je pu accomplir tout cela, insista Emma, puisque j'étais à l'église à veiller le corps de mon mari ?

— Vous n'y étiez point, rétorqua le clerc. C'était votre servante Tabitha. Le père Stephen est âgé, il y voit mal et vous, bien sûr, ne fréquentiez pas l'église. Vous avez donc envoyé Tabitha au presbytère et elle a emprunté votre identité. Le père Stephen a cru qu'elle était celle pour qui elle se faisait passer. C'était Tabitha qui était là-bas cette nuit.

— Mais les obsèques ? l'interrompit Tabitha. Maîtresse Roffel et moi y avons assisté toutes les deux et le père Stephen aussi.

— Oh, je suis sûre que vous y étiez ! sourit Athelstan en remarquant que la servante avait perdu sa froide apparence de sévérité. Vous y avez participé toutes deux, encapuchonnées et masquées. Mais vous, Tabitha, avez continué à jouer le rôle de maîtresse Roffel et elle à jouer le vôtre. Vous saviez que le père Stephen oublierait vite et que le temps passerait. De toute façon, vous aviez prévu de quitter Londres. Et si le père Stephen vous rendait visite, alors vous pourriez continuer la comédie et même justifier la confusion.

Athelstan repoussa son gobelet ; il n'y avait pas touché et n'y toucherait pas.

— Bien entendu, quand le père Stephen est venu tout à l'heure pendant que j'étais là, vous avez compris que ce n'était pas une coïncidence. Il a clairement vu qui a répondu à la porte.

— Continuez donc, murmura Emma Roffel.

Elle se rencogna sur sa chaire, crispée, le menton agressivement tendu.

— Alors, à bord de la *Brillante-Lumière-de-Dieu* ?

Athelstan prit le temps de rassembler ses idées mais, prudent, ne quitta pas des yeux les mains d'Emma Roffel cachées dans les manches de sa robe.

— À bord de la *Brillante-Lumière-de-Dieu*, reprit-il, vous ne vous êtes montrée ni aux deux autres membres d'équipage ni à Sir Jacob Crawley quand il a visité le bâtiment. Cependant, l'amiral était mal à l'aise. Après son départ, vous avez mis votre plan à exécution et avez assassiné Bracklebury et ses compagnons.

— Moi, une faible femme ?

— Qui parle de faiblesse ? demanda Athelstan. Vous n'êtes peut-être plus jeune mais vous êtes vigoureuse et forte, une vraie fille de pêcheur. Quoi qu'il en soit, il n'est pas difficile de venir à bout d'hommes drogués. Seul Bracklebury pouvait accéder à la cabine où vous étiez cachée. Vous déclareriez avoir eu peu de succès dans votre fouille mais garder espoir. En fait, vous n'attendiez que de supprimer Bracklebury et tout témoin possible et, ainsi, d'épaissir le mystère.

Athelstan s'arrêta, espérant que Cranston allait surgir.

— Vous avez corsé les gobelets de Bracklebury et des deux autres hommes d'un puissant somnifère. Ils ont sombré dans un sommeil de drogué, vous avez attaché les poids autour de leur cou et avez fait passer les corps par-dessus bord. Je me demande si les malheureux avaient repris conscience.

Le dominicain contempla la lanterne au-dessus de l'âtre.

— Une épaisse brume dissimulait vos mouvements. Cette même brume, tout comme le porte-voix, a modifié votre voix. Vous aviez entendu Bracklebury énoncer le mot de passe et l'aviez vu faire clignoter le fanal et vous avez fait la même chose. Mais...

Athelstan se raidit sur sa chaire.

— ... un marin est revenu, riant et chantant, avec sa gueuse. Vous êtes partie à peu près au même moment, dans une aube froide et brumeuse, alors que les matelots des deux bateaux les plus proches étaient assoupis et le quai désert.

— Et comment l'ai-je pu ? s'exclama Emma. En volant ?

— Non, maîtresse Roffel, vous avez mis la ceinture contenant les pièces autour de votre cou, avez enjambé le bastingage, vous êtes laissée glisser dans l'eau et laissé porter par le courant vers l'aval, avant de nager vers la rive bien loin de Queenshithe et de l'œil vigilant du Pêcheur d'hommes. Alors vous vous êtes dévêtue. Tabitha était là, avec des vêtements secs, et vous êtes rentrée chez vous pour reprendre le rôle de la veuve recluse et éplorée.

Le dominicain se tut, l'oreille tendue vers les craquements et les plaintes de la vieille maison.

— Cela a dû vous amuser, maîtresse Roffel, de voir tout le monde s'agiter, d'entendre porter des accusations, d'observer Cabe se demander où était Bracklebury. Vous êtes une femme très forte, maîtresse Roffel !

— Pas suffisamment pour nager aussi bien que vous le prétendez !

— Absurde ! répliqua Athelstan. Vous êtes la fille d'un pêcheur. Vous saviez nager avant même de savoir marcher, et vous partiez en mer avec votre père pour l'aider à tendre et relever ses filets. J'ai senti votre main quand vous êtes sortie de l'entrepôt du Pêcheur d'hommes : elle est rêche et plutôt calleuse. Vous avez la mer dans le sang et nagez sans doute mieux que n'importe quel homme à bord des navires sur la Tamise.

» Vous nous avez regardés tourner comme souris en cage. Vous pensiez troubler l'eau encore plus tout en vous vengeant de Bernicia, la gueuse. Tabitha a rédigé le message pour Cabe en prétendant qu'il était de Bracklebury et en dénonçant Bernicia. Et pendant tout ce temps vous prépariez votre départ. Vous vous êtes déguisée en marin, emmitouflée et masquée, et avez apporté un peu de cet argent chez un orfèvre. Non seulement cela a épaissi le mystère, mais, de plus, cela vous a procuré, à vous et à votre servante, de quoi quitter Londres.

Accusateur, il se pencha en avant.

— La seule faille dans votre plan, c'est qu'on a découvert le corps de Bracklebury.

Tabitha applaudit, railleuse.

— Vous avez raison, maîtresse. C'est un petit prêtre intelligent, très intelligent !

— Comment connaissiez-vous la marque de Bracklebury pour le message à Bernicia ? questionna Athelstan. Je suppose que vous l'avez trouvée parmi les documents de votre mari.

Il embrassa la pièce du regard.

— Si bien rangée, murmura-t-il. C'est ce qu'a remarqué Sir Jacob Crawley. Il voulait dire que la cuisine était parfaitement en ordre. Toutes les coupes, tous les gobelets étaient propres ! Comme si une bonne ménagère était passée par là, une bonne ménagère et un assassin, qui cachait ses actes !

— Intelligent ! chuchota Emma.

— Pas vraiment, rétorqua le dominicain. C'est plutôt une série d'éléments hétéroclites — la découverte du cadavre de Brackleburry, votre main calleuse, la propreté des gobelets du bateau, votre discours sur votre jeunesse, le livre d'heures de votre époux. Et, bien sûr, la pure logique.

Emma Roffel sourit, les yeux perdus dans les flammes tandis que Tabitha se penchait pour lui tapoter doucement le genou.

— Avez-vous jamais été en enfer, mon père ? dit-elle à voix basse.

— Parfois, répondit-il sans prendre le temps de réfléchir.

Emma Roffel ricana.

— C'est bizarre, je ne vous y ai jamais rencontré !

Elle lança un regard furibond au prêtre.

— J'y suis allée, mon père. J'ai tout abandonné pour Roffel, tout abandonné pour un prêtre défroqué qui s'est avéré pourri jusqu'à l'os. Un homme qui s'est servi de moi comme un chien le fait d'une chienne. Et ça ne lui suffisait pas : il a loué les services d'une succession de bons à rien de jouvenceaux. Un homme responsable de la mort dans mon sein et du désert dans mon cœur. Oui, j'ai tué ce bâtard ! Brackleburry n'a pas mis longtemps à m'avouer ce qui s'était passé, il était furieux et voulait absolument retrouver cet argent. J'ai joué avec lui comme vous l'auriez fait avec un poisson. Le reste s'est déroulé comme vous l'avez dit.

Elle cessa de ricaner.

— Je suis montée à bord avec les catins et me suis cachée. D'abord dans la cale, puis dans la cabine. J'ai entendu le mot de passe et aperçu les signaux.

Elle grimaça.

— Ce fut facile. J'ai drogué les hommes de garde et me suis enduite de graisse ; c'est un vieil artifice de pêcheur : cela protège du froid. J'ai attendu le changement de marée puis j'ai nagé, comme je ne l'avais encore jamais fait, pour me libérer !

Elle éleva la voix.

— Me libérer du monde des hommes ! Tabitha m'attendait avec des vêtements et de l'usquebaugh et j'étais en sécurité. C'était tellement, tellement facile !

Elle jeta un coup d'œil haineux à Athelstan.

— Jusqu'à ce que vous veniez rôder, avec votre visage sombre et vos paupières baissées. Nos vies sont gâchées, n'est-ce pas, Tabitha ? Gâchées par des prêtres intelligents, très intelligents, qui ne sont pas ce qu'ils ont l'air d'être !

Emma inspira profondément.

— Intelligents ! Intelligents !

Elle fit un mouvement. Sa main se glissa hors de la manche de sa robe et le poignard fut lancé tout droit sur Athelstan, mais ce dernier s'écarta promptement. Il s'empara de la chope et la lui jeta, faisant un écart au moment même où Tabitha le saisissait par sa cape. Ils tombèrent tous deux au sol et roulèrent dans la jonchée alors qu'il tentait de se dégager. Athelstan leva les yeux et aperçut l'ourlet de la robe d'Emma qui s'approchait de lui.

— Oh, pour l'amour de Dieu ! tonna une voix.

Tabitha fut attrapée à bras-le-corps et projetée sur le côté, et le coroner adressa un sourire malicieux à son clerc.

— Mon frère, que diraient vos paroissiens ?

Athelstan se releva. Emma Roffel était maintenue par un bailli vigoureux pendant que le shérif adjoint, Shawditch, aidait Tabitha à se redresser.

— Dieu sait ce que diraient mes ouailles ! murmura le dominicain. Sir John, vous avez entendu ?

— Oui, répondit le coroner avec gaieté en fixant Emma Roffel. J'ai aussi parlé au père Stephen. Il a été catégorique : la personne qui lui a ouvert aujourd'hui n'était pas celle qui veillait auprès du cadavre de Roffel dans l'église de St Mary Magdalene. Emmenez-les ! ordonna-t-il à Shawditch, puis revenez fouiller la maison de fond en comble !

— Que cherchons-nous, Sir John ?

— De l'arsenic blanc, répondit le dominicain, toute poudre que vous trouverez dissimulée et plus de pièces d'argent, maître Shawditch, que vous n'en avez jamais vu de votre vie !

Le shérif adjoint s'apprêtait à emmener les deux femmes.

— Sir John !

Emma Roffel se débattit et parvint à se débarrasser de l'emprise de Shawditch.

— Je vous le jure, Tabitha Velour n'a pas été complice de meurtre !

Le coroner se dirigea vers elle.

— Dans ce cas, lui dit-il, elle peut être libre. Mais vous, maîtresse Roffel, vous méritez la mort.

Il eut un rire amer.

— Pas pour celle de Bracklebury, mais pour celles de deux marins, de bons matelots travailleurs, loyaux sujets du roi. Ces deux malheureux ont payé de leur vie votre avidité et votre folie meurtrière !

Il revint vers son clerc.

— Shawditch ! cria-t-il par-dessus son épaule. Conduisez-les toutes les deux à la prison de la Fleet !

Cranston attendit que la porte soit refermée derrière eux. La maison était silencieuse et le coroner eut un sourire penaud à l'adresse de son ami.

— Vous savez, mon frère, je n'ai jamais cru que vous seriez en danger, sauf quand je me suis souvenu qu'autrefois son époux avait été prêtre. Je me suis demandé ce qui se passerait si un autre prêtre la confrontait à ses crimes.

Il se frotta la cuisse.

— Je deviens trop vieux pour escalader les murs. Mais en voilà assez ! Athelstan, mon fils, vous me devez un gobelet !

Trois jours plus tard un Athelstan fatigué emprunta Ropery, tourna à droite dans Bridge Street et prit le pont encombré pour revenir à Southwark. Il avait passé l'après-midi au couvent de Blackfriars pour narrer les événements — ceux qui concernaient sa paroisse et ceux qui concernaient ses activités avec Cranston — au prieur. Le vieux dominicain l'avait écouté, en sifflotant doucement entre ses dents quand Athelstan décrivit le mystère entourant la *Brillante-Lumière-de-Dieu.*

— Il faut vous féliciter, frère Athelstan, avait-il conclu. Vous et Sir John Cranston. Car ni homme ni femme ne doit tuer et échapper à la main de Dieu.

Il eut un grand sourire et menaça Athelstan de son doigt osseux.

— Vous avez toujours été malin, mon frère !

Puis il se rassit et porta ses doigts à ses lèvres.

— Êtes-vous las de votre travail, mon frère ?

— Non, mon père, je travaille pour Dieu.

— Mais la vigne du Seigneur est vaste. Aimeriez-vous revenir céans ? Vous pourriez enseigner la logique, la philosophie et l'astronomie. Je sais qu'on apprécierait vos talents, même dans les collèges d'Oxford.

Athelstan écarquilla les yeux, médusé.

— Vous voulez que je quitte St Erconwald, mon père ?

Le vieil homme avait souri.

— Il ne s'agit pas de ce que je veux, Athelstan, avait-il répondu doucement. Comme moi, vous avez fait vœu d'obéissance à l'Ordre, néanmoins il s'agit de ce que vous voulez. Réfléchissez-y.

C'est ce qu'avait fait Athelstan et, tout en se frayant un passage sur le pont bondé, il fut tenté par les paroles du prieur. Plus de crasse, plus de morts brutales. Il se remémora Emma Roffel, son visage devenu un masque blême de furie au-dessus du poignard menaçant. Il fit une pause et entra dans la chapelle de St Thomas Becket qui faisait saillie sur le pont. Il s'agenouilla sur le seuil et fixa sans ciller la lumière rouge du chœur. Il pensa à toute cette violence — Springall, le marchand assassiné[1], Sir Ralph Whitton tué dans la Tour[2], aux autres assassinats à Southwark et à Blackfriars... Il se mordilla les lèvres et posa sa tête contre le mur froid. Mais il y avait aussi des récompenses. On avait accordé leur pardon à Ashby et à Aveline. Les deux tourtereaux s'étaient éloignés dans le crépuscule en criant à Athelstan de venir leur rendre visite dès que possible. Les contrôleurs s'étaient réjouis de récupérer l'argent qu'on avait retrouvé chez Roffel dans la cave, et le nom de Sir Jacob Crawley avait été lavé de tout soupçon. Moleskin, le batelier, était dorénavant un héros local et, bien sûr, il

1. Voir *La Galerie du rossignol*, 10/18, n° 3167.
2. Voir *Le Donjon du bourreau*, 10/18, n° 3218.

y avait toujours le vieux John Cranston. Athelstan se signa. Il se leva, fit une génuflexion en direction du tabernacle et revint sur le pont. Le soir commençait à tomber et il emprunta les ruelles qui menaient à St Erconwald. Il avait faim, aussi passa-t-il dans la pâtisserie de dame Merrylegs pour acheter une tourte à la viande, son premier repas de la journée. Mais un mendiant au coin de Catgut Alley avait l'air si misérable qu'Athelstan, en soupirant, la lui tendit.

Il s'était attendu à trouver l'église vide et fut quelque peu surpris d'apercevoir, sur les marches, un groupe de paroissiens surexcités qui entouraient Watkin et Pike. Le gros ramasseur de crottin était adossé à l'huis comme pour en barrer l'accès.

— Qu'y a-t-il ? s'inquiéta le dominicain.

Watkin porta un doigt à ses lèvres, l'air préoccupé.

— Mon père, avez-vous un crucifix ou de l'eau bénite ?

— Oui, bien entendu. Pourquoi ?

— Eh bien, il y a un démon dans l'église !

— Un quoi ? Watkin, tu as bu ?

— Mon père, il y a un démon ! Crim l'a vu. Debout à l'entrée du jubé !

— Oh, ne sois pas stupide ! répondit Athelstan. Watkin, écarte-toi !

— Je crois que vous ne devriez pas entrer, mon père !

— Sottises ! Laisse-moi passer !

Athelstan le poussa sans ménagement et pénétra dans la nef sombre. Lumières et cierges étaient éteints et, en scrutant les ténèbres, il distingua les contours de l'estrade, l'entrée du jubé et la lueur rouge du tabernacle qui vacillait dans le chœur. Il remonta l'église avec précaution, surpris de sentir la peur lui mordre les entrailles.

— Qui est là ? appela-t-il.

Pas de réponse.

— Au nom du Seigneur, cria-t-il, qui est là ?

Il entendit du bruit et son angoisse s'accrut. Une haute silhouette sombre surgit à l'entrée du jubé, vêtue de noir des pieds à la tête. Elle ressemblait à une énorme chèvre aux traits démoniaques avec d'immenses cornes majestueuses et était rendue plus effrayante encore par l'épais lumignon qu'elle tenait.

— Allez vous faire pendre, prêtre !

Athelstan se détendit et ferma les yeux.

— Sir John, pour l'amour de Dieu ! Vous avez terrifié la moitié de ma paroisse !

Derrière son masque, le rire de Sir John éclata plus fort que jamais. Le coroner, image parfaite du terrible démon, arpenta l'église.

— Aimez-vous mon costume, mon frère ? J'ai pensé que j'allais vous faire une surprise. Vous auriez dû voir détaler ce vieux Watkin !

La voix de Cranston résonnait comme une cloche.

— J'ignorais que ce tonneau de lard pouvait filer aussi vite !

— Enlevez ça, Sir John !

Le coroner souleva son masque non sans mal. Son large visage rouge était baigné de sueur et fendu d'un sourire malicieux.

— C'est la guilde des drapiers qui me l'a prêté, déclara-t-il en brandissant le masque pour l'admirer. Qu'en pensez-vous, mon frère ?

— Le seigneur Satan en personne vous l'envierait, Sir John.

— Bon, je pensais bien que c'est ce que vous diriez !

Cranston alla s'asseoir au pied d'un pilier. Il posa le lumignon près de lui et fit signe à son ami de venir le rejoindre.

— Venez ici, prêtre. Je ne suis point là seulement pour m'amuser ; il y a eu un autre meurtre.

Athelstan s'installa à ses côtés et fixa la flamme vacillante de la chandelle. Son intérêt éveillé, il ressentait un agréable picotement au creux de l'estomac et comprit que le prieur avait eu tort : il n'échangerait jamais cette vie pour une salle d'étude desséchée et poussiéreuse.

— Il y a eu un meurtre, reprit le coroner, dans une ruelle en sortant de Walbrook, à *la Pie dorée,* une belle taverne au propriétaire fort en gueule. Pour résumer, plus tôt dans la journée, mon hôte a été retrouvé dans la cave, le crâne éclaté, bien que la cave ait été fermée et que personne n'ait vu quiconque entrer ou sortir.

— Et vous avez déjà commencé l'enquête, Sir John ?

— Oui, en effet. Mais dites-moi, mon frère, comment peut-on pénétrer dans une cave et faire éclater la tête d'un homme, alors que la porte est close de l'intérieur ? Il n'y a pas de trace d'intrusion. On n'a vu personne s'approcher de la porte.

Athelstan se gratta le menton.

— Mais c'est impossible, Sir John.

Le coroner fut secoué de rire.

— Bien sûr ! Je l'ai inventé !

Athelstan lui donna un vigoureux coup de coude dans les côtes. Cranston rejeta la tête en arrière en hurlant de rire.

— Non, non, mon frère, nous avons eu assez de meurtres. La seule chose qui me concerne, c'est qu'Alice Frogmore a déposé une nouvelle plainte pour intrusion contre Thomas le crapaud. Vous ai-je déjà parlé de Thomas le crapaud ?

Le dominicain soupira et se leva.

— Non, Sir John, pas encore. Mais j'ai la terrible impression que vous allez le faire !

— C'est exact, moine, nous allons voir ce pirate

manchot du *Cheval Pie*. Nous commanderons un pichet de clairet, un plat d'oignons frits, deux de ses tourtes au bœuf, du pain de froment frais, puis nous reviendrons ici et répéterons cette satanée pièce une fois pour toutes ! Et s'il y a encore des dissensions entre Dieu le Père et Dieu le Saint-Esprit, je leur cognerai la tête l'une contre l'autre !

Cranston se leva péniblement et ramassa son masque de démon.

— Trouvez-vous qu'il me va bien, mon frère ?

— Oui, mais ne le montrez pas aux marmousets, sinon ils vont hurler.

— Oh, c'est déjà fait ! Ils ont trouvé ça très drôle mais les chiens, eux, se sont cachés sous la table. J'ai donné la peur de sa vie à Leif, ce bougre de fainéant.

Cranston remit le masque.

— Venez, allons terroriser ce vieux Watkin !

Il partit d'un air fanfaron vers la porte.

— Sir John, s'exclama Athelstan, il vaudrait peut-être mieux que vous vous en absteniez !

— Que voulez-vous dire, moine ?

— Je suis un frère, Sir John, et ce pauvre Watkin a eu bien assez peur comme ça !

— Bon, je suppose que vous avez raison.

La voix du coroner était étouffée par le masque. Il tira sur les cornes pour s'en débarrasser mais ne put s'en défaire.

— Oh, par l'Enfer ! gémit-il. Mon frère, je ne peux plus enlever cette satanée chose !

Le dominicain tira sur le masque mais en vain. Secoué de rire, il recula.

— Qu'est-ce qui vous fait foutrement rire ainsi ?

— Sir John, vous feriez mieux de vous agenouiller.

Cranston obtempéra, mais Athelstan eut beau tirer, tout ce qu'il obtint fut un chapelet de jurons de la part du coroner qui prétendait qu'on lui arrachait les oreilles.

— Il n'y a rien à faire, conclut Athelstan. Nous devrons nous arrêter chez Basil le forgeron pour voir s'il peut nous aider.

Le dominicain prit donc doucement le bras de Sir John et le guida hors de l'église. Au moment où ses paroissiens se dispersaient, il sut qu'il entrait dans les légendes de Southwark comme le prêtre qui, après avoir capturé un démon, l'avait conduit chez un forgeron pour le renvoyer en Enfer.

Cet ouvrage a été réalisé par

FIRMIN DIDOT

GROUPE CPI

Mesnil-sur-l'Estrée

pour le compte des Éditions 10/18
en mars 2002

Imprimé en France
Dépôt légal : avril 2002
N° d'édition : 3348 – N° d'impression : 58853